푸른

달

푸른 달

김영두
소설집

개미

차례

푸른 달

1. 꿈을 아느냐, 네게 물으면

TV의 볼륨을 낮춘 채 소파에 깊숙이 묻혀 '눈물과 보석과 별의 시인 김현승'을 읽고 있었어. TV에서는 이스라엘이 팔레스타인 가자지구를 2주째 공습하는 과정에서 희생자는 5백 명이 넘고 10만 명이 넘는 난민이 발생했다는 뉴스를 발표하고 있군. 무한대해에서 키를 잃고 격랑에 휩쓸리는 쪽배 같던 30년 전의 우리나라 상황을 지구 어느 곳에서인가 다시 맞고 있어. 역사는 수레바퀴처럼 끊임없이 앞으로 구르는 것 같아도, 물레방아처럼 시공을 넘나들며 윤회하고 있나봐.

아까부터 찻물이 끓고 있었기에, 차를 한 잔 만들어서 다시 TV 앞으로 돌아왔어. 뉴스가 끝나고 드라마인지, 다큐멘터리인지, 역사물이 방송되고 있어.

통일 신라 성덕왕 때의 이야기야. 이곳 청주(淸州)가 그때의 지역명은 서원소경(西原小京)이었대. 서원소경에 첫 사신으로 부임한, 지금으로 말하면 첫 청주시장의 딸의 러브스토리야. 사신의 딸은 왕자에게 시집을 가는데 왕자가 왕이 되고 그녀는 왕후가 된다고 해. 사신의 딸 이름은 규목이야. 예나 지금이나 눈만 돌리고 귀만 열면 남녀의 애정사가 들리고 보이는데, 1300년 전, 어느 선남선녀의 이루지 못한 사랑이 가슴을 적시는군. 내가 왜 그 이야기 속으로 한없이 빨려드는 것이지? 그녀는 실제 인물일까? 춘향이나 심청이처럼 고대 소설 속에 주인공으로 존재했던 허구의 인물이 아닐까? 차에서 피어오르는 김 속에서 사신의 딸이 웃고 있어. 아아, 나에게도 그런 찬란한 젊음, 열정적인 사랑이 있었는데……

나는 오늘 쉰 살이 되었어. 딱 부러진 100살이야. 100년 전만해도 불혹의 나이이면 긴 담뱃대를 물고 무릎 위의 손주 재롱을 낙으로 삼았다더군. 요즘 세상에서는 환갑이란 나이는 '젊은 노인(young old)'이라던데. 그러나 내 나이만큼 철이 든다거나 내 나이만큼의 분수에 맞춰 살고 싶지는 않아. 그럼에도 불구하고 나는 지금의 내가 노인 같아. 기다렸고, 결국 이날이 왔어.

바람의 일렁임도 없는데 지붕 모서리에 달아놓은 풍경이 울려. 창밖으로 얼핏 사람의 기척이 스쳤는데. 우편배달부였나. 편지함을 열었어. 어머나, 네팔에서 보낸 진아의 편지가 도착했네.

늘 그렇듯 안부편지구나. 엄마는 잘 지내냐는 짧은 안부 밑에, 낮에는 국립 병원에서 의료봉사를 하고, 저녁에는 그곳 아이들에게 성경과 한글을 가르치고 있다는 전갈이 들어있군. 그리고 엄마에게 경제적 여유가 있다면, 아니 없더라도, 남대문 시장에서 연필

볼펜 공책 등의 문방용품이나 어린이들이 받아서 기뻐할 만한 머리핀 귀고리 등의 장신구들을 좀 사고, 버려지는 유치원 가방 등등을 모아 보내달라고 했어. 엄마가 지금의 나만했던 시대에 우리나라도 그랬듯이 여기는 아직도 물자가 부족해서 지금 우리나라에서 가격이 헐한 물건이랑 버려지는 물건들도 아주 가치 있게 그 쓰임새를 찾아간다고 했고. 교회에서 개발도상국가에 보내는 구호봉사 물품에는 항공료를 할인해준다는 설명도 곁들였어. 주님의 은총 안에 자기는 너무 행복하며, 저를 낳아준 엄마에게 감사한다는 인사말도 잊지 않았어. 이건 뭐지? 추신을 붙여놓았군. 반려가 될 남자를 만났다고? 동고동락을 맹세했다고? 오오, 사랑스런 나의 딸, 진아(眞娥). Jina.

나는 말 안 듣는 나쁜 딸이었음에도 불구하고, 내 딸은 말 잘 듣는 착한 딸이었으면 했어. 하지만 어쩔 수 없나봐. 어느 모성이든 다 같겠지만, 나도 내 딸이 좋은 남자 만나 결혼도 하고 아이도 낳고 안락하고 평화롭게 살기를 바라지. 진아는 미국에서 태어나서 의대공부를 했으니까 소박한 부와 명예도 누릴 수 있는데, 왜 저렇게 고행을 하듯 세계에서 가장 오지다 싶은 곳만을 찾아다니며 봉사를 하고 있는지 모르겠어. 유전자 탓이겠지. 에효, 자식을 이기는 부모가 있을까.

나무 밑동을 감아 도는 시린 새벽안개처럼 숨이 차가워지고 있어. 숨에 냉기가 서리는 이유가 무엇일까. 건강검진의 결과가 이 암울한 느낌의 해답을 줄 거야.

지금이 내 삶의 최종 리허설은 아니야. 내 운명을 관장하는 절대자와 나와의 은원(恩怨)이 끝나려면 아직 멀었어.

이제 인생에 대해 조금 눈뜰만해 졌어. 난 앞으로도 말썽거리를 찾아다니며 전진하는 삶을 살고 싶은데, 왜 지나간 세월을 회상하게 되는지. 자꾸 기억을 곱씹게 되는지. 아니 생을 마감해야 할지도 모른다는 예감이 드는지……

그래서 혹시 유서가 될지도 모를 이 편지를 완성하려고 박차를 가하고 있지.

갓 내린 어둠이 추억의 온도로 저녁놀에 스며들고 있어. 오늘 하루 짊어지고 온 예감이 언젠가 내가 예견했던 느낌과 딱 맞아 떨어지고 있어. 내가 지나온 길에서도 빛나던 별들이 서서히 밤하늘에 잠수하는군.

나이가 들수록 행복한 이유는, 자신이 살아온 삶의 원인과 결과가 명확하기 때문일 거야. 하지만 청춘의 시절에는 달랐어. 자신에게 닥친 일의 원인도 알 수 없었고, 결과를 이해할 수도 없었지. 나는 젊었고 내가 어떻게 살고 싶으며 무엇이 되고 싶은지 나 자신도 알 수 없었기 때문에 여러 개의 방향타를 가지고 있었어.

청춘은 이상과 현실의 갈림길에서 안정적인 현실을 택하지는 않아. 현실에 존재하지 않는 초월적 규범과 가치를 가진 이상의 실현을 추구하는 것이 청춘의 본성일 거야. 하지만 역사적으로 서로 다른 시대에는 서로 다른 이상이 제시되어 왔지. 실로 무모한 도전의 연속이었어. 세상을 향해 반항의 기치를 들고 싶었지. 특히 나 자신에게 모반하고 싶었어. 옆에 유혹하는 사람이 없더라도.

그래 청춘, 우리는 그것을 일시적으로 소유할 뿐이고, 나머지 시간은 그것을 추억하며 사는 거야. 청춘이란 소유할 가치가 있는 유일한 것이야. 누구나 청춘을 동경하고, 가버린 이십대를 떠올리지만 그건 채 소진시키지 못한 열정에 대한 회한이 아닐까. 나의 내부에 아직도 퍼올릴 광기가 남아있을까.

사람이 노령에도 많은 일을 배우고 익힐 수 있다는 생각은 일종의 망상이야. 늙어서는 빨리 멀리 달릴 수 없는 것처럼 늙어서는 빨리 많이 배우고 익힐 수 없어. 청춘이란 과격한 노역에 적절한 시기야.

자신이 얼마나 실패의 좌절감과 상처를 의연하게 견딜 수 있는지는 경험이라는 뼈아픈 수업료를 지불하기 전에는 알 수 없어. 앞서 간 인생의 선배들이 아무리 주의하라 일러도 그저 한 귀로 듣고 한 귀로 흘릴 뿐이야.

흔히들, 해도 후회 안 해도 후회라는 결혼, 결혼하여 저지르고 부대끼며 기쁨과 슬픔을 맛본 사람이 말하는 후회와 아예 접근도 안 해본 사람이 말하는 후회가 어찌 같은 부피와 중량이겠어. 에베레스트 등정에 도전했던 산악인이 후배에게 후회할 것이라며 등정을 말리는 것과 피상적인 정보와 간접 경험만으로 후회를 자신하며 만류하는 것하고는 엄청난 차이가 있겠지.

아참, 돌이켜보니 나는 결혼한 적이 없구나. 또, 에베레스트를 등정한 적도.

진아야, 아빠 없이 너를 낳아서 미안해. 위험한 짓 하지 말라고 말려서 미안해.

이즈음에 들어서야 세상에서 무엇이 무서운지 알게 되었고, 삶에 주의하는 법, 타인의 충고에도 귀를 기울이는 법을 배웠지. 그걸 스스로 터득한 내가 참 대견해. 나 스스로 경험이라는 비싼 수업료를 지불하고 배운 거니까.

후회를 피할 수 있는 사람이 있을까. 2천 년 전의 공자님도 "요즘 젊은 애들은……"이라면서 혀를 차셨다는데, 내가 보기에는 요즘의 젊음은 지루해. 공자님 세대의 젊은이만도 못해. 난 젊은 날 아주 끝내주게 미쳤었어. 그랬어. 진실로.

하지만 꿈꾸고 희망하고 거칠게 도전하는 삶에는 혹독한 대가가 따랐지.

기억은 기록이 아니라 인식이라는 식은 숯 같은 생각들이 겹겹이 쌓이고 있어.

자 우리, 어느 세월의 모퉁이, 어느 기억의 갈피를 헤집어볼까.

아아, 거기. 그날 그 시각으로 돌아갈 수 있을까.

신이 나에게 완벽한 타인과 함께 행복과 희열을 경험하는 축복을 내린 날.

2. 너는 그 길을 나와 같이 걸었다

거의 기진해 있다가 맑고 신선한 바람이 볼을 간질이는 감촉에 눈을 떴어. 눈의 붓기와 울혈에 골머리가 지끈지끈했어. 운전석의 차창이 내려져 있었고, 그 차창으로 차갑고 액체로 여울져 흐를 것 같은 말랑말랑한 바람이 스며들고 있었어.

창밖으로는 언뜻 경찰 제복을 입은 남자의 모습이 보였어. 가슴이 덜컹 내려앉았지. 나는 지금 제복의 남자에게 심문을 받다가 놓여나는 중이었거든.

속도위반이라는 것 같았고, 운전석의 기사는 뒷좌석에서 잠든 내가 깰세라 소리죽여 말했어.

"번호판 안 보여요? 누구 차인지 몰라요?"

그제야 상황이 판단되었어. 서대문경찰서는 나를 아버지에게 인계했던 거야. 나는 내 의도와는 상관없이, 아버지 차에 실려서 청주로 내려온 거였어. 나는 뒷좌석의 창문을 열고 밖을 내다봤어. 제복의 남자는 허리춤의 가방에서 종이와 볼펜을 꺼내 뭐라고 쓰기 시작했어.

"누구 차인지 상관없습니다. 속도위반하셨습니다. 스피드건에 찍힌 숫자는 120입니다. 서명하십시오. 이의신청은 경찰서에 바로 하시면 됩니다."

나는 경찰의 제복을 보자마자 속이 울렁거려 차 문을 열고 밖으로 나왔어. 떨어진 플라타너스의 잎들이 물기에 젖어 번들거리는 아스팔트에 찰싹 달라붙어 있었어. 며칠째 물 이외에는 아무 음식도 목구멍으로 넘기지를 못해서 뱃속이 비어있을 터이지만, 그래도 역겨운 대상을 보자 욕지기가 솟았어. 가로수 둥치를 붙들고 마구 게워냈지. 창자가 뒤집어지는 것 같았지. 미끈하고 뽀얀 나무줄기를 잡고 간신히 일어서는데 옆으로 손수건이 건너왔어. 뽀얀 손수건을 받아서 입가를 훔치고 손수건의 주인을 바라보았어.

남성으로 느껴지는 남자를 이렇게 눈앞에서 부딪칠 정도로 마주친 적은 처음이었어. 후드득 놀란 가슴이었지만 지금도 그 장면이 스냅사진처럼 선명하게 살아있어. 가죽장화를 신었고, 운두가 높은 제모 차양 아래의 눈은 사색하듯 깊었고, 눈썹은 짙고 뭉툭했으며, 콧날은 곧고 단정했어. 그리고 플라타너스, 지축을 뚫고 나온 듯한 커다란 플라타너스 줄기의 위세에 나는 압도당했어. 나는 벼락을 맞은 것처럼 정신이 나갔어. 그 순간 나는 그에게 모든 것을 열어 놓은 무방비 상태가 되었어.

그때 그날로 돌아갈 수는 없겠지만, 나는 그 가로수길의 플라타너스를 기억해.

그가 먼저였나, 플라타너스가 먼저였나, 김현승님의 시詩, 플라타너스가 먼저였나……

꿈을 아느냐 네게 물으면,
플라타너스
너의 머리는 어느덧 파아란 하늘에 젖어 있다.

너는 사모할 줄 모르나
플라타너스
너는 네게 있는 것으로 그늘을 늘인다.

먼 길에 올 제
호올로 되어 외로울 제
플라타너스
너는 그 길을 나와 같이 걸었다.

이제 너의 뿌리 깊이
나의 영혼을 불어 넣고 가도 좋으련만
플라타너스
나는 너와 함께 신(神)이 아니다!

이제 수고로운 우리의 길이 다하는 오늘

너를 맞아 줄 검은 흙이 먼 곳에 따로이 있느냐?

플라타너스

나는 너를 지켜 오직 이웃이 되고 싶을 뿐

그 곳은 아름다운 별과 나의 사랑하는 창이 열린 길이다.[1]

이런 순간에 이성이 눈으로 들어오다니. 남자 뒤로 길 양쪽에 늘어선 플라타너스 잎들이 밑에서 솟구쳐 올라오는 바람에 하얗게 뒤집어지고 있었어. 플라타너스의 고독한 살 냄새가 났어. 다음 순간 나는 마음을 추스르고 경계의 갑옷을 주워 입으며 내 몰골을 훑어보았지. 며칠을 세수도 못했기 때문에, 머리에는 새둥지가 들어앉았고, 눈두덩은 부풀어서 눈이 거의 떠지지 않았고, 윗옷의 단추는 다 떨어져서 앞섶이 열려있었지.

그때는 몰랐지. 왜 신이 운명의 남자와 이런 몰골로 만나게 했는지.

나는 서대문경찰서에서 막 나오는 중이었어. 나는 내가 어떤 연유로 서대문경찰서에 잡혀갔는지는 알았지만, 어떤 연유로 그곳에서 풀려나게 되었는지는 몰랐어.

나는 서울에서 대학엘 다니면서 자취를 하고 있었지. 1970년대에는 20대 초반의 대한민국 국민 중에서 대학생은 남녀를 통틀어서 7%였어. 서울의 사립대학은 우골탑이라 불렸지. 시골에서 소를 팔아 학비를 보낸다고 해서.

내가 다녔던 대학의 교훈은 '진 선 미'이며, 기독교 정신의 바탕 위에서 국가와 인류사회 발전에 공헌할 수 있는 지도적 여성 양성을 위한 지성공동체를 표방하고 있었어. 하지만 그 시절 여학생들은 대부분이 교양 있는 여성 개인의 완성이라는 화두에 젊음의 열정을 바치고 있었지. 대학의 졸업장이 혼수품목의 하나였다고나 할까. 정치의 청정구역이었고, 사회변혁의 무풍지대였지.

그해 무르익은 가을이었어. 총학생회에서는 학우들을 선동하여 일깨웠어. 무풍지대의 불꽃이 기류를 타기 시작한 거야.

그날 일찍 등교한 학우들은 강의실 책상 위에 놓인 결의문과 검은 리본을 발견했을 거야. 결의문의 요지는, 과감하게 민주수호의 구국대열에 앞장서며, 민주체제 확립, 언론집회 자유보장, 구속학생 즉각 석방이 관철될 때까지 전교생이 왼쪽 가슴에 검은 리본을 달기로 한다, 였어.

검은 리본은 여대생들의 앞가슴에서 민주주의의 죽음을 애도하는 만장깃발처럼 펄럭였어. 검은 리본을 다는 순간 내가 유관순 열사라도 되는 기분이었지. 학생들은 교문 앞에서 검은 리본을 낚아채려는 경찰과 실랑이를 벌였고, 리본을 빼앗긴 학생들은 학과 사무실에서 동대문시장에서 필채로 구입해 무한 공급하는 리본을 곧바로 다시 달았거든. 학교도 우리 편이었어. 검은 리본은 유관순 열사의 피 묻은 검은 치마였어.

며칠 후 서대문경찰서를 처음으로 구경하게 된 날, 나는 아침부터 거사의 준비에 바빴지. 점심경, 채플 수업 끝 순서인 묵도가 끝나기 무섭게, 국민의 기본권 보장, 매판자본의 퇴치와 민족 자주경제체제의 확립을 위한 투쟁을 결의한 선언문이 낭독되었고, 대강당의 채플에 참석했던 대다수의 여대생들은 교문 밖으로 진출하고자 했어.

나는 예배가 끝나기 전에 교정을 빠져나가려고 후문 쪽으로 뛰는데 벌써 후문 근처에 평소 여자대학교 교정에서는 눈에 띄지 않던 낯선 남자들이 보였지. 주동자를 산 채로 포획하려고 모든 감각을 동원하여 덫을 치는 경찰은 교수나 교직원하고는 전혀 다른 분위기를 풍기는 사람들이야.

수렵시대부터 남자는 사냥을 하고 여자는 수집을 했지. 새끼들을 양육하고 둥지를 수호해야 했던 여자는 위험의 기미를 파악하는 촉이 남자보다 첨예했어. 주변상황을 장악하고 다른 사람의 표정과 행동에서 사소한 변화를 감지하는 눈치도 남자보다 예리했어. 어떤 일이 일어나기 전에 전조를 예감하는 예지 기능이 탁월하다고나 할까. 위험을 예고하는 경광등이 정수리 근처에서 맹렬하게 돌았어. 호젓한 뒷산으로 돌아서 옆 학교로 슬쩍 스며들 수도 있지만 숲속은 이미 사복경찰들이 지뢰처럼 숨어있을 것만 같았어. 학우시위대에 섞이는 편이 나을 것 같아서 정문으로 향했어. 시위대에 단순가담자인 척 휩쓸려 다니다가 낙오되는 무리에 끼어 도망치는 작전이었어.

후문에서 다시 대강당 앞을 지나 정문까지 전속력으로 달렸는데도 10분쯤의 시간이 흘렀어. 이미 예배를 마친 학우들이 대강당에서 골고다길이라 불리는 계단을 내려오고 있었어. 교정과 학교 정문을 경계 짓는 곳은 호리병목 같은 다리였어. 세 겹 네 겹으로 대열을 이루어 바리케이드를 친 기동경찰과 스크럼을 짠 학우 인파가 다리에서 대치하고 있었어.

그날까지는 적어도 정복을 입은 시위진압대는 학교 안까지는 진입을 자제하는 양심은 있었지. 진압대는 여학생들이 교정 밖으로 나오지 못하도록 막았고, 여학생들은 교문에 진을 친 기동경찰의 방어막을 뚫고 거리로 뛰쳐나가려 했어. 경찰들은 학생들의 정문 돌파를 필사적으로 저지하고 있었지.

시위대에 섞이려고만 했는데 주위를 둘러보니 나는 선두 대열에 있었어. 밀고 막고 밀고 막고…… 뒤쪽 대열에서 떠미는 힘과 앞의 경찰의 방패로 막는 힘 사이에 낀 학우들이 하나 둘 질식해서 쓰러지기 시작했어. 축구 경기장이나 극장에서 서로 먼저 들어가려다 앞사람이 넘어지면 뒤따르던 사람은 진행을 못하고 겹겹이 노적가리처럼 쌓이면서 앞사람은 짓밟혀서 다치거나 죽거나 하는 식이지.

기동경찰을 지휘하고 있던 사내가 마이크에 대고 외쳤어.

"학생들 다쳐요. 위험해요. 뒤에 있는 학생들 앞사람을 밀지 마세요."

학우들이 부르는 노래, 양희은의 '아침이슬'이나 김민기의 '친구' 등이 하늘을 나는 새떼처럼 멀리멀리 날아가 퍼졌어.

경찰들은 페퍼포그로부터는 방독마스크를, 날아드는 돌멩이들로부터 신체를 보호할 철모나 방패 등의 장비를 갖추고 있었지만 여대생들에게는 아무 보호 장구도 무기도 없었어.

학우들의 함성이 높아지는데, 영화 속 전투 장면처럼 마치 기관총을 쏘는 듯한 소리가 들려왔어. 그리고 잠시 후에 진군하는 병사처럼 뿌연 안개가 스멀스멀 몰려왔어. 어디서인가 페퍼포그가 분사되고 있었지.

"학우들, 얼굴을 가리세요. 저기 빨강 5층 건물 옥상에서 카메라가 돌아가고 있어요."

시위대열의 중간쯤에서 익히 들었던 목소리가 들려왔어. 다리 건너 높은 건물에서 부감하는 카메라가 시위하는 학생들의 면면을 담고 있었던 거야. 필름에 기록될까봐 얼굴을 가리는 것이 아니라, 멀리서 날아와서 피부를 따끔따끔하게 쪼아대는 페퍼포그 가루를 막으려면 무엇으로든 마스크를 만들어 코와 입과 눈을 가려야 했어. 페퍼포그의 최루 효과는 대단했지. 고춧가루 푼 물을 눈에 부어넣은 것 같았으니까. 눈을 뜰 수가 없다며, 마치 장님처럼 손을 휘저으면서 눈물을 펑펑 쏟으면서 엉엉 우는 학우들도 있었어.

　"현재 다쳤거나 시위대에서 빠져나오고 싶은 학생들은 이리 나오세요. 안전하게 집에 보내드리겠습니다."

　훈련이 잘 되어있던 경찰들은 자기네 대열의 가운데를 열어서 길을 내었어. 앞은 기동경찰들의 방패였고 뒤에서는 교문을 뚫고 거리로 나가기 위해 스크럼을 짠 학우들이 서서히 앞사람의 등을 밀고 있었거든. 방패와 학우대열 사이에서 짓이겨져 기절하거나 기절하지 않더라도 살려달라며 애걸하는 학우들을 하나씩 핀셋으로 뽑아내듯 집어내어 경찰차에 짐짝처럼 실었어. 나처럼 혼절했던 사람은 앰뷸런스에 실렸지.

　기동경찰대와의 대치를 끝내고 교내로 들어와 철야기도회를 갖고, 구속학생 석방 요구가 관철되지 않으면 학기말고사를 전면 거부하기로 결의하고, 시위자에 대한 신변 이상이 발생할 때에는 단식투쟁에 돌입한다는 서명에 모든 참석자가 서명했다는 소식은 세월이 제법 흐른 다음에야 자세히 듣게 되었지. 그 후 이 같은 시위와 기도회가 반복되었다는 것도.

　학우들이 울면서 내가 탄 앰뷸런스를 쫓아오던 영상이 점점 희미해졌어. 깨어보니 경찰서 철창 안이었어.

나를 취조하던 계장쯤으로 보이는, 이마와 아래턱에 뼈와 근육이 가득차서 매우 강인한 인상을 주는 형사가 내게 호통을 쳤어.

"학생, 학생이 여기가 아니라 청주에서 잡혔으면 학생의 아버지에게 재판을 받아야 합니다. 이런 운동 시위를 일선에서 꾸짖는 사람이 학생의 아버지예요. 어떻게 이럴 수 있지요?"

나는 경찰서에서 의식을 회복한 후로 누구에게도 이름이나 학번도 사는 곳도 물론 가족관계도 말하지 않았는데, 그들은 나의 모든 이력에 대해 조사가 끝났었나봐. 형사가 책상 위에 잡동사니가 가득 든 라면상자를 올려놓았어. 내 자취방에서 가져온 물건들이었지. 내 방 벽지를 뜯어 왔는데, 벽지는 어지간해서는 지워지지 않는, 파라핀과 바셀린과 송진 등을 혼합해서 만든다던 등사잉크 얼룩 투성이었어. 집에 등사기만 있어도 잡혀가던 시절이라, 나는 동네 초등학교에서 등사기를 훔쳐다가 쓰고 다시 가져다 놓았어. 실은 동네 초등학교 필경사는, 등사기란 절대로 빌려줄 수 없는 물건이므로 등사실 문을 부실하게 단속을 해놓을 테니 도둑질을 해서 쓰고 도둑질했던 흔적도 남기지 말고 원상으로 복귀하라고 했었지. 끝내 그에게 고맙다는 인사는 못하고 말았지만.

소파 방정환 선생도 등사기로 민 독립신문을 중학생들을 이용해서 돌리다가 일본 경찰이 들이닥쳤을 때 등사기를 우물에 버렸기 때문에 증거불충분으로 풀려나왔다지 않아. 벽에 등사잉크가 묻어있다는 것만으로 내가 시위대의 주동이라고 단정할 수는 없잖아.

시커먼 등사원액을 먹인 얇은 등사원지를 줄판 위에 놓고 철필로 긁어서 글씨를 쓴 다음에 등사판에 끼어 잉크를 묻힌 롤러를 굴리면 잉크가 배어나와 종이에 글씨나 그림이 나타나거든. 등사원지 한 장에 철필로 긁어 글씨를 쓰는 데에는 1시간쯤 걸려. 등사원지 한 장으로 약 500장을 복사할 수 있지. 등사기는 복사된 종이를 한 장씩 밀어내고 종이를 제친 다음 다시 밀어야 하는데, 한 장씩 찍을 때마다 철커덕 철커덕 소리가 나.

등사기의 소음이 하도 커서 집 밖으로 들릴까봐 음악을 커다랗게 틀어놓고 전단을 인쇄하고 있었을 때였어. 초인종이 울렸어. 후다닥 등사기를 치워놓고, 한껏 높인 라디오의 볼륨 때문에 초인종 소리를 못들은 척 대문을 열어주지 않았어. 여차하면 옆집 담을 넘어 도망칠 태세를 갖추고, 문틈으로 내다보니 신문지에 쌓인 괴나리봇짐 같은 물건이 대문 안쪽에 떨어져 있었어. 겨울용 내의였어. 물론 필체가 남는 편지 따위는 들어있지 않았어. 날이 추워질 테니, 감옥 안은 더욱 추워질 테니, 잡혀 들어가면 따뜻한 내의를 입고 견디라는 선배들의 갸륵한 뜻이 담긴 선물이었지. 눈시울이 얼마나 뜨거워지던지⋯⋯

우리는 커다랗게 음악을 틀어놓고 따라 부르면서 등사를 했었어.

무슨 노래였는지 알아? 클리프 리처드의 노래들이었어. 더 영원스, 비존스, 에버그린트리.

내가 여고에 다닐 때 클리프 리처드가 한국을 방문했어. 십대 이십대 여성들이 얼마나 열광했었는지, 그 잘생긴 미혼의 영국 남자에게 한국의 여고생들 여대생들이 얼마나 미쳤었는지 몰라.

미국에 가서도 아니 지금도 나는 클리프 리처드의 노래를 들으면 콧날이 시큰해. 어깨의 통증도 느껴져. 그의 감미로운 목소리 뒤편으로 철커덕 철커덕 한 장씩 찍을 때마다 등사판을 무겁게 들어 올리고 종이를 빼내야 했던 등사기 소음의 여운이 고막을 슬프게 울려.

형사가 다시 혀를 차며 물었어.

"네 행동이 아버지에게 얼마나 큰 누를 끼칠지 걱정되지는 않더냐. 이 철없는 녀석아."

반말 짓거리라기보다는 어른이 아이를 꾸짖는 어투였어. 상자 안에는 내 자취방에서 가져온 책이며 오려둔 신문기사들을 스크랩하여 모아둔 노트도 있었는데, 나는 그중에서 1960년 4월 말, 한 중앙일간지에 실린 한 여대생 부모의 글을 보여주었어.

"신문을 보면서도 사뭇 눈물이 북받쳐 견딜 수 없는 이 벅찬 역사의 마당에 하필이면 내 딸이 다니는 학교가 빠졌더란 말이냐. 서울의 거리가 온통 너와 같은 젊은 세대의 불길로 거세게 타오를 때 너는 어디서 무엇을 하고 있었더냐? 그 피의 폭풍이 강산을 휩쓸고 낡고 썩은 것들이 너희 젊음 앞에 굴복하고 만 그 시각에 대체 너는 어디서 무엇을 생각하고 있었더냐? 분한 일이다. 네 젊음 스스로 모독한 시대의 고아가 되었구나."

그 기사는 어려운 살림에도 불구하고 목포에서 서울의 여자대학에 딸을 유학 보낸 아버지가 어버이의 심정을 토로하면서 4·19 행렬에서 빠진 딸을 포함한 당시 여대생들을 준열하게 꾸짖는 내용을 담고 있었지. 평범한 아버지가 쓴 글이라기엔 믿기지 않을 만큼 천하명문이었어. 감동적이었고. 그 시절 그 상황에 처한 젊음을 충분히 고무시킬만한 글이었지. 피 끓는 청춘의 복판에 있는 우리를 흠씬 취하게 만들었지.

그때 내가 다니던 여자대학은 근대화의 뒤안길에서 가난으로 신음하던 이 땅의 숱한 여성들의 선망의 표적이었어. "네 어찌 배지를 달고 태양 아래 활보할 수 있으랴"고 그 여대생의 아버지가 말한 배지는 지성과 교양의 최고봉, 대한민국 제일의 여성교육기관의 상징이었어.

예나 지금이나 사회운동을 하러 대학에 입학하는 학생은 없어. 입학 후 우리 사회의 문제를 깨닫게 되었고, 사회가 우리에게 무엇을 요구하는지 알게 되었지. 나는 사회의 부름에 부응했던 거야. 나 혼자만의 힘으로는 사회가 바뀌지 않는다는 것도 알았지만, 커다란 불꽃으로 피어날 도화선에 점화의 불씨는 당길 수 있으리라고 믿었어. 순진하므로 감동하기 쉽고, 젊음의 피가 더운지라 실현에 대한 자신과 용기가 있었어. 나는 이성의 광기로 타올랐던 거야.

계속되는 취조에 점점 추워졌고, 무서워졌고, 내가 물속에 잠겨있는 것 같다가 하늘에 올라있는 것 같다가, 꿈과 현실이 마구 뒤섞여 있어서 갈피를 잡을 수 없는 시간이 흘렀어.

그러다가 박하처럼 청량한 바람이 볼을 간질이는 감촉에 눈을 떴더니 그리 낯설지 않은 느낌의 승용차의 뒷자리에 실려있었고, 차창 밖으로 플라타너스 가로수가 흘러가고 있었어. 그리고 제복을 입은 남자에 의해 차가 세워졌고……

고개를 들자 시야에서 주변의 사물이 사라지며 홀로그램처럼 제복을 입은 남자가 떠올랐어.

입에서 떼어낸 손수건을 보니 오물에 피까지 묻어있었어.

"손수건은 세탁해서 경찰서로 가져다 드릴게요. 경위님."

그의 견장에는 무궁화 한 송이가 피어있었지.

경위는 분명 나와 면식이 있는 표정이었어. 그의 기억 어느 부분엔가 내가 박혀있었는지 그는 고개를 갸웃하며 나를 살폈어. 10년도 더 못 본 고향 친구를 우연히 대면한 듯한. 아니면 사람을 찾는다는 벽보 속의 가출한 여인이 나와 비슷한 외양을 하고 있었던지. 아니면 자기네 경찰서에 내려와 있는 지명수배자 사진에 나와 흡사하게 생긴 범죄용의자라도 있는 모양이었어.

그는 한동안 나를 뜯어보듯 샅샅이 훑고 있었어. 그 복잡한 시선을 어떻게 풀이해야 할까. 하지만 다음 순간 이상한 일이 일어났어. 오토바이를 탄 그가 선뜻 내가 탄 차를 에스코트하여 아버지의 관사까지 데려다주었어.

아버지는 그해 봄 청주로 발령을 받아 내려오셨어. 아버지에게도 나에게도 청주는 객지였어. 나는 아버지의 관사로 유배를 온 거야. 아버지가 계신 관사는 삼한시대의 소도(蘇塗)처럼 죄인이 숨어도 되는 성역이었나 봐.

나는 그곳에 도착하자마자 앓기 시작했어. 안전지대로 숨었다는 해방감이 긴장을 풀어주었던 거야. 죽은 듯이 잠에 빠져 몇 날 며칠을 보냈는지 몰라. 팔에 링거를 꽂았다는 사실은 팔에 나 있는 바늘자국이 증명을 해주었어. 누군가가 입속으로 흘려주는 유동음식을 받아먹기도 했지. 빛도 어둠도 아닌 감미로운 혼돈 속에 너무 오래 머물렀다는 느낌에 눈을 떴을 때, 나는 온통 하얀 세계에 있었어. 창문이 열려있었고, 커튼 폭이 범선의 돛처럼 부풀어서 출항을 재촉하고 있었지.

누워있는 내 얼굴 위로 하얗게 눈의 가루가 흩날렸어. 쏟아지는 햇빛에 눈이 부셨어. 나는 일어나 커튼을 젖혔어. 새로운 하얀 세상으로 돛을 올리고 나아가야 할 것 같았어. 힘을 내자, 결심하는 순간 허기가 몰려왔어. 허기를 메울 음식을 찾아 아래층으로 내려가다가 나는 현관에서 가죽장화를 올려 신고 있는 제복의 사내를 보았어. 허리를 펴던 그와 눈이 마주쳤어.

"아, 계셨군요. 좀 어떠세요?"

계단을 올려다보며 그가 말했어.

두 번째 만남이었어. 나는 역시 산발한 머리에, 눈곱도 끼어있었을 테고, 땀에 절어서 고약한 냄새도 풍겼을 거야. 쥐구멍이라도 찾고 싶었어. 나는 쥐구멍을 찾는 대신 그에게 말했어.

"잠시 기다려주실래요? 손수건 돌려드릴게요."

경황 중에도 손수건이 생각났어. 그리고 이층으로 뛰어올라갔어. 바쁘게 세수를 하고 머리를 빗었어. 얼른 옷도 갈아 입었어. 예쁘고 단정하고 여성스럽게 보이고 싶었어. 서두른 티를 내지 않고 아래층으로 내려갔을 때 그는 아까처럼 정복에 가죽장화를 신고 헬멧을 왼쪽 옆구리에 끼고 부동자세로 서 있었어. 나는 지금도 세상의 모든 경찰을 지독히도 싫어하는데, 왜 '그'는 예외인지 모르겠어.

첫사랑의 추억을 들추는 일만큼 가슴 아픈 일은 없어. 사랑은 시한부야. 한 번의 연습도 없었던 첫사랑은, 인연의 엇갈림만 반복하다가 결국 사랑을 과거로 흘려보내 버리거든. 치기어린 자존심 싸움이나 수줍었던 망설임이 평생 가슴을 치는 통한으로 남는다는 사실을 첫사랑이 연습사랑으로 지나가 버린 다음에 깨닫게 되지. 사랑이라는 감정 역시 유전하며 같은 상태로 존재하지 않는다거나, 사랑의 감정은 결코 머무는 일이 없이 흘러간다고 누군가 귀뜸이라도 해주었다면……

청주의 관문인 진입로 가로수길은 경부고속도로 나들목에서 시내 초입까지 6㎞에 걸쳐 펼쳐진 플라타너스 터널이야. 그 가로수에는 청주시민들의 꿈이 머물고 있지. 청주 한가운데의 플라타너스 나무는 콘크리트의 숲에서 생활하는 청주시민들에게 잃어버린 푸른 밀어를 속삭여주거든.

플라타너스 가로수길이 우리에게도 신화를 만들어주었지.

그는 매일 찾아왔어. 나는 집에서 단 한 발의 외출도 금지되어있었지만, 그와 함께라면 예외였어.

우리는 우리가 처음 만났던 장소, 가로수길을 걸었어.

이렇게 아름다운 진입로를 가지고 있는 도시는 전국에서 청주뿐이래. 하지만 가로수길을 손잡고 걷는 연인들은 3년을 못 넘기고 헤어진다는 괴담이 횡행하고 있었지. 자기네 잘못으로 헤어진 연인들도 '가로수길을 함께 걷는 연인들은 깨진다.'는 속설이 첫사랑 연인을 갈라놓았다며 탓하고는 했어.

옛날에 할아버지와 할머니가 살았다. 할아버지가 나무를 해서 장에 갖다 팔아서 먹고 살았는데, 장에 가려면 삼년고개라는 고개를 넘어야 했다. 삼년고개는 그 고개에서 넘어지면 삼 년밖에 못 산다 하여 붙여진 이름이었다. 하루는 할아버지가 나무를 해서 장에 가다가 그 고개에서 넘어지고 말았다. 할아버지는 '이제 난 삼 년밖에 못 살게 생겼구나'하고 고민을 하다가 급기야 병석에 눕고 말았다. 할아버지가 고개에서 넘어진 지 삼 년이 얼마 남지 않은 어느 날 한 청년이 찾아와 할아버지가 앓고 있는 사연을 물었다. 할아버지가 삼년고개에서 넘어져 삼 년밖에 살지 못하게 되었다고 말하자, 청년이 웃으면서 "그러면 한 번 더 넘어지시면 삼 년 더 사실 것이고, 또 넘어지시면 육 년 더 사실 것 아닙니까" 하고 말하였다. 할아버지는 그 얘기를 듣고 자리에서 벌떡 일어나 삼년고개에서 매일매일 굴렀다. 그래서 오래오래 살았다. 믿거나 말거나, 삼천갑자 동방삭이도 이 고개에서 매일 굴렀다고 한다.

"삼년고개에서 넘어지면 삼 년밖에 못 산다는 강박관념이 자신을 죽음으로 몰아넣는 것이에요. 그 치유법이 두 번 넘어지면 육년, 세 번 넘어지면 구 년, 하는 자기 세뇌에요. 그래서 삼천갑자 동방삭이도 생겨난 거죠. 이 가로수길의 아름다움을 시샘하고 질투하는 사람들이 그런 괴담을 지어냈을 거예요."

그가 아주 자랑스럽게 말했어.

"그렇다면 플라타너스 가로수길을 손잡고 세 번 걸으면 구 년 네 번 걸으면 십이 년…… 매일 걸으면 죽을 때까지 사랑이 깨어지지 않을까요?"

그렇게 악명이 높은 괴담도 가로수길에서 우리를 내쫓지는 못했어. 플라타너스의 나뭇잎은 미풍에도 감상적인 여인처럼 가늘게 진동했지만, 대지에 떡 버티고 서서 하늘을 찌르며 기지개를 켜는 웅장한 모습은 그대로 장부의 기상이었어. 우리는 괴담을 극복하고자 매일매일 그 길을 걸으며 스스로 세뇌를 했어.

이미 겨울이었고, 태양의 빛이 쇠잔해지면서 플라타너스도 낙엽이 졌어.

"플라타너스도 인고의 겨울을 나면 어린 이파리가 돋아서, 우리처럼 이 가로수길을 걷는 연인들에게 새로운 신화를 만들어주겠지요?"

나는 바보같이 그와 헤어지리라는 생각을 못했을까.

아버지가 묵으시는 수곡동 관사는 치외법권지역이었어. 대문 옆에는 순찰함이라고 쓰인 나무로 만든 작은 우편함 같은 상자가 달려있었어. 순찰함에는 자그마한 자물통이 달려있었는데, 하루에한 번 순찰을 도는 경찰이 순찰함을 열고 순찰일지를 꺼내 서명을 하고는 했어.

그는 나를 수곡동 관사까지 보디가드처럼 데려다주고는 순찰함에 서명을 했어. 아마 그는 나를 보호한다기보다 감시하는 임무를맡고 있었나 봐. 나는 그가 젊은 남자로서 나에게 반해서 근무시간중에도 마구 찾아오나보다고 생각했지. 나는 감시대상 1호였고, 여차하면 잡혀들어갈 지명수배자였나 봐.

3. 나는 너와 함께 신(神)이 아니다

아버지가 머무시던 관사에는 아버지의 애장품인 멋진 물건들이많았어. 일테면 담배 파이프라든지 또 볼사리노 상표의 중절모자를 비롯한 모자들도 있고, 가보로 물리겠다고 하시는 바둑판도 있었지.

아버지는 담배를 피우지 않으셨어. 그즈음 담배를 끊는 중이었어. 끽연 습관을 그리 쉽게 단절할 수 있을까. 아버지는 평소에 담배를 놓아두던 장소, 서재의 책상 위, 응접실의 탁자 위, 안방 침대의 사이드 테이블 위에 파이프를 하나씩 놓아두셨어. 담배가 피우고 싶어져서 무의식적으로 손이 뻗어나가면 손에 파이프가 잡히도록 말이야. 허전한 손에 쥐어진 담배 파이프를 심심한 입에 무시는 거지. 담배를 잡았던 손과 입의 허전함과 심심함을 파이프로 달래고 계셨어.

그중 장미목으로 만든 파이프를 가장 아끼셨어. 나도 심심할 때면 손으로 쥐어보고 코로 큼큼거렸지. 나무의 향기와 파이프 잎담배의 구수한 냄새가 참 좋았었지.

그리고 가문의 보물로 물리시겠다는 애장품 바둑판은, 두께가 한 뼘쯤 되고, 반재(盤面)가 나이테가 고른 비자목이었어. 나이테가 사이 공간에 비해 단단한 비자나무라 결이 곧게 마름질되어 준수하게 잘생겼다는 느낌이 들었지. 바둑을 즐기는 사람이라면 이렇게 출중하게 잘생긴 비자나무 바둑판 하나 가지는 게 소원이라고 해. 비자나무는 연하고 탄력이 있어 바둑을 두세 판을 두면 겉면이 곰보처럼 얽어. 바둑알로 두들겨 맞으면 옴폭옴폭 패인 자국이 남는 것이지. 하지만 하룻밤만 젖은 수건을 덮어두면 반면은 다시 본디대로 평평해지는 탄성을 가지고 있어. 비자나무를 바둑판목으로 삼는 이유는 오로지 이 유연한 탄성 때문이야. 비자반의 반면에 바둑알을 놓을 때, 맑은 소리가 나며 살짝 튕겨지는 부드러운 탄성의 감촉은 어느 나무도 따를 수가 없어.

비자목 바둑판은 일등품 위에 한층 뛰어난 특등품이 있어. 반재며, 치수며, 연륜 등이 일등품과 다를 바는 없으나, 특등품은 얼굴에 머리카락 같은 가느다란 흉터를 가지고 있지. 상처가 있어서 값이 내리기는커녕 오히려 비싸진다는 사실은 좀 아이러니하지.

비자나무 바둑판이 사고를 당해 균열이 생기면, 그 균열의 성질

여하에 따라서 일등품이 특등품으로 격상되거나, 낮잠을 잘 때 베고 자는 목침으로 전락하는 거야. 회생할 여지가 있을 정도의 균열이라면 갈라진 틈으로 이물질이 들어가지 않도록 조직이 촘촘한 수건으로 싸고 뚜껑을 덮어서 습한 곳에 간수해. 그리고 침착하게 인내심을 가지고 기다려야 해. 1년 2년 혹은 3년까지 조용히 저 혼자 상처를 치유하도록 놓아두는 거야. 계절이 바뀌고 추위와 더위가 차례로 순환하면, 그동안에 상처가 났던 바둑판은 제 힘으로 상처를 치유하여 본디대로 유착하고 머리카락 같은 희미한 흔적만이 남는다는군. 이런 균열의 흔적이 있는 바둑판을 특등품으로 치는 까닭은 그 회복력을 높이 사기 때문이야. 치명적 불구의 비자나무가 험한 시련을 이겨내면 되레 특등품으로 격상되는 거야. 아버지는 머리카락처럼 가는 균열 흔적이 나 있는 비자나무 바둑판의 자연치유능력에 대해 칭찬을 아끼지 않으셨지.

아버지가 날 부르셨어.

아버지는 바둑판을 앞에 놓고 앉아 계셨어. 왼손으로는 파이프를 잡고, 오른손으로는 물푸레나무 바둑알 통에 손을 담그고 계셨지. 자그락 자그락 아버지의 주먹 안에서 바둑알들이 가볍게 부딪치며 맑은 소리로 울었어.

한동안의 시간이 흘렀어.

나는 오래 무릎을 꿇고 앉아 있었기에 발이 저려서 자세를 바꾸려고 몸을 틀었어. 얼핏 고개를 들었다가 아버지의 눈가에 맺혀있는 물방울에 시선이 묶여버렸어. 순간 물컹한 뜨거운 덩어리가 가슴을 치밀고 올라왔어.

"네가 무슨 짓을 했는지 아느냐?"

아버지는 바둑알 한 움큼을 집어 바둑판 위에 올려놓으시면 낮지만 단호하게 말씀하셨어.

나는 더더욱 아무 말도 할 수가 없었어.

내가 자라면서 아버지에게 수십 번도 더 들었을 아버지의 훈계들이 생각났어.

고려 태조가 왕실의 후손들에게 내린 유훈(遺訓)으로 훈요십조(訓要十條)가 있듯, 아버지도 가족에게 가훈의 성격을 가지는 말씀을 늘 하셨어.

"나는 자신의 이익보다 국가의 이익을 먼저 생각해야 하는 공무원이다. 공무원의 가족은 혈연보다 동지로 결연되어 가장의 일을 동지적 차원에서 도와야 한다. 공무원은 늘 뇌물이나 부정의 유혹에 노출되어있는데 자식들이 혹은 아내가 공무원 가족으로 분수를 넘어서는 요구를 한다면 가족을 사랑하는 마음 약한 가장은 그런 유혹에 빠지게 된다."

공무원 가족으로 동지적으로 공무원을 도우며 검소하게 살아야 한다는 제1조에 이어 2조가 있었지.

"첫째는 실력, 둘째는 용감, 셋째는 청렴결백이다. 실력을 갖추고 불의에 용감하게 대항하며 청렴결백하게 살아라."

그리고 딸에게는 실력 용감 청렴결백에 더하여 '순결'을 교육하셨지.

아무 소리도 못하고 머리를 무릎 사이로 묻었어.

"인간이란 불완전한 존재이다. 언제 어디서나 과오를 범할 수 있다. 아무리 고매한 인격, 학식, 지위가 있다 한들, 거북이처럼 오래 살아서 충분한 경험으로 인생의 수업료를 지불했다 한들 과오를 범할 가능성에서 자유로울 수는 없다. 어느 의미로는 인간의 일생을 과실의 연속이라고도 볼 수 있다. 너처럼 아직 인생관이 정립되지 않은 청춘의 한가운데에 있는 젊은이들은 더욱 과오를 범할 확률이 높다. 자신이 다치는 과오도 있고, 남을 도와주려다가 남을 다치게도 한다. 별의별 과오가 다 있겠지. 보상할 방법과 기회가 있는 과실도 있고, 교통사고처럼 순간적인 실수로 자신과 남의 육체를 심하게 훼손하는 불치의 과오도 있다. 실수로 남의 집 유리창을 깨거나, 돌부리에 걸려 무릎이 까지는 상처를 입는 작은 과실에서부터 잠시 잠깐 치밀어 오르는 분노를 이기지 못하여 인명을 손상하여 일생을 암흑 수렁에 파묻어 버리는 큰 과실도 있다."

아버지는 긴 숨과 함께 말을 끊으셨어.

"너로 인해 집안이 풍비박산이 나려하지 않느냐. 네가 대학을 들어갔을 때 이 애비가 부탁한 것은 단지 두 가지였다. 하나는 대마초를 비롯한 마약의 유혹에 빠지지 말 것이며, 또 하나는 공무원의 딸로서 적어도 현재의 사회와 정치체제를 부정하는 사회적인 활동은 하지 말라는 것이었다. 너는 니 인생뿐만 아니라 아버지와 다른 가족의 인생까지 진창으로 몰아넣을 뻔했다."

긴 침묵이 흘렀어. 설령 눈물방울이 떨어진다 해도 지축이 흔들리는 소리를 낼 만큼 고요했어. 나는 이마를 방바닥에 댄 채로 끓어 엎드려 있었어.

"일단 한국을 떠나라. 거역한다면, 떠나지 않는다면, 내가 널 단죄할 수밖에 없다. 나는 내 딸을 믿는다. 과오로 생긴 균열을 자신의 유연한 탄성으로 치유한 비자나무는 특등품으로 거듭났듯이……"

아버지는 다시 또 한 번 말을 끊으셨어. 울컥울컥 울음이 넘어왔어.

"너의 실수를 만회하고 돌아오리라 믿는다."

한 무더기의 찬바람을 느끼고 내가 고개를 들었을 때, 아버지는 방을 나가신 뒤였어. 비자나무 바둑판 위에는 여권과 비행기 탑승권, 그리고 영어로 된 여러 가지 서류들, 암만의 미화가 든 누런 봉투가 남겨져 있었어.

그리고 세월은 유수와 같이 흘렀어.

사랑하는 내 딸 진아야.

몇 년 전이던가, 내가 미국에 있는 동안에 일어난 일인데, 어떤 미국 남자가 세상의 모든 남자를 대표하여 '아버지가 안될 권리'를 주장하며 소송을 했어.

여자는 자기 몸에 생긴 태아를 태아의 아빠의 의지와는 상관없이 낳을 수도 있고, 낳아서 입양을 보낼 수도 있고, 낙태를 할 권리도 있어. 그런데 남자는 자신의 아이가 만들어졌는지도 탄생했는지도 모르는 상황에서 난데없이 나타난 아이에게 꼼짝없이 양육에 대한 책임을 져야 한다며, 아이의 엄마가 아이 아빠의 의지에 반해서 엄마 혼자서 출생한 아이의 양육에 대해 책임을 지지 않을 권리를 보장해 달라는 것이었지. 판사는 이런 어이없는 소장을 재판에도 회부하지 않고 기각시켜 버렸어. 인간의 생명이란 잉태되는 순간부터 부모로부터 보호받을 권리가 있다는 뜻이었지.

진아야, 미안하구나.

네 아버지야 말로 네가 이 세상에 태어났다는 사실을 알지 못해. 내가 가족과 학우들과 조국을, 네 아버지에게서도 떠나야만 했던 뼈아픈 사연을, 네 아버지에게 알릴 수가 없었으니까.

창밖에 초승달이 떴구나. 미황색의 달빛이 어슴푸레 창문을 비추고 있구나.

너에게 꼭 전해줄 물건이 있어. 내가 평생을 간직하던 그 물건을 너에게 물려야겠구나. 네 아버지가 나에게 프러포즈를 하던 날 내 목에 걸어 준 목걸이야.

"어머니께서 임종하시면서 제게 주신 물건이에요. 훗날 제 앞에 이 목걸이의 주인이 나타나면, 그러니까 제가 결혼할 여자가 나타나면……"

그는 헌헌한 사내대장부였음에도 여인네처럼 수줍음을 타느라 말끝을 감추었지. 초승달 모양의 금목걸이였어. 그는 내게 하늘의 달을 따준 거야. 달은 노랗고 환하고 반짝반짝 빛이 났어. 하지만 더할 나위 없이 낡아서 박물관 진열장에서나 볼 수 있는 물건 같았지. 뒷면에 두 글자가 음각되어있었는데, 한 글자는 나무 목(木)자였고 나머지 한 글자는 심하게 훼손되어서 읽을 수가 없었어.

오늘 뉴스에 '그'가 나올 줄 알았어. 그래서 아침부터 TV를 켜놓았지. 치안감이래나. 무슨 지방경찰청장으로 퇴임을 한다는구나.

"30여 년간의 공직생활을 끝으로 정든 경찰을 떠납니다. 저는 대한민국의 격변기를 몸으로 겪었습니다. 그동안 조국과 경찰은 괄목상대할 만큼 발전했습니다. 큰 자부심과 긍지를 가지고 퇴임합니다. 경찰이 존재하는 가장 근본적인 이유는 국민의 생명과 재산 보호와 공공의 안녕과 질서 유지입니다. 그중에서도 '인명 존중'이라는 절대 가치를 우선시해야 하며……"

그에게도 풍상이 닥쳤겠지. 그도 눈물을 글썽이고 있구나. 회환의 눈물일까.

진아야,

작별도 못하고 보내버린 청춘은 돌이킬 수 없어졌고, 또한 횃불처럼 지펴졌던 정열은 재처럼 사그라졌구나. 우리의 실체는 불멸하는 영혼이 아닐까. 육체는 잠시 머물다가는 집일 뿐. 아마, 혼이 들어있는 인간은 그리 쉽게 쓰러지지는 않을 거야.

내가 지금 검진의 결과를 기다리기는 해도, 전문의가 내게 시한부 인생임을 선고한다고 해도, 나는 춤을 배우고 싶어. 여행을 떠나고 싶어. 에베레스트 정상을 오르고 싶어. 세상의 어느 용감한 여행자도 저어했던 한계선을 넘는 도전을 하겠어.

고상하고 우아하게 늙어가기보다는 더 많은 실수를 하며 또 그 실수를 극복하며 거칠게 살고 싶어. 그리고 힘닿는 데까지 너의 일을 돕고 싶어. 네가 동고동락을 맹세했다는 청년과 결혼하여 가정을 꾸리고 아이의 엄마가 되는 것도 보고 싶어.

난 아직 심장이 뜨겁거든.

인용
1) 눈물과 보석과 별의 시인 김현승의 시 '플라타너스'
1,2,3 장의 제목은 김현승의 시 '플라타너스' 중에서 발췌

상당(上黨)산성에 뜨는 달

1. 달을 따주세요

통일을 이룬 신라는 수도가 반도의 동남쪽에 치우쳐 있어서 확대된 영역을 통치하기가 불편하였으므로 이전까지의 제도를 발전시켜 지방 행정 조직을 전면적으로 조정하였다. 신문왕 5년(685년) 3월, 전국을 9주로 나누고 주 밑에 군(郡)·현(縣)을 두었으며, 주에는 총관(摠官:후에 都督으로 개칭), 군에는 수(守), 현에는 영(令)을 두어 각각 그 수장(首長)으로 하였다. 또한 수도 금성(경주)에서 멀리 떨어진 지역의 지배를 위하여 소백산맥 외곽지역에 남원소경(南原小京:남원) 중원소경(中原小京:충주) 북원소경(北原小京:원주) 서원소경(西原小京:청주) 등의 4소경을 배치하고, 김해지역의 금관경(金官京)과 합하여 5소경이라 하였다. 원래 백제의 상당현(上黨縣)이었던 서원소경은 신라의 왕경 금성에서 금강 유역으로 가는 길목에 위치하고 있어 경제적 요충지였으므로 성을 쌓아서 군사적 방어체계를 갖추도록 하였다.

소경의 장(長)은 사신(仕臣) 또는 사대(仕大)라 하였으며, 수도 금성을 따라 소경마다 6부(部)를 두어 왕이 순주(巡駐)하였다.

서원소경의 첫 사신(仕臣)은 신라의 아찬 원태(648~720)였다.

그는 어질고 덕망이 높았으나 부인을 맞은 지 10년이 넘도록 슬하에 혈육이 없었다. 사신과 그의 부인은 후사를 구하고자 산천에 제사도 하고, 백성들에게도 두루 선정을 베풀었다. 정월보름날에 허물어진 길을 잘 닦고 징검다리를 놓아 백성이 편히 다닐 수 있게 하였고, 칠월칠석에는 백성들이 항상 깨끗한 물을 먹을 수 있도록 성안의 우물들을 수리하여 시암제(샘제)를 지냈다. 또한 대찰에 정성껏 시주를 하여 복인복과를 기원했다.

어느 날 해가 뉘엿이 기울 무렵 해지고 너덜거리는 납의를 입은 노승이 찾아와 사신을 뵙기를 청하였다.

"사신이시여, 소인은 여염에 다니는 탁발승이옵니다만, 한숨소리가 월장을 하고 담 안에는 근심의 기운이 서렸기에 그냥 지나칠 수가 없었습니다."

노승은 선풍도골에 도도한 눈빛을 날렸고 목소리의 울림은 공기를 휘저었다.

"원경의 어진 임금이 나라를 다스려 도적도 없고 전염병도 돌지 않으며 해마다 풍년이 드는 태평성대인데, 여태까지 슬하에 자식이 없으니 그것이 큰 근심이 아니고 무엇이겠소."

사신은 장탄식을 하였다.

"단군신화를 살펴보면, 웅녀(熊女)가 결혼해 주는 이가 없으므로 매일 신단수(神壇樹) 아래에서 아이를 잉태하고자 정성을 다해 빌었다고 합니다. 우리의 조상님들은 신수(神樹)에 깃든 정령의 힘을 빌려 아이를 낳고자 하였습니다. 부인께서는 목욕재계하시고 상당산을 미답의 숲길로만 오르십시오. 상당산 서쪽은 가풀막졌고, 동쪽은 반비알져 있습니다. 북쪽 산길은 급경사요, 낭성쪽 산길은 평지입니다. 상당산 서쪽의 물은 무심천을 거쳐 금강으로 흐르고 상당산 동쪽의 물은 미원천을 거쳐 한강으로 흘러갑니다. 정성을 다하시면 혜안을 가지신 부인께서는 정령이 깃든 신수를 만나실 것입니다."

사신의 부인은 몸을 정갈하게 하고 노승이 시키는 대로 집을 나섰다. 새벽안개를 뚫고 아무도 밟지 않은 숲길을 따라 걸었다.

산은 온통 푸른빛으로 물들기 시작하는 늦은 봄이었다. 치맛자락이 금세 풀물이 들었고, 어디로 손을 뻗어도 금세 푸른 물이 스며들 것처럼 하늘은 옥빛을 머금었다. 부인은 산길을 걷다가 쉼을 잊었고, 나무 그늘이 좋아 그늘에 앉으면, 흐르는 개울물 소리와 산새들의 지저귐에 취하여 길을 멈추면, 또다시 길을 가야 한다는 사실을 잊었다.

얼마를 걷자하니 홀연 산이 겹겹이 포개졌고, 산봉은 험하고 골짜기는 심온했다. 울울한 숲으로 이르는 작은 길이 여러 갈래로 나 있었다. 어찌할 바를 몰라 우뚝 서 있으려니, 어디서인가 길 안내자가 나타났다.

안내자는 그녀가 가까이 다가오면 훌쩍 날아서 저만치 앞서 갔다. 그녀가 다가오기를 기다려 훌쩍 날아가 저만치 앞길에 내려앉는다. 기다리나보다고 다가가면 얼른 앞으로 날아갔다. 앞으로 날아간 녀석은 다가오는 사람을 마주보며 앉아있었다. 괴이한 생각이 들어 한번쯤은 달려가서 재차 확인을 했지만 등을 보여주지는 않았다. 녀석은 계속 앞서서 날아가며 그녀를 따라오라 하고 있었다. 가만히 들여다보니, 몸통의 길이는 새끼손가락만한데 가느다란 다리가 세 쌍이 달려있고 머리에는 뿔 같은 더듬이가 한 쌍이었다. 몸 빛깔은 무당벌레처럼 녹색 붉은색의 얼룩무늬가 있고 몸 전체에 금칠을 한 듯 화려하게 빛이 났다.

비탈진 돌길은 높고 험했으며 수풀은 무성히 우거졌는데, 시내는 돌아 흐르고 길은 굽어져 꺾이고 또 꺾여졌다. 그 골짜기에 겨우 들어서니 앞이 넓게 트였다. 병풍처럼 둘러친 산이 운무를 허리에 두르고 서 있었다.

안내자의 인도를 따라가다 보니, 고개 정상이 바라보이는 턱에 이르러 숨이 차서 더는 갈 수가 없었다. 쉼터를 물색하던 중 마치 남녀가 끌어안고 서 있는 모양새의 느티나무 두 그루가 눈에 띄었다. 두 나무 가지가 엉켜 한 나무처럼 된 연리지목(連理枝木)이었다. 앞서 폴싹폴싹 뛰어가던 녀석이 보이지 않았다. 부인은 녀석이 연리지목까지 데려다주고 할 일을 다했다고 가버렸나 했는데, 녀석은 연리지목 나무 밑동의 부드러운 흙에 알을 낳고 있었다. 신기한 구경을 하며 부인은 나무 그늘에서 땀을 식혔다.

"나무와 풀이 거침없이 자라 누군가 지나간 흔적을 지워 미답의 길인 듯 보이나 먼저 이 길을 밟은 사람이며 짐승이며 미물들이 분명 있으리라. 또한 그들의 뒤를 따라 여기 올 생명도 많을 것이다. 제각기 길 따라 자기의 길을 가기 마련이다. 웅녀는 신단수 아래에서 아이의 잉태를 위해 정성껏 빌었다 했다. 그것은 웅녀의 길이었다. 하늘의 섭리에 따르면 삶은 편해지고, 거스르면 고난이 닥칠 것이다. 갈 길을 재촉한들, 아무리 치성을 드린다 한들, 하늘이 자식을 점지하지 않으면 아무 소용이 없는 일이다."

그녀는 부르튼 발을 주무르며 탄식했다. 포기하고 오던 길을 되짚어 가려했다. 그녀가 뒤돌아서니, 방금까지 여인네의 가르마처럼 하얗게 열려있던 지나온 길에 가시덤불 장막이 덮이며 길이 사라졌다. 앞쪽은 어서 오란 듯이 환하게 열렸다. 숲속이어서 방위는 가늠할 수 없었지만 좌우 뒤쪽이 모두 가시덤불로 막혔고 앞쪽만 길이 생겼다. 그녀는 하는 수 없이 기진해 쓰러질 때까지 걸었다. 어느쯤에서 쓰러졌는지 알 수는 없다. 잠시 잠이 들었던가. 꿈에 백발이 성성한 노인이 나타났다.

"이 느티나무의 정기를 그대에게 주노니 배양하여 큰 그릇을 만들라."

무언가 얼굴을 간질이는 느낌에 깨었다. 연노랑의 느티나무 꽃이 얼굴을 가득 덮고 있었다. 느티나무의 무성한 잎들은 햇빛을 걸러주었고, 나무 우듬지를 흔들던 바람은 사뿐히 내려와서 꽃향기를 뿌려주었다.

부인은 느티나무에 금줄을 매놓고 100일 동안 치성을 드렸다. 치성을 드리는 동안 하늘빛의 여운이 엷어지면 반딧불이가 날아와 밝혀주었다. 자연은 시시각각으로 황홀한 아름다움을 보여주며 흘러갔다. 밤과 낮이, 여름과 가을과 겨울이 지났다.

사신이 부인을 맞아 합방을 하자, 곧 부인에게 태기가 있었고, 달이 차자 아이를 낳았다. 구슬처럼 맑고 깨끗한 여자아이였다.

"고을을 제대로 다스리기 위해서는 반드시 성품이 관후하고 총명한 내자가 필요한 법이요. 그대의 태도는 조용하고 엄숙하여 위로 조상을 받들고 아래로 인륜을 두텁게 하였소. 그대가 쌓은 선행이 후손에까지 이어져 마침내 규목처럼 아름다운 재원을 낳았소. 나는 그대에게 큰 상을 내려 아름다운 덕행을 표창하는 바이요. 앞으로 부부간의 도리를 지키고 후손의 양육에 힘쓰기 바라오. 나는 그대와 함께 무궁한 행복을 누리고 싶소."

사신은 부인에게 은그릇과 비단과 베와 쌀을 내려 치하하고, 느티나무의 정기로 태어난 딸의 이름을 규목(槻木)이라 지었다.

"여봐라. 내 혈육을 얻었으니 경사로다, 잔치를 벌여라."

사신은 사흘 밤 사흘 낮을 큰 잔치를 배설하여 백성들에게도 한밥을 먹였다. 많은 백성들이 함께 자리를 하고 아이의 탄생을 축복했다. 수백 마리의 소와 돼지 닭 등을 잡아 요리하고 온갖 술을 빚어 신하들과 백성들을 대접하였다.

규목은 잔치가 시작되면서부터 울기 시작하였다. 젖을 물려도 방울로 얼러도 울음을 그칠 기미가 없었다. 무엇이 아이를 불편하게 하는지, 어디가 아픈지 알 수가 없었다. 하지만 온 백성들에게 아이를 선보이기로 하였으므로 여전히 울고 있는 아이를 데리고 정청으로 들어갔다.

문무백관들은 축배를 들고 아이의 장래와 사신의 만수무강을 빌었다. 그때 아이의 탄생을 예언했던 노승이 나타나 사신에게 축하의 말을 하였다.

"사신이시여, 즐거워하옵소서. 따님은 달의 원력을 지니고 이 세상에 나오신 분이십니다. 세상이 어지러워지면 평화스러운 나라에 악행이 횡행하고 백성들은 고통에 휩싸일 것입니다. 따님은 그를 구하고자 화현하셨습니다."

"그렇다면 어찌하여 백성들을 고통에서 구할 훌륭한 재목이 여러 날 동안 울음을 그치지 않고 부모와 백성들을 괴롭히고 있습니까?"

"당연히 그럴만한 이유가 있습니다. 따님은 자비와 은덕을 실현 코자 이 세상에 오셨습니다. 그런데 사신님은 따님의 탄생을 기화 로 가림이 없는 살생을 하여 잔치를 베풀고 있습니다. 따님은 스스 로 그 살생죄업의 관용을 빌고 있습니다."

"세상 일체의 생물은 인간을 위해서 태어난다. 더욱이 그것의 생 살여탈은 오직 내 권한이거늘 어찌 그런 망측한 말을 하는가."

"생명이 있는 것은 비록 하찮은 미물일지라도 목숨을 아끼는 마 음이 사람과 다름이 없습니다. 사신님은 살생여탈의 권한에 앞서 귀한 목숨을 관리 보호할 의무도 있습니다. 굽어 살피소서."

"그렇다면 저 아이의 울음을 그치게 할 수 있겠는가?"

"사신께서는 살생을 멈추어 자비를 베푸십시오."

백발의 노인은 사신의 다짐을 받은 후에야, 아기의 이마를 어루 만지며 축수하였다.

"규목 아가씨, 울음을 그치십시오. 아가씨의 정신이 어두워지면 세상이 어두워지옵니다. 세상을 제도하려면 명징한 이성으로 깨어 있으십시오. 오로지 아가씨만이 대업을 이룰지니, 울음을 그치시 고 평온하고 자애로운 마음을 가지세요."

노승의 축수가 끝나기도 전에 벌써 규목은 울음을 그치고 새근새 근 잠이 들었다. 신기한 일이었다.

"오늘로서 잔치는 마치고, 살림이 어려운 백성들에게 의복과 식 량을 두루 나누어 주도록 하고 불필요한 살생을 멈추어라."

사신은 비로소 잔치에 모인 모든 사람에게 일렀다.

규목은 말을 시작하면서부터 글을 읽더니 일곱 살이 되자 신묘한 글재주를 보여주었다. 성정은 강직하고, 재능은 발군한데, 행동은 얌전하고 정숙하며 부녀자의 도리를 지키는 데에 열심이니 부모가 그를 극진히 사랑하였다.

불면 나를 새라 쥐면 꺼질 새라, 사신 부부는 규목이 원하는 모든 소원을 들어주며 키웠다.

규목의 열다섯 번째 생일이었다.

"사랑하는 규목아, 무엇이 갖고 싶으냐. 네 소원이라면 무엇이라도 들어 주마."

사신은 소녀티를 벗고 제법 여인의 향취를 풍기는 딸을 바라보며 흐뭇한 미소를 지었다.

"아버지, 달을 따주세요. 소녀는 달을 가지고 싶어요."

규목이 방긋 웃으며 어리광을 피웠다.

"무엇이라? 달이라고 했느냐?"

사신은 재차 물었다.

"네, 저는 달을 가지고 싶어요."

사신은 한없이 난감하였다. 눈에 넣어도 아프지 않을 딸이 아비의 힘으로는 어쩔 수 없는 소원을 들어달라며 떼를 쓰기 때문이었다. 아직 철이 들지 않아 사리분별이 안되는 딸아이가 한심했으나, 사신으로서 한 번 내 뱉은 말을 도로 불러들일 수가 없었다. 긴 고민 끝에 사신은 고을 방방곡곡에 달을 따오는 젊은이에게 큰 상금을 내린다는 방을 붙였다.

전국의 모든 젊은이들이 달을 따러 떠났다. 내로라하는 젊은 무사들이 달을 따기 위해 용감하게 길을 떠났다.

한 달이 지나고 두 달이 지났다. 그 사이 달은 이울어졌다가 찼다가 다시 이울어졌다가 차기를 반복했다.

이웃나라의 왕자는 천승의 수레를 가지고 만 명의 사졸을 선발해서 달사냥을 떠났다고 했다. 들판은 왕자의 사졸들로 메워졌으며, 우암산(牛岩山)에 단을 쌓고 떨어지는 달을 받고자 명암지(明岩池)에 쇠그물을 쳤다는 소문도 들려왔다.

2. 달을 따드리지요

서원소경에서 멀리 떨어진 산속에 한 소년이 살고 있었다. 소년은 홀어머니를 모시고 살았다. 듣지도 말하지 못하는 그의 어머니는 그에게 아무것도 가르치지 못했으나 그는 태어나면서부터 자연과 하늘의 섭리를 눈과 귀와 가슴을 열어 받아들였다.

그는 산에서 송이도 따고 석청도 따고 다래 머루도 따고 칡뿌리도 캐먹고 숲에서 까치와 참새와 끊임없이 노래하고 노루와 다람쥐와도 한데 엉겨 뒹굴면서 살았다.

어느 아지랑이가 피어오르는 봄날, 가없이 너른 하늘을 열지어서 날던 새떼들이 뜰에 씨앗 몇 개를 떨어뜨렸다. 갈무리하여 심으니 다음해 비에 흐뭇하게 젖은 흙을 뚫고 싹이 텄다. 몇 번의 봄이 지나자 잎이 무성해지고 잎겨드랑이에서 연한 노란색의 꽃이 폈다. 꽃이 지자 진한 자줏빛의 둥근 열매가 주렁주렁 달렸다.

어느 날 가사를 입고 삿갓을 쓴 사내가 풀을 엮어서 지붕을 얹은

초가의 사립문을 밀고 뜰에 들어섰다. 그는 멀리서부터 나무를 목표 삼아온 듯, 나무에서 눈을 떼지 않고 미투리를 벗고 나무 주위를 오른쪽에서 왼쪽으로 다섯 바퀴 돌았다. 나무 그늘에서 한참을 땀을 식힌 사내는 소년에게 갈증을 달래줄 물 한 그릇을 청했다.

"마음을 깨쳐준다는 보리수로군요. 보리수 밑에서 석가모니가 도를 깨달았다고 하여 근처에는 절을 짓습니다. 이곳에 본래는 유명한 대찰이 있었지요. 큰 난리에 충화를 당했는데 그 후 중창하지도 못하고 세월만 유수처럼 흘러서, 이제 흔적도 없군요."

달게 우물물 한 사발을 비운 그가 한숨을 내쉬었다. 먼 산 그늘에 띄운 그의 눈빛은 형형했으나 부드럽고 온화했다. 그의 목에는 백팔염주를 팔에는 단주를 걸고 등에는 누더기 바랑을 메고 있었다. 산속에서 지내거나 들판을 떠돌아다닌 고생의 흔적이 주름의 고랑마다 묻어있었지만 쉽게 범접할 수 없는 기운이 풍겨나고 있었다. 사내의 비범한 기운을 느낀 말 못하는 그의 어미가 사내에게 합장배례를 하고 납의의 소맷귀를 부여잡으며 손짓발짓으로 아들을 걸어주기를 간청하였다.

소년을 그윽하게 바라보던 사내가 말을 이었다.

"아이는 전생에 올바른 수행으로 현실의 고행에서 벗어나 해탈에 이른 불타였습니다. 허나 지나치게 겸손하여 자신에게 법을 물어오는 이들에게, 나는 아무것도 모릅니다, 라면서 법을 나누어주지 않았기에 그 죄가 쌓여서 말 모르는 어미의 자식으로 태어났습니다. 본디, 전생의 자기를 찾고자 함은 과거와의 결별이요, 태초에 천지가 열리는 것과 다를 바가 없지요. 열 번의 생에 받을 업을 한 번의 생에 받으려하다니 그 업장을 어찌 소멸하려고……"

벙어리 어미와 단 둘이 산 탓에 소년은 말을 몰랐다. 난감한 듯 뒤돌아 먼산바라기를 하는 사내에게 소년은 고개를 깊숙이 숙여 단지 감사의 뜻을 표했다.

모자에게서 거두어들인 시선을 뒤로 물러나 앉은 산과 들과 하늘 끝까지 던진 사내가 말했다.

"사방의 산이 멀리 물러나 들을 품에 안았고, 산맥이 평지에 뻗어내려 강을 이루었습니다. 산하의 정을 사람이 닮는다 했지요. 인걸은 산천의 영기가 모여 탄생하는 법. 땅의 정령이 그대의 아들을 내게 보냈나보오. 허어, 흙과 물과 하늘을 누비는 생명으로 태어나 자연과 하나 되는 자유를 누려야 하거늘."

소년은 사내의 뒤를 쫓아 깊은 산으로 들어갔다. 소년은 산에서 한 걸음도 나오지 않고 배움에 정진하였다. 보리수나무의 꽃이 지고 열매가 떨어지고, 그가 깨닫지 못하는 사이 세월이 흘렀다.

어느 날, 스승이 그를 불렀다. 그는 무릎을 꿇고 스승의 앞에 앉았다. 스승은 보리수 열매로 꿴 염주를 장성한 젊은이에게 내밀었다.

"네 집 뜨락을 지키던 보리수 열매로 꿴 염주니라. 불자들이 예배할 때 손에 걸거나 손으로 돌리며 부처님을 간절히 생각하는 수를 헤아려 잡념을 없애고 정신을 한 곳에 집중시키려는 데 사용하는 구슬이다. 염주를 가지고 염불을 하면 중생이 지니는 과거와 현재와 미래의 고통과 슬픔인 백팔번뇌를 모두 소멸하고 안락을 얻게 된다 하였다. 네게 내리는 정연(靜淵)이라는 이름과 이 염주를 항시 몸에 지니면 번뇌가 소멸하고 안락에 이를 터, 내 잠시 다녀올 데가 있느니 너는 너의 길을 정하여 수행에 정진하라."

접었던 상반신을 들어 스승의 자취를 쫓아보니, 사내는 장삼자락을 표표히 나부끼며 산등성을 돌아 구름 속으로 사라지고 있었다. 바위의 이끼를 쪼던 학 한 마리가 훨훨 그를 쫓아 막 붉은 노을이 지는 하늘가로 날아갔다.

다음날 아침 정연은 새벽닭 울음소리에 깜짝 놀라 벌떡 일어나 앉았다. 꿈이라기에는 너무 놀랍고 생생했다. 오른쪽 어깨에 달이 얹혔고, 왼쪽 어깨에 해가 얹혔다. 잠에서 깼는데도 생시의 일처럼 해와 달이 느껴졌다.

정연은 문득 자신에게도 때가 왔음을 알아차렸다. 누덕누덕 기운 장삼을 걸치고 괴나리봇짐 둘러메고 구름 따라 물 따라 인간세상을 향해 첫발을 내딛었다. 비록 겉모습은 남루하고 초라했으나 양 어깨에 해와 달이 임하고 등 뒤에서 북두칠성이 응원하는 듯 광휘가 그를 감싸고 있었다.

그가 들꽃의 향기를 맡으려고 고개를 숙이면 사냥꾼이 날린 화살이 비켜갔고, 풀썩 뛰어오르는 개구리에 놀라 뒷걸음치면 수렁이 피해졌다. 산중에서 발을 헛디뎌 낭떠러지 떨어지려는 그를 칡넝쿨이 발목을 감아 잡아채 살려주었다. 보이지 않는 기운이 항상 그를 수호했다. 그는 혼자였으나 혼자가 아니었다.

정연은 산을 넘고 내를 건넜다. 백성들이 모를 내는 논가에 이르렀다. 논에 모를 내는 사람들은 노인이거나 여인네들뿐이었다. 논을 지나 산길로 접어들었다. 한적한 산길에 아낙들이 모여앉아 있었다. 그네들은 땅이 꺼져라 한숨을 내쉬었다.

"이보세요. 산에도 들에도 남정네들은 없고 아낙들만 모여서 한숨을 그리 내쉬고 있습니까."

정연은 백성들이 무슨 이유로 그리 한숨을 내쉬는지 궁금하여 말을 붙였다.

"우리는 산에 약초를 캐러 왔습니다. 세상에, 이 고을에 사는 남정네들은 다 달을 따러 떠났지요."

"달을 따다니요? 달은 하늘에서 떴다가 지는 것이어서 땅에 사는 인간이 달을 딸 수는 없지 않나요?"

"젊은이는 땅에서 솟았소? 하늘에서 떨어졌소? 세상일이 어찌 돌아가는지 그리도 모르오?"

"저는 깊은 산중에 살다가 처음 마을로 내려왔기 때문에 세상일에 어둡습니다."

"우리 고을을 다스리는 사신님이 따님에게 무슨 소원이든 다 들어준다며 말하라 했는데, 아가씨가 글쎄 하늘의 달을 따달라 했다는군요. 젊은 남자들은 모두 달을 따러 떠났고 힘없는 노인과 아낙들만 남아서 농사와 길쌈을 하고 있지요. 사신님도 몸소 한 약속이라 어길 수도 없어서 참 난처하시겠지요."

동네 아낙들의 이구동성에 정연은 자신이 갈 곳이 어디인지 결정하고 서둘러 길을 떠났다. 정연은 다시 들을 가로질렀고 내를 만났다. 날이 저물어 하룻밤 묵을 만한 곳을 찾았으나 인가를 만날 수가 없었다. 그는 개울가 풀숲에서 노숙을 하고 사신관저를 향한 발걸음을 재촉했다.

아침부터 걷기 시작한 그는 해가 하늘의 한복판에 다다를 무렵, 두 갈래 물길이 만나는 개울가에 도달했다. 잠깐 여독을 풀고자 개울에 발을 담갔다. 맑고 시원하게 흐르는 개울 모래 속에 발을 묻고 앉아 있으려니 나른한 피로가 한꺼번에 밀려왔다. 그는 괴나리 봇짐을 베고 달콤한 낮잠에 빠졌다.

풋잠 속에 짧은 꿈이 찾아왔다.

서쪽 하늘에서 새떼들이 시야를 가득 메우면서 날아와 그의 머리 위를 맴돌았다. 그러다가 한떼의 새들이 한꺼번에 그를 쪼아 먹을 듯이 달려들었다. 그는 놀라서 잠에서 깨어났다. 해는 아직 중천에 떠서 새의 부리가 톡톡 쪼는 것 같은 햇빛이 그의 얼굴에 퍼붓고 있었다. 무척 긴 잠인 줄 알았으나 실은 담배 한 대 피울 참밖에 되지 않았다.

시냇물은 황금빛으로 햇빛을 되쏘며 흘러갔다. 여전히 그의 발은 물속에 잠겨있었고, 송사리 떼가 그의 발을 간질이고 있었다. 그는 발을 물속에서 빼어내려고 일어나 앉았다. 물속에 잠긴 두 발 사이에는 곱고 하얀 모래가 엷게 덮여있었다. 그는 얼핏 양발 사이에 고여있는 왕모래 속에 황금색 모래가 끼어 있는 것을 발견하고 눈이 휘둥그레지게 놀랐다.

황금이었다. 얼결에 황금을 물속에서 발견한 정연은 설레는 가슴을 억누르고 근처의 토사를 함지에 담아 일어보았다. 함지 바닥에 가늘고 고운 하얀 모래와 거무스름한 모래가 깔린 사이사이로 마치 밤하늘에 별이 박히듯 노란 금싸라기가 점점이 박혀있었다. 정신없이 사방을 돌아다니면서 몇 군데의 흙을 퍼서 시험 삼아 물에 일었다. 몇 점의 금싸라기를 얻은 그는 갈 길을 접고 막장을 쳐서 금점판을 차렸다.

마침내 이와 같은 소문은 근동에도 팔도 각지에도 퍼져 많은 덕대들과 금점꾼들이 모여들었고 금점판 근처에는 객주와 술집과 밥집들이 들어섰다. 한철도 지나지 않았는데, 일대는 금을 캐는 사람들로 성황을 이뤘다. 정연은 두더지처럼 편평한 들과 골짜기를 흐르는 개울과 산속의 계곡도 일구었다. 두 갈래 물길이 만나는 합수머리에서 시작해서 북쪽으로 목암산 호암리 방면의 하천을 중심으로 금점판을 넓혀갔다. 어느새 사람들은 합수머리에서 호암리에 이르는 하천을 '금이 나오는 내'라는 뜻으로 '쇠내개울'(金川)이라 불렀다.

정연은 금 모으는 재미에 빠져, 갯가 바위 언저리로 기어오르는 밀물처럼 세월이 차오르는 줄도 몰랐다.

그날도 한 알맹이라도 금을 더 찾아내려고 함지 속의 감흙을 일었는데 흰모래 검은 모래 그리고 노랗게 반짝이는 금싸라기 사이에서 닳고 낡은 그의 염주가 허방다리에 빠진 짐승처럼 함지에서 빠져나가고자 허둥지둥 덤벼들고 있었다.

금광상 중에서도 사금광상은 금광맥이 풍화작용에 의하여 무너지고 헐려서 자연금과 잔돌과 함께 빗물 또는 냇물에 운반되다가 침적되어 형성된 광상이다. 사금 가운데에는 금광맥이 붕괴된 채 흙과 모래와 함께 강바닥에 고여서 멀리 운반되지 못하고 그대로 흙과 섞여있는 금도 있었다.

금에 맛을 들인 정연은 한시도 몸에서 떼어놓지 않고 목에 걸고 다니던 보리수 열매 염주가 없어진 줄도 모르고 있었던 것이다.

함지는 운두가 좀 깊고 밑은 좁고 위는 넓게 나무로 네모지게 짜서 만든 그릇이다. 광산에서 금을 채취하려면 감흙을 물에 일어서 금을 걸러내야 한다. 비중의 차이를 이용하여 조리로 쌀과 돌을 가려내듯이, 함지로 필요한 금 부스러기와 쓸모없는 맥석을 가려낸다. 그러므로 함지 안의 금 부스러기는 함지 밖으로 빠져나가지 못한다. 그렇듯, 함지방에 들어간 염주는 나갈 수가 없다.

정연은 함지에서 빠져나오고자 발버둥치는 염주를 보고 깨닫는 바가 컸다. 그는 염주를 찾아 목에 걸고 단호히 금점판을 떠났다.

드디어 사신관저의 높은 대문 앞에 도달했다. 집채가 웅장한데 세 길 담장이 사방을 둘러있고 우뚝한 솟을대문이 꽁꽁 닫혀있었다. 하늘을 나는 새와 땅을 기는 쥐라도 감히 들어갈 틈이 없었다.

"자네가 달을 따겠다고?"

사신은 반쯤 실눈을 뜨고 물었다. 여섯새 무명옷에 논밭이나 갈고 땔나무나 하던 산골 무지렁이 같은 젊은 녀석이 달을 따오겠다고 난데없이 나서니, 기가 차다는 듯이 혀를 찼다. 사신이 보기에 그는 서책을 읽거나 지필묵을 만져보지도 못했고, 더구나 창이나 검을 구경해본 적도 없으면서 천둥벌거숭이처럼 덤비는 젊은 녀석이었다.

"먼저 달을 따달라는 아가씨를 뵙게 해주십시오. 드릴 말씀이 있습니다."

정연의 당돌함에 사신은 턱을 고였던 손을 내리고 몸을 일으켰다.

"무슨 계책이 있으신가요?"

여인의 목소리가 사신이 앉은 의자의 뒤편에서 먼저 들려왔고 장막이 펄럭 바람을 일으키더니 어디선가 정연이 한 번도 접해본 적이 없는 향기가 풍겨왔다. 잠시 후 장막자락을 살짝 밀치고 홀연한 여인이 나타났다. 낯빛은 희고, 입술과 볼은 붉었다. 그는 눈을 떼지 못하고 규목의 윤기가 흐르는 자태를 쫓았다. 샛별처럼 빛나는 두 눈과 서산 능선에 걸린 초승달처럼 아름다운 눈썹이 조화를 이루어 아리따웠다. 귀밑으로 머리를 땋아 붉은 댕기를 들였고, 옥양목으로 된 꽃버선을 신고 가죽 꽃신을 받쳐 신었다. 뛰어난 바탕과 수려한 용모는 만고의 미인이었다. 정연은 그만 규목의 자태에 넋을 잃고 말았다. 가슴이 마구 뛰고 정신이 혼미해졌다. 흥분된 가슴을 겨우 진정하면서 입을 열었다.

"규목 아가씨, 백성들은 하늘을 우러러 달에 소망을 붙이고 살고 있습니다. 달을 믿고 땅을 일구고 삽니다. 우리의 농사짓는 절기는 달로 시작되고 달로 끝이 납니다. 그것이 백성들의 삶이고 달의 삶입니다. 달의 명절인 정월 대보름과 팔월 한가위는 서로 짝지어져서 농사 절기의 시작과 마무리를 뜻하고 있습니다. 정월 대보름이 논밭을 갈아 농사를 짓는 일이 잘되게 달에게 기원하는 명절이라면, 팔월 한가위는 농경의 수확을 달과 더불어 갈무리하는 명절입니다. 아가씨께서 백성들의 달을 따서 혼자 가지시면 백성들은 농사도 지을 수 없어집니다. 백성들은 캄캄한 밤에는 달빛도 없는 어두운 밤길을 걸어야 합니다."

"그것이 바로 소녀가 달을 가지고 싶은 이유예요. 그럼 젊은이에게 묻겠어요. 그대는 달님 자매가 몇이나 되는 줄 아세요?"

"아가씨, 달은 하늘에 떠 있는 그 둥근 모양으로 말미암아 우주의 중심이자 전체이며 조화를 의미합니다. 하오나 이내 찼다가 기우는 것이 달입니다. 초승달에서 반달로, 보름달로 둥글어지는 과정이 끊임없이 쉬지 않고 진행됩니다. 달은 한 달을 주기로 매일 지속적으로 스스로를 채웠다가 비우기를 반복합니다. 그러니 달님은 한 분입지요."

"그대의 생각이 틀렸어요. 달님은 서른 자매예요. 서른 자매가 하늘의 서쪽 끝 큰 산 뒤에서 오순도순 사이좋게 살지요. 스물아홉의 자매가 잠든 사이에 다음 떠오를 차례가 된 달님은 서쪽의 큰 산 뒤에서 동쪽의 바다 밑으로 달려옵니다. 첫날은 초승달, 둘째 날은 초이틀의 달, 초사흘의 달, 상현달, 열다섯째 날은 보름달이 돋아 올라서 해님이 낮의 하늘과 땅을 밝혔듯이 달님은 밤의 세상을 밝혀줍니다. 그런데 한 달 중에 하루는 달님이 떠오르지 않아요. 나는 한 달에 왜 하루는 하늘에 달님이 없어서 칠흑같이 깜깜한 밤을 지내야 하는지 그 까닭이 알고 싶어요. 서른 번째 막내 달님은 자기 차례가 오는 한 달에 하루도 일을 안 할만치 게으른지, 아니면 아픈지도 몰라요. 아니, 막내 달님은 돌아가셨는지도 몰라요. 저는 막내 달님이 어찌되었는지 알고 싶어요."

그렇게 말하는 규목의 눈자위는 붉어졌다. 금방이라도 흘러내릴 듯이 눈시울에 눈물이 고였다. 규목의 설명을 듣고 있던 정연은 터져 나오는 웃음을 참을 수가 없었다. 하지만 또한 이런 어여쁘고도 갸륵한 생각을 품고 있는 규목을 어떻게 설득할까 잠시 생각에 잠겼다. 정연은 말을 이었다.

"아가씨, 달님이 초승달에서 반달로, 반달에서 보름달로 둥글어지는 과정은 생명의 점차적인 성장과도 같습니다. 사람으로 비유하면 태어나고 성장하며 장성한 어른이 되는 것이지요. 그러다가 거꾸로 보름달에서 반달로, 그리고 다시 그믐달로 스러져갑니다. 이것은 역으로 어른에서 늙은이를 거쳐 죽음에 다다르게 되는 생명의 퇴조와도 같지요. 그믐달이 사라지고 초승달이 다시 돋아나기까지 달이 완전히 모습을 감추는 동안을 달이 저승에 머무는 시간이라 친다면, 이러한 반복은 마치 하나의 생명이 생성 성장 변화 퇴조하여 죽음에 이르렀다가 저승을 거쳐 회생과 성장을 되풀이하는 것과 같습니다. 그래서 백성들은 달을 우러릅니다……"

"어서요. 막내 달님을 제게 데려다주세요. 제 소원을 들어주면 아버지께서 큰 상을 내리실거예요."

정연의 말이 채 끝나지도 않았는데 규목이 보채였다. 막무가내로 정연을 졸랐다. 정연은 아직 꿈과 환상을 품고 있는 어린아이처럼 천진난만한 규목을 어찌 대하면 좋을지 몰랐다.

순간, 잿불 속에서 불씨가 살아나듯 정연에게 한 가지 기발한 묘수가 생겨났다.

"저어, 아가씨. 달님은 어떻게 생겼지요?"

규목은 고개를 살짝 숙이고 두 손을 모은 채 앵두처럼 붉은 입을 연다.

"서른 자매의 달님은 모두 모습이 달라요. 순번을 정해서 눈썹 초승달님, 오른쪽 반달님, 둥근 보름달님, 왼쪽 반달님, 낫처럼 생긴 그믐달님…… 매일매일 조금씩 늦게 떠올랐다가 어느 날인가는 아주 안 나타나기도 하지요. 부끄럼 타는 달님은 자꾸 구름 뒤에 숨기도 하지요. 제가 따달라는 달님은 막내 달님, 그믐달님이에요. 그러니 앞에서 보면 여인의 눈썹처럼, 뒤에서 보면 남정네들이 농사를 지을 때 사용하는 낫처럼 생겼겠지요."

규목은 두 손의 엄지와 검지를 맞붙여서 동그란 원을 만들었다가 한 손바닥을 오목하게 모아서 초승달을 그려낸다. 그는 고개를 끄덕인다.

"아가씨 말씀이 맞는 것 같네요. 그렇다면 달님은 얼마나 클까요?"

그는 규목의 말에 맞장구를 치며 다시 묻는다.

"아마 제 새끼손톱만 하겠죠. 달은 제 엄지손톱으로 다 가려졌으니까요."

눈앞으로 엄지를 들어 올려 보여주는 규목은, 세상의 물정과는 단절된 규방에 깊이 묻혀있는 규수였다.

"규목 아가씨, 소인이 무식하여 묻는 것이오니 알려주세요. 달은 무엇으로 이루어졌나요?"

점점 난감해지기는 하였지만 그는 규목이 원하는 것이 무엇인지 궁금했다.

"그대는 정녕 달님이 무엇으로 이루어졌는지 모른단 말이에요? 달님은 금이에요. 그러기에 노랗고 환하고 반짝반짝 빛이 나는 거예요."

노란 저고리 안에 받쳐 입은 열다섯 폭의 분홍색 비단치마가 깃털처럼 미세하게 떨며 규목의 말 한마디 한마디를 뱉어낸다.

"아가씨께 마지막으로 여쭈어볼게요. 아가씨는 달을 따서 무얼 하실 건가요?"

규목은 잠시 부끄러운 듯 볼을 붉히다가 말을 잇는다.

"그믐날 밤에 내가 달님을 목에 걸고 다니면서 백성들의 길을 밝혀줄 테요."

규목에게서는 주변의 모든 고통을 행복으로 녹이는 생기가 넘치고 있었다. 규목의 말을 듣고 있던 정연은 심신이 놀랍게도 상쾌해졌다. 곁에서 귀를 기울이던 사신의 얼굴에도 환한 미소가 피어올랐다.

"사신님, 들으셨지요. 아가씨의 달은, 모양은 눈썹처럼 생겼고, 크기는 엄지손톱보다 작으며 금으로 만들어져서 반짝반짝 빛이 난답니다."

정연은 규목 쪽을 돌아보며 단호히 그러나 다정하게 말했다.

"규목 아가씨 오늘이 보름날이옵니다. 세 번의 보름달이 뜨기 전에 아가씨께 달을 드리겠습니다."

정연은 약속을 하고 물러나왔다.

그는 다시 금점판으로 갔다.

금을 제련하는 기술로는 삼국시대로부터 전승되어오는 사금제련

법이 있는데, 이는 사금을 도가니 속에 넣고 금이 완전히 액체로 녹았을 때 방망이로 도가니를 가볍게 두드리면 금은 얇은 조각으로 굳어지게 되고, 황토에 소금을 섞어 금 조각을 싸서 다시 불 위에 구우면 품질이 아주 좋은 잎 모양의 금을 얻는다.

그는 모래 위에 엽자금의 조각을 놓고 몇 겹을 철사로 잘 묶어서 불에 달구었다. 금이 차차 얇아지면서 빛이 붉어져갔다. 그는 몇 날 며칠을 잠도 자지 않고 땀으로 미역을 감으며, 엽자금으로 초승달 모양을 만들어냈다. 목에 걸 수 있도록 고리를 달았다. 명주실을 꼬아 끈을 만들어 달을 달았다. 서쪽 바다 밑에 숨어있는 달님, 초승달 모양의 금목걸이는 환하고 노랗고 반짝반짝 빛이 났다.

두 번의 보름이 지나고 세 번의 만월이 뜨는 날, 정연은 사신관저에 들어갔다.

"그대가 공주의 소원인 달을 따다 주었으니 내 그대에게 큰 상을 내리겠노라. 그대의 소원이 무엇이뇨."

그는 대가를 바라고 규목의 소원을 들어준 것이 아니기 때문에 사신의 물음에 답이 궁했다. 사신은 행색은 남루하나 결코 범상치 않은 재주와 학식을 가진 정연이 눈앞에 나타나면서부터, 과연 자신에게 무슨 도움이 될 사람인지 알아내려 골몰했다. 그가 망설이자 사신이 재차 물었다.

"네 아비가 누구더냐?"

"소인은 아비를 모르옵니다. 듣지 못하고 말하지 못하는 어미가 계셨사온데, 소인이 어렸을 때 저를 스님에게 딸려 출가시켰습니다. 그 이후로 뵙지를 못하였지요. 하산하여 어미와 살던 곳을 찾아갔으나 어미는 안계셨습니다."

사신은 혀를 찼다.

"소인, 스승 밑에서 약간의 글공부와 무술을 익혔습니다. 규목 아가씨 신변의 안전을 돌보는 일을 맡겨주십시오. 미력이나마 보태겠습니다."

주저하다가 드디어 결심이 선 듯 다시 입을 여는 그의 목소리에는 굳은 의지가 배어있었다. 그는 규목의 곁에 있고 싶었다. 곁에만 있게 해준다면, 규목을 위해 목숨을 바쳐도 아깝지 않으리라는 생각이 들었다.

서원소경의 사신 김원태는 야심이 큰 사내였다. 현재 왕당파에 밀려 권력의 핵심지인 수도 금성에서 거리상으로 먼 서원소경으로 밀려나와 있기는 하지만, 금성 입성을 도모하고 있었다.

그는 정연을 곁에 두기로 하였다.

3. 달이 지고 또 뜨는 한, 우리는 다음 세상에서……

따사롭고 평화로운 봄날, 서원소경의 사신관저는 떠들썩하다. 하인들이 앞뜰 뒤뜰로 분주히 내달으며 행장을 꾸린다.

오늘은 서원소경 사신의 금지옥엽 외동딸 규목이 금성으로 떠나는 날이다. 규목은 순주(巡駐)를 돌던 왕의 눈에 띄어 왕자비로 간택되었다.

엊저녁부터 대문 중문 기둥에 밀초가 타는 등롱이 걸렸다. 밤새 일렁이던 등롱은 이제야 풀이 죽어 얌전하다.

규목은 부산함이 휘몰아치는 안채의 일이 자신과는 전혀 상관이 없는 일처럼 느껴진다. 결혼에 대한 기대나 두려움 때문도 아니요, 부모를 남겨두고 홀로 떠나야 한다는 상실감 때문만도 아니다.

"부모님에게나 서원소경 백성들에게는 경사일지 모르나 내게는 안타까운 일이구나……"

간택의 전갈을 받은 후부터 얼마 되지 않은 동안에 홀쭉하게 야윈 규목의 여린 몸피가 까무룩 생각 속으로 빠져든다. 막 날갯짓을 시작하는 작은 새처럼 파다닥 불꽃 하나, 가슴에서 피어난다. 어느새 바람에 날리는 붉은 두견화 잎처럼 확 살아나는 불꽃의 조짐에 규목은 움찔 놀라 긴장한다.

규목의 아버지는, 지어미로서의 감내해야 하는 마음가짐을 딸에게 교육했다.

"나라를 다스리는 왕가에는, 위로 조상을 섬기고 아래로 인륜을 중히 여기는 성품이 후덕하고 총명한 여인이 필요한 법이니라. 한 오라기의 못미더움이나 어떤 기미도 허용되지 않는다. 오직 지아비만을 위하여 슬기롭게 지어미의 길을 가야 한다. 온전한 영혼으로 온전한 몸과 마음을 지아비에게 헌신해야 하느니……"

규목은 아버지의 말씀을 상기하며 고개를 가로저어 명치끝에 달려있는 불씨를, 정연에게로 닿는 상념을 밀어낸다. 하지만 저고리 뒷고대를 묵직하게 잡아당기는 막막함은 밀어낼 길이 없다.

옷을 갈아입고 가마에 타야 할 시각이다. 어머니는 오늘을 위하여 녹의홍상을 마련해 두셨다. 삼층장 맨 위 칸에 모시 보자기로 싸서 고이 모셔놓은 문항라 연두저고리와 생고사 다홍치마이다. 어머니의 자애로운 손길뿐만 아니라 심유한 정이 바느질 한 땀 한 땀에 올올이 박혀있는 옷이다.

규목은 옷을 갈아입는다. 은초사 깨끼적삼을 재양쳐서 손질하시던 어머니의 모습이 아련하게 떠오른다.

"시집가는 새색시께서…… 그 목걸이는…… 남겨두고 가시지요."

옷 시중을 드는 침모가 살핏한 적삼 오둠지 위로 길게 드러나는 규목의 목에 걸린 반달 모양의 목걸이를 보며 기어드는 소리로 중얼거린다.

"이 반달 목걸이는 달님이 뜨지 않는 그믐밤에 백성들의 암흑을 밝혀줄 등불이에요."

행여 침모가 강제로 빼앗기라도 할세라 규목은 목걸이를 가슴골에 묻는다.

"규목 아가씨, 누가 보아도 그 물건은 정인(情人)의 정표가 분명하온데……"

규목은 치받쳐 오르는 오열을 손으로 막으며 침모의 어깨에 이마를 묻는다. 규목의 눈에서 떨어지는 물방울에 깜짝 놀란 침모는 더는 채근하지 못한다.

병사들이 규목의 꽃가마를 호위하는 가운데, 정연은 말에 올라 일행을 재촉한다. 정연을 보자 불 지펴진 규목의 가슴은 매운 연기를 피우며 타들어간다.

서원소경에서 금성으로 가려면 상당산을 넘어야 했다. 행차행렬이 상당산 고갯마루에 이르렀다.

"유모, 가마꾼들이 숨이 턱에 차있는데, 좀 쉬어가자고 해요."

꽃가마 안에서 낭랑한 목소리가 흘러나왔다. 문이 열리고 규목이 내렸다. 두루미처럼 야윈 규목이 가마에서 내리는 모습을 바라보는 정연의 가슴이 찡하게 울린다.

새파란 하늘에는 봄의 서기가 어린 듯이 뿌옇고 아스름한 그 무엇이 보일 듯 말 듯했다. 백화초엽이 향기를 뿜어 생동하는 봄을 만끽하고 있었다. 그녀는 허심하게 미호천과 무심천 합류지점의 낮은 구릉지, 백성들의 터전을 내려다본다. 외적을 막기 위해 쌓아 올린 토성이 보수하지 않아서 방치된 채 군데군데 돌무더기로 쌓여있다. 돌무더기와 어울려서 꽃다지와 처녀치마 얼레지 노루귀 할미꽃도 피어있다. 돌 틈에 다람쥐들이 먹이를 숨겨놓았는지 성벽의 뚫린 구멍 사이로 들락거린다.

이렇게 봄의 훈풍을 맞는 것이 얼마만인지 싶다. 길섶에 돋아있는 달래 씀바귀 냉이를 본 계집종이 치마에 봄나물을 캐어 담고 있다. 꽃이 눈에 잘 띄지는 않으나 오리나무 개암나무 사시나무도 봄바람에 꽃가루를 실어 보내고 있었다.

"곱기도 하시지, 아무리 진골 왕자님이라 하나 우리 규목 아가씨를 데려가는 분은 복 받은 분이지."

"그러게 말이야. 저 곱디고운 자태 좀 봐. 서산에 돋아 오르는 반달 같아."

그녀의 금성 행차를 수행하는 수행원들은 입에 침이 마르게 그녀의 아름다움을 칭송했다.

규목은 그윽한 눈길로 주변을 찬찬히 둘러본다. 귀신도 홀릴 것 같은 아름다운 자태이다.

금성으로 가면 다시 돌아오기는 쉽지 않으리라. 아마 이 아름다운 고장, 태를 묻은 서원소경에 다시 못 올지 모른다. 그런 생각을 하니 만감이 교차한다.

산에는 기화요초가 피어 향내가 산들바람을 타고 밀려왔다. 계곡

건너편 쪽은 깎은 듯 우뚝 솟은 바위 절벽이 장관을 이루고 있다.

나비 한 마리가 규목의 진주를 박은 국화 모양의 머리꾸미개가 꽃인 줄 알고 내려앉더니, 속았다 싶어 날아간다. 하얀 나비이다.

"아가씨가 꽃인 줄 알고 나비가 앉으려 했어요."

"유모, 흰나비가 내게 앉으려 했어. 봄에 맨 먼저 호랑나비가 눈에 띄면 의복이 생기고 흰나비를 보면 슬픈 일이 생기고, 노랑나비를 보면 연인이 생긴다던데……"

"에구, 아가씨. 어디서 무슨 소리를 들으셨어요? 아가씨는 지금 왕자님의 배필이 되어 시집가는 것 아니에요? 가문의 큰 경사에요."

"유모, 유모는 잊었나봐, 이른 봄에 흰나비를 보면 가까운 사람이 죽는대서 흰나비를 보고도, 아니야 흰나비가 아니라 노랑나비야, 하면서 도리질을 했었잖아."

삼월 삼짇날에 나비를 보고 그해 운수를 점치는 풍습이 있었다. 삼짇날 아침에 가장 먼저 보는 나비가 호랑나비일 때는 그해에 행운이 오고, 흰나비가 집으로 들어오면 초상이 나며, 나비를 만진 손으로 눈을 비비면 눈이 먼다는 이야기가 민간에서 전승되어 왔었다.

"아가씨, 어찌 노랑나비를 흰나비라 하세요. 노랑나비가 노랑 저고리 날개를 팔랑거리며 날아가서 노랑꽃에 앉으니까 꽃과 나비가 구별이 안 가는데요. 예쁘기도 해라."

나비를 잡으러 살금살금 다가가는 사람의 기척을 감지했는지, 나비가 나 잡아봐라, 하며 팔랑팔랑 날아간다. 사뿐 꽃에 내려앉았다가 아지랑이가 피어오르듯이 연기처럼 날아간다. 풀숲에 수컷이 숨어있었던 것일까. 앞서 나르는 나비를 쫓아간다.

규목의 눈길이 나비를 따라간다. 위태로운 바위 절벽 꼭대기에 진달래 한 무더기가 피어있다. 앞서가던 나비가 진달래 꽃무더기에 숨자 뒤쫓던 나비도 따른다.

"두견화로구나. 두견새가 토한 피가 뿌리를 적셔 꽃잎이 붉어졌다는. 어찌 저런 곳에 꽃이 피어있을까?"

규목은 진달래에게 넋을 빼앗기고 있다.

"저 나비처럼…… 아니다. 누가 나를 위해 저 꽃을 꺾어다 줄 사람은 없느냐?"

사람들의 눈동자가 규목의 손가락을 따라 절벽으로 향했다. 하지만 그 눈동자들은 금세 빛을 잃고 만다.

"아가씨, 아가씨만큼 아름다운 꽃이에요. 그런데 사람의 발자취가 이를 수 없는 곳에 피어있는 꽃이에요. 그래서 더 요염하고 아름답군요."

그녀의 가마를 들던 가마꾼이 그녀의 눈길을 피해 고개를 숙였다.

"아가씨 소인네는 마음은 가지만 몸은 갈 수가 없어요."

곁에서 시중을 드는 계집종이 종알댔다.

규목의 눈은 정연을 찾고 있다. 아까까지도 말을 탄 채로 규목이 탄 꽃가마를 호위하고 있었다. 정연은 왕자비가 될 규목을 금성까지 호위할 임무를 맡고 있다.

"규목 아가씨의 소원을 소인이 들어드리리다."

서너 발자국 떨어진 곳에서 규목과, 규목이 바라보던 나비에게서 눈을 떼지 않던 정연이 망설임 없이 나선다.

"저 깎아지른 절벽을 오르시겠다고요?"

연연한 그리움을 안고 나날이 야위어, 그래서 더욱 애련해 보이는 옆얼굴을 보이며 규목이 말한다.

"규목 아가씨께서는 지난날에도 달을 따달라는 소원으로 나라 안 모든 장정들의 용기와 지략을 시험하셨습니다."

"그대만이 제가 원하는 달을 따왔지요."

규목의 목에는 정연이 따다 준 노랗고 환하고 반짝반짝하게 빛이 나는 달이 걸려있다. 그녀는 목걸이를 손으로 쓸어본다.

"규목 아가씨의 소원은 범상한 사람이 들어드릴 수가 없는 것이었습니다. 저 절벽은 누구라도 맨몸으로는 오를 수 없습니다. 우리의 조상님이 외적을 막아내려 성을 쌓았듯이, 소인은 아가씨의 소원을 들어드리기 위해 저 절벽 앞에 단을 쌓겠습니다. 내일 날이 밝기 전에 기필코 꽃을 따오겠습니다."

그는 자신 있게 장담을 하고, 무더기 무더기 흩어져있는 상당산성의 돌들을 옮겨와서 단을 쌓기 시작한다. 한 식경이 지났고 두 식경이 지났다. 아무리 바삐 서둘러도 장정의 키 서너 배 높이에 피어있는 꽃무더기에 손이 닿을 높이까지 돌무더기를 쌓아 올리려면 수식경이 걸릴 터였다. 산성의 무너진 담의 돌들이 탑 모양을 이루며 쌓여갔다.

어느덧 하늘의 해가 지고 달이 떴다. 밤이 되자 첩첩한 골짜기와 산줄기가 달빛 아래 희뿌옇게 떠올랐다. 달빛이 교교하게 나뭇가지 사이로 흘러내렸다. 그녀를 따르던 호위병사며 가마꾼이며 수행하던 하인들은 세상모르고 잠이 들었다. 규목은 정연이 뿌연 박명 아래에서 홀로 구슬 같은 땀방울을 떨구면서 돌을 옮겨 탑을 쌓는 양을 지켜본다.

나비 한 쌍이 푸른 달빛을 가르며 날아간다. 절벽 꼭대기 진달래 무더기를 찾아간다. 낮에 점찍어두었던 보금자리를 찾아간다. 살

랑살랑 공중을 날면서 스치듯 만났다가 떨어지고, 떨어졌다 맞닿는다. 방해자가 없는 둘만의 사랑이다. 하늘하늘, 나비의 밀월여행, 짝짓기 여행이다. 나비의 애정행각은 멈출 줄 모른다. 서너 식경이 지나도 내려앉을 염이 없다. 두 나비가 한 뭉치 되어 공중으로 올라가다가 내려가다가 다시 오르락내리락한다. 수컷의 끈적끈적한 구애에 조바심이 난 암놈은 꽃잎 방석에 내려앉는다. 수컷의 희롱을 더는 못 견디겠다는 듯이 암놈은 곁을 내어준다. 이윽고 이때다, 수컷은 머뭇거림도 없이 암놈을 덮친다.

서리가 내린 듯 달빛이 밝다. 순결한 달빛이 젖처럼 흘러내린다. 만월과 조응하는 규목의 얼굴이 처연하도록 흰빛을 뿜는다. 정연은 너무도 황홀하여 눈을 감는다. 그녀는 가만히 그의 목덜미를 감아쥐고 머리카락 사이로 손가락을 밀어 올린다.

"달이 지고 있어요. 곧 날이 밝겠지요. 날이 밝으면 저는 금성으로 떠나야 해요."

맞닿은 입술을 떼어내며 규목이 속삭인다.

"규목 아가씨, 달은 지더라도 또다시 떠오릅니다. 달도 세상의 생명체처럼 죽음을 피할 수는 없습니다. 하지만 달은 그믐달로 죽어 초승달로 회생합니다. 아가씨, 달은 죽음이 있으나 새롭게 살아나 영구히 지속되는 재생의 상징으로 인간의 머리 위, 밤의 창공에서 빛나고 있습니다. 규목 아가씨, 인간도 죽음을 피할 수는 없습니다. 하지만 새롭게 살아나 영구히 지속되는 재생의 상징인 달처럼, 저는 인간의 생사윤회를 믿습니다. 달이 지고 또 뜨는 한, 우리는 다음 세상에서 새롭게 태어나 다시 만날 것입니다."

달빛이 나뭇가지 사이로 지새고 날이 밝아왔다. 산수유 가지에 열매처럼 매달려있던 참새떼들이 푸드득 날개를 털며 아침을 알렸다. 돋아오는 햇살에 아침이슬이 유리구슬처럼 반짝이며 떨어졌다.

규목이 비단같이 고운 손길로 정연의 손을 부여잡았다.

"저를 위해 저 두견화를 꺾어다 주세요."

정연은 규목의 손을 풀고 절벽으로 향했다. 밤새도록 단을 쌓았던 정연은 절벽을 한 발 한 발 기어올랐다. 그 모습이 위태로워서 규목이 자기도 모르게 손에 땀을 쥐었다.

마침내 정연은 절벽 끝에 있는 진달래꽃을 꺾어 들고 규목 앞에 섰다. 정연은 말없이 무릎을 꿇고서 규목의 가슴에 꽃을 안겼다. 규목이 섬섬옥수를 뻗어 그의 손을 맞잡고 노래했다.

> 꽃다운 풀이 해진 짚신에 파고드는데
> 날 개이니 풍경이 청량하여라.
> 들꽃에는 벌이 와서 꽃잎에 입 맞추고
> 살찐 고사리에 비 내려 향기를 더하네.
> 멀리 바라보니 산하는 웅장하고
> 높이 오르니 의기는 드높아라.
> 사양하지 말고 저녁 내 바라보시게
> 내일이면 바로 남방으로 떠나갈 것 일세.[2]

702년 신라 제33대 성덕왕(聖德王 ?~737년, 재위: 702년~737년) 즉위하다. 비(妃)는 승부령(乘府令)이던 소판(蘇判) 김원태(金元太)의 딸인 성정

왕후(成貞王后)로, 왕이 왕위에 오르기 전에 시집와서, 성덕왕 3년(704
년) 5월에 정식으로 왕비로 책봉되었다.

716년 정월에 유성이 달을 침범하여 달이 빛이 없어졌다. 3월에 성
정왕후(成貞王后)를 궁궐에서 내보냈다. 큰 바람이 불어 나무가 뽑히
고 기와가 날아갔으며 숭례전(崇禮殿)이 무너졌다. 성정왕후의 출궁을
두고 후세의 사가들은 반전제주의적 반골 출신인 김원태 세력이 왕
당파로 대표되는 김순원 세력에게 제압당한 결과라고 해석한다.

717년 7월 성정왕후의 소생인 태자 중경(重慶, 諡는 孝)이 요절하였다.
일설에 의하면, 승려 김교각(金喬覺, 697년~794년)은 신라 성덕왕의 첫
째 아들로 속명은 중경(重慶)이다. 24세에 당나라에서 출가하여 교각
(喬覺)이라는 법명을 받았다. 안후이성 구화산에서 화엄경을 설파하
며, 중생을 구제하는 지장보살의 화신으로 평가받았다. 794년 제자
들을 모아놓고 고별인사를 한 뒤 입적하였는데, 자신의 시신을 석함
에 넣고 3년 후에도 썩지 않으면 등신불로 만들라는 유언을 남겼다.
열반에 든 후 산이 울면서 허물어졌고 하늘에서는 천둥소리가 났다
고 한다.

서원소경은, 경덕왕 때에 전국의 행정구역 명칭을 중국식으로 고치
면서 서원경으로 승격 개칭되었고, 고려 태조 23년(940년)에 청주(淸
州)라는 아름다운 이름으로 거듭나게 된다.

인용
2) 생육신의 한 사람인 김시습이 상당산성에서 남긴 시 '유산성(遊山城)'
관련문헌
삼국사기(三國史記), 김부식, 1145년
구화산지(九華山志), 이용(李庸)
지장보살전집

나쁜 남자, 여자

딱히 택시를 타야 할 이유도 없었지만, S와 나는 택시 정류장을 향해 걸었어. 밤안개가 자욱이 끼어있었지. 앞서 걷는 S의 어깨에 전깃줄 위의 참새처럼 조롱조롱 물방울이 맺혀있었어.

끼익, 브레이크 밟는 소리를 요란하게 내며 날렵한 SM 승용차가 내 옆에 정차했어. 차창이 열리고 희미한 실내등 불빛 밑으로 운전 면허증을 취득할 연령에도 미달했을 것 같은, 아버지 차를 몰래 타고 나온듯한 남자의 얼굴이 나타났어.

"타요."

S와 서너 발짝 떨어져 있었기에 운전석의 남자는 내가 일행이 없이 혼자인줄 알았나봐. 아니면 남자를 꼬이려고 낚싯대를 늘이고 있는 밤거리의 여자로 보였든지. 그는 휘익 휘파람까지 불면서 검지를 구부려 빨리 올라타라는 손짓을 했어.

"원 나잇 파트너를 찾는 거겠지?"

S는 나를 도로 안쪽으로 당기면서, 손사래를 쳐서 그 자동차를 쫓았어. 대중교통수단이 끊어질 시각인가, 버릇처럼 손목을 봤어. 시곗바늘 두 개가 나란히 포개지고 있었어.

"얼굴을 보니, 답삭 올라타고 싶은 표정이네."

S가 빈정댔어. 내가 절호의 기회를 놓친 아쉬운 표정을 지었나 봐. 아니, 실은 S에게 잘 들리라고 꿀꺽 침을 삼키고 입맛도 다셨 거든. S는 오늘밤에 묵을 숙소를 찾고 있는 듯이 두리번댔어.

"난, 가끔 알통 밴 팔뚝에 푸른 용을 문신으로 새겨 넣고 험상궂 은 구레나룻이 뺨을 덮은, 질이 나쁜 남자의 오토바이 뒷자리에 타 고 어디로인가 도망치는 꿈을 꿔. 꿈속에서 내일이 오지 않기를, 꿈속에서 그대로 죽어버리기를 기도해."

뒷골목을 떠도는 길고양이들의 요염한 울음소리가 가로수 밑동 을 감아 기어 올라가고 있었어. 누대에 걸쳐 사람들의 손에 길들여 지면서도 야생성의 유전자는 사멸되지 않았던 것인지. 명멸하는 네온 불빛에 깊숙이 잠자고 있던 야생성이 부활한 길고양이들은 음영 짙은 건물의 모퉁이에 몸을 숨기고는 짝짓기를 위한 노래를 불렀어. 어디서인가 또 발정 난 암고양이가 미요, 하고 애달프게 가락을 뽑았어.

드디어 찔끔찔끔 비가 내렸어. 밤공기 속에서 부유하던 배기가스 가 습기에 녹으면서 독한 휘발유 냄새를 풍겼어. 그 냄새는 모르핀 처럼 현기증을 일으켰어. 몽롱한 의식 저편에서 S와 나의 처음으 로 만나던 순간이 난폭하게 부상했어.

10년 전이야. 우리는 보졸레누보 와인 파티에서 처음 만났어. 파 티 초대장을 보여주면 둘레가 손아귀를 조금 벗어나는 유리잔을 입장권처럼 나눠주는 거야. 와인은 무제한 공급해주지만, 와인 잔은 1인 1잔이므로, 술잔에 술이 비면 술통을 지키는 바텐더에게 가야해.

프랑스 부르고뉴주의 보졸레 지방에서 매년 그해 9월 초에 수확한 포도를 4~6주 숙성시킨 뒤, 11월 셋째 주 목요일부터 출시를 했대. 지역민들이 처녀 출시되는 와인을 마시는 파티를 시작한 것인데, 보졸레 지방의 지역축제이다가 프랑스 전역의 축제로 확대되었고, 언제부터인지 한국에도 상륙을 했나봐. 보졸레누보는, 6개월 이상 숙성시키는 일반 와인과 달리 발효 즉시 내놓는 신선한 맛이 생명인 와인이야. 보통 출시된 지 2,3주면 맛이 변하기 때문에 가장 빠른 운송수단으로 세계 각지의 와인마니아에게 배송 판매를 한다는군.

그에게도 나에게도 일행은 있었어. 하지만 내 주위의 모든 사람이 시야에서 사라지고 그만이 홀로그램처럼 부상하며 다가왔어. 우리의 시선은 얽히고 얽혔어. 파티가 무르익는 동안 그는 내게 한마디 말도 걸지 않았어. 그래도 서로 원하는 것이 무엇인지 충분히 읽고 있었어. 그는 첫 잔을 비우고 빈 잔을 핥고 있는 내게 다가와 말없이 잔을 뺏어갔어. 그리고 자신의 잔에도 내 잔에도 포도주를 반쯤 채워왔어. 그는 자신의 잔을 내게 건넸어. 와인이 담긴 잔을 기울이면 넓은 폭을 유지하며 와인이 입안으로 흘러들지. 와인의 향기는 오묘스럽거든. 와인은 혀유두의 오돌오돌한 점막 부위에 내려앉아서 다양한 맛을 느끼게 해주지. 잔이 바뀌었음을 알았지만 우정 모른 체했어. 나는 가만 눈을 감고 입안에서 휘도는 타닌과 페놀성분의 신맛이 없어진 과일향을 음미하고 있었어.

"'와인의 왕'이라는 보졸레누보는 그렇게 우아하게 한 모금씩 음미하는 술이 아닙니다. 벌컥벌컥 들이키는 술이에요. '와인의 여왕'이라고 불리는 보르도에서 생산되는 와인은 그대처럼 우아하게 한 모금씩 입안에 머금고 향을 음미하는 것이지만……"

　그는 내 입술 모양이 고대로 찍힌 내 잔을 입에 가져갔어. 그곳에 입술을 포개고 단숨에 처녀 수확한 와인으로 빚어 발효시킨 보졸레누보를 거칠게 마셨어. 꿈틀거리는 그의 목울대를 바라보다가 나는 목이 타서 혀로 입술을 축였어. 어디선가 페로몬의 방향이 복욱하게 다가왔어.

　파티가 파할 무렵, 그의 파트너가 잠깐 그의 옆자리를 비운 사이 그가 자신의 휴대전화를 내게 내밀었어. 감전사할 만큼의 높은 전압의 눈빛에 찔려서 나는 옴짝달싹 못했어. 나는 떨리는 손으로 내 번호를 찍었어. 그는 휴대전화를 돌려주는 내 손을 으스러지게 쥐었어. 그의 손도 온천처럼 펄펄 끓었고 말라리아 환자처럼 덜덜 떨고 있었어. 그 순간 최대 속력으로 마주 달려오던 두 대의 자동차가 정면충돌한 것 같았어. 화재가 나겠구나, 대형사고가 나겠구나. 처참하게 상처를 입겠구나, 머릿속에서 빨간 경광등을 켠 앰뷸런스가 사이렌을 울리며 급히 달려갔어.

　"와인의 왕은 만났으니, 와인의 여왕을 만나러……"

　말이라기보다는 술 묻은 숨결만 습하게 건너왔어. 파티에 대동했던 각자의 파트너를 따돌리고 우리는 지하철역에서 만났어. 막차를 타고 종점까지 갔지. 일주일 동안 우리는 휴대전화의 전원을 꺼놓고 잠수를 탔어.

　첫 순간을 생각하며 헛웃음을 치고 있는 나의 어깨를 그가 쳤어.

"난 저 자동차의 SM이라는 이니셜을 보면 '사디즘Sadism & 마조히즘Masochism'이 연상돼. 누가 명명했을까?"

꽁무니에 주황색 불을 달고 밤안개를 헤치며 질주하는 차를 바라보며 S가 말했어. 짧은 꼬리에 불이 붙은 노루가 급히 불을 끄러 가는 것 같았어. 일부러 튜닝을 했는지 엔진의 머플러에서는 소련제 기관단총에서 총알이 연거푸 속사되는 굉음이 났어.

"흥, SM이라는 글자를 보면 단지 그것밖에 생각이 안나요? 당신답기는 하지만, 사고의 폭이 너무 한정적이잖아."

"SM엔터테인먼트라고 들어봤어? SM이 외국 유학도 한 오너의 이니셜이지? 엔터테인먼트 분야로 세계 무대에 진출하려는 사람이 SM의 의미를 모르겠어? 흥미유발의 미끼를 SM이라는 이름으로 던진 것이야."

'SM엔터테인먼트'라는 연예기획사를 모르는 사람은 없을 테지만 그는 또 한 번 내게 SM의 의미를 깊숙이 각인시켰어. 웃음이 안 나올 수 없는 상황이야. 우리는 마주보고 쿡쿡 웃었어.

"영어권 사람들에게 SM은 다른 의미는 전혀 없나?"

나는 그의 특출한 영어 실력이 해외주재원으로 미국에 머물렀기 때문인지도 물었어.

"아냐, 훨씬 그 이전이야. 난 중학교 다닐 때 플레이보이 잡지를 몰래 즐겨보았지. 성에 대해서 상담하는 코너가 있어. 사전을 찾아가며 열심히 읽었고, 사전에 없는 말은 그 잡지에서 성에 관한 상담을 해주는 카운슬러 '제인'이라는 할머니에게 편지를 보내서 물어봤어. 내 편지가 플레이보이 잡지에 실리기도 했지. 플레이보이 잡지에 자기 글이 실리는 것, 그게 보통 뽐낼 일인 줄 알아? 친구들에게 자랑하려고 영어 공부를 진짜 열심히 했어. 상담거리 사냥도 친구들이 막 도와줬거덩. 플레이보이 잡지에서 맨 처음 배운 단어가 SM이야."

그는 서울에서 태어나고 자란 전형적인 서울 말투를 썼어. 나는 시골에서 태어나 소녀시대를 시냇물에 몸 담그고 들녘에서 잠자리나 쫓아다니며 보낸 촌년이라 아직도 주변 친구들에게 억양이며 사투리가 촌스럽다는 지청구를 무시로 듣고 있어. 그래서인지 표준말이 아닌 서울 사투리를 동경한다고나 할까.

"아아, 나는 당신의 그 불타는 학구열을 존경할래. 그 시절 보이스카웃 활동을 열심히 했다믄? 청소년의 인격양성과 사회봉사를 목적으로 하는 단체에서 그런 정보를 알려주는 단원은 단연 인기 짱이었겠지? 혹시 팬클럽도 거느리고 있었나?"

나는 그에게 존경의 뜻을 표하고 또한 핀잔도 아끼지 않았어. 일주일 동안 잠수를 타면서 그는 나에게 '보이스카웃 체위'라거나 '선교사 체위'라는 가장 일반적인 성행위 자세의 이름들을 알려주었지.

"자기도 브라우니부터 걸스카웃까지 했다면서. 스카웃의 모토가 '준비'랬지? 내가 준비하고 있으랬지? 자기는 기다리겠다고 언약했지?"

그가 비수를 던지듯 말했어. 나는 그 말을 듣는 순간 하마터면 그에게 욕을 할뻔했어. 따귀를 올려치거나. 10년 만에 나타나서 한다는 소리하고는.

나는 지난 10년 동안 시간의 껍질을 한 꺼풀씩 벗겨 허공에 널어놓으며 10년의 시간이 선녀의 날개로 변하여 나를 다른 세상으로 데려다주기를 꿈꾸었어. 하지만 날마다 켜켜이 내려앉는 애증의 갑옷은 걷어낼 수가 없었어.

피휴, 어젯밤엔 내 뜰에 반딧불이 하나가 불 밝히고 날아들었어. 반딧불이는 꽃술을 연 달맞이꽃에 이끌렸겠지. 반딧불이의 희롱을 바라보다가 잠이 들었는데, 이제는 바람이 잘 때도 되었으련만, S는 무단으로 꿈속으로 침입하여 가슴을 난도질하고는 흔적도 없이 사라졌지. 오늘 그는 어젯밤 꿈에서처럼 불쑥 야만적으로 전화를 걸어왔던 거야. 지금 당장 빛의 속도로 뛰어나오라고.

"죽기 전에 꼬옥 해보고 싶은 짓 중에 하나는 나쁜 남자에게 나쁜 년이라는 욕설을 들으면서 귀싸대기 한 대 맞는 거야."

사실은, 나쁜 자식이라고 욕을 하면서 확 달려들어 사정 두지 않고 아무데건 물어뜯고 싶었지만, 뇌의 지시와는 다른 발화현상이 일어났지. 아직 입 밖으로 나오지 않은 머릿속에서만 맴도는 추상적인 말이 생각이라면, 뇌의 지시를 받아 목구멍을 통해 나타나는 실제적인 소리가 말이라는데, 왜 나의 말은 생각을 전달하지 못하는지, 아아, 한없이 답답해.

S와 일주일 동안의 일탈을 끝내고 일상으로 회귀했을 때, 내 약혼자 N은 우리 부모님에게 나와의 파혼을 선언한 뒤였어. 사회가 금지한 열정을 분출한 대가는 해일이었지. 해일이 모든 걸 쓸어가버린 거야. 아니 해일이 쓸어간 폐허 위에서 나는 주홍글씨를 가슴에 달고 오욕의 나날을 보냈어.

N에게 귀싸대기라도 한 대 맞고 정강이라도 발길로 차였더라면, 몸은 멍이 들지라도 최소한 마음의 안식을 누릴 수 있었을 텐데. N은 교양과 예의와 신앙으로까지 잘 무장이 되어 있어서 절대로 여

자의 신체에 학대를 가하지는 않을 신사야. 결정적인 기회를 포착해서 피가 얼어버릴 만큼 정신적인 능욕을 가할지는 모르지만.

채 6개월이 안되어서 N이 결혼했다는 소식을 들었지. 그리고 또 일 년이 안되어서 별거인지 이혼인지 확인이 모호한 소문이 돌았고.

"내가 분석하건데, 나쁜 년이라는 욕설을 듣는 것은 정신적 모멸을 원하는 것이고, 귀싸대기 한 대는 육체적 학대의 다른 이름인데, 정말 누군가로부터 정신적 모멸이나 육체적 학대를 원하는 거야? 펨섭이야? 나의 조력을 바란다면 기꺼이 이바지할게."

나는 그가 무슨 억하심사로 헤살을 놓는 것인지 감을 못 잡겠어.

나는 턱없이 부족한 영어 실력 때문에 '펨섭'이 무슨 뜻인지 잘 몰라서 핸드폰을 꺼내 검색했어. '펨섭'이란 마조히스트의 여성형이라고나 할까. 마조히스트는 사전적으로는 피가학적 변태라 일컬어지며, 대상에게 가학을 당함으로써 쾌감을 느끼는 사람들의 총칭인데, 남성의 경우는 멜섭, 여성의 경우는 펨섭이라고도 한다는군. 대상이 물리적 정신적 학대를 받을 때 희열을 느끼는 사람을 일컫는 사디스트와는 대칭을 이루는 용어야.

용어의 설명 밑으로, 얼굴에 기묘한 문신을 입묵한 여자의 사진이 떴어. 중국에서 한 남성이 자신을 배신하고 달아난 여자를 잡아서, 얼굴의 살을 따고 홈을 내서 먹물로 문신을 새긴 거야. 옛날에 강도질을 한 죄인에게 이마에 강도라고 죄명을 자자(刺字)했듯이. 여자의 얼굴은 푸른 도마뱀을 연상시켰어. 너무도 흉측해서 꿈에 나타나면 가위에 눌릴 것 같았어.

나는 핸드폰 속의 여자 사진을 S에게 보여주었어. 그러자 S도

핸드폰의 사진 한 장을 보여주었어. 내가 찍은 사진이야. 언뜻 검은 글자가 새겨진 반지를 낀 듯이 보이는 손가락 사진이야. 10년 전에 우리는 불교에서 수행자들이 계를 받고 팔뚝에 불을 놓아 떠내는 연비의식을 본떠서 서로의 손가락에 문신을 찍었어. 그의 왼 손가락에는 내 이름을, 내 손가락에는 그의 이름을. 고통의 생생한 감촉과 흔적을 통해 서로의 존재를 선명히 확인하고 싶대나.

일상으로 돌아온 후, 일탈의 대가를 오지게 겪으면서 우리는 한동안 서로 모르는 사람인 듯 대했어. 아는 척하는 것이 상대에게 누를 끼치는 일이라 여겨졌거든. 하지만 깊은 밤 뒤척이다가 달빛 스미는 기척에 벌떡 일어나 달빛에 어룽대는 내 그림자를 바라보며 *끄억끄억* 목이 메어 통곡했던 적이 한두 번이 아니야. 나쁜 놈.

"갈래? 새롭게 시작하자."

그가 내 손목을 광포하게 잡아끌었어. 손목의 뼈가 으스러지는 줄 알았어. 잡힌 손을 빼내지도 못하고 그대로 주저앉았어. 청양고추를 한 움큼 집어먹은 듯한 매운 통증이 샤악 쾌감을 일으키며 날을 세우고 지나갔어. 그의 손아귀에 잡혔던 손목이 금방 푸른 배암이 감긴 것처럼 부풀었어.

훗, 문득 푸른 배암이 나무 몸통을 똬리 틀어 올라가듯이 가죽 혁대로 채찍질 당한 자국이 몸뚱어리에 퍼렇게 감겨있는 여자가 떠올랐어.

그 여자의 배암 자국은 상흔이 치유되기도 전에 새로운 창작품이 더 깊고 진하게 꽃을 피우지. 마치 새로운 예술작품이 탄생하는 착각마저 불러일켜. 나는 그녀의 남편도 잘 알아. 그 집구석의 일상은 그런 일의 반복으로 점철되어있어. 남편이 아내에게 반찬값 지출이 크다는 등, 남편이 아내 앞에서 젊은 여자에게 친절했다는 등의 문제로 가볍게 다투다가 어느 순간 싸움이 산불처럼 번지는 거야. 여자가 말싸움을 걸면 몇 마디 대꾸하던 남자는 백기를 들듯이 안방으로 피신을 하지. 여자는 남자에게 해명을 요구하며 남자의 멱살을 잡아 와이셔츠 단추를 떼거나 옷을 찢기도 해. 여자가 먼저 물리적 힘을 행사하면 옥신각신하다가, 여자가 더 집요하게 싸움을 발전시키는 거야. 종당에는 남자가 허리띠를 빼서 주먹에 감아 쥐고 휘둘러. 다음 단계가 손에 땀을 쥐게 하는 스릴이 있어. 창밖에서 직접들은 사람의 전언에 의하면, 채찍이 나를 때까지는 여자의 비명도 신음도 안 들린대. 동네 사람들은 남자의 고함이 부부싸움의 시작종임을 다 알아. 고함에 이어 가죽 허리띠가 허공을 가르거나 뭉클하고 차진 물체에 감겼다 떨어지는 소리가 들릴 듯 말 듯 이어지겠지. 그리고 숨죽인 동네 사람들에게 한순간의 적막이 선물로 주어지지. 이어서 질펀한 방사의 향연이 벌어지면 여자의 교성 때문에 동네 어른들이 공부하는 아이들의 귀를 막는다잖아.

"싸움은 내가 걸어요. 가끔 맞고 나면 몸이 개운하고 후련해요. 그리고 남편이 미안하다며 선물 공세를 펴지요."

그 여자가 상의를 말아 올리고 치마를 치골까지 내려 시퍼런 뱀이 똬리를 틀고 몸을 죄어서 기어 올라간 것 같은 자국이 남은 배와 가슴과 등을 보여주었어. 누군가가 나서서 그녀의 상처에 연고를 발라주었어. 배나 등의 지방층이 두꺼워서 덜 아프리라는 상상도 잠깐이었고, 저 상처에서 흐르는 진물은 밤꽃 향기가 독하게 풍기는 정액일 것이라는 추측에 지레 얼굴이 붉어졌어. 아마, 그런 추측을 하는 사람은 나뿐만이 아닐 거야. 사람이란 많이 다른 듯해도 비슷하고 비슷한 듯해도 또한 다르잖아.

때는 대지가 만물을 잉태한다는 봄이었고, 열린 창문으로 하얗게 벚꽃 이파리들이 요요하게 날아들었어. 비릿한 밤꽃 냄새가 반란군처럼 침범해왔어.

동네 소문대로라면 그 여자의 교성이 늘 담을 넘는다고 했어. 그 여자는 정작 비명이 작렬할 채찍이 날아들 때는 조용하고 정숙하게 침묵을 지키다가, 귓바퀴의 안테나를 높이고 이제나 저제나 메인게임을 고대하는 동네 팬들에게 적절한 순간에 스피커의 볼륨을 높여 서비스를 했어. 그 여자, 팬들에게 오디오서비스만이 아니라 비디오서비스도 하고 싶지 않았을까. 인간에게는 식욕과 성욕 다음으로 자신을 남에게 드러내 보여주고 싶은 본능적 현시욕구가 있잖아.

길지 않은 시간이 흐른 뒤에 그 여자의 친구이기도 하고, 내 친구이기도 한 여자가 과부가 되었어. 그녀는 근동에서 따라올 여자가 없다는 미색이었지.

"너, 과부되더니 할 짓을 못해서 얼굴이 누렇게 떴구나. 마음으로야 내 서방이라도 빌려주고 싶은데, 내 서방이 너처럼 생긴 여자를 제일 좋아하고 너도 그 인간 맛보면 분명 안 돌려줄 것 같아서 못 빌려준다. 미안하다."

그녀는 친구가 안쓰럽다는 뜻으로 그리고 남편의 성적 능력에 대한 자랑을 보태서 친구를 위로했어.

그 여자, 동서고금의 미인상에는 접근도 안 하는 얼굴과 육체를 가지고 있지. 몸무게는 표준체중을 웃돌고, 지방과 살집이 많은 몸에 얼굴빛은 검고 피부는 거칠어. 특이하다면, 태어나서 한 번도 파마나 염색을 하지 않은 검다 못해 푸른빛이 도는 머리다발이야. 머리카락을 길게 기르지 못하는 이유가 머리카락이 길어지면 머리카락 무게만으로도 뒷목에 납덩이를 매단 듯이 고개가 땅으로 끌어내려진대나.

난 그 여자의 남편을 보면 장작 패는 머슴을 연상해. 한국 고전 영화 속에서는 장작을 패느라 씰룩대는 근육을 설핏 본 안방마님이 끙끙 앓으면서 잠을 못 이루었어. 아참, 외설이라며 금서였던 '채털리 부인의 사랑'에도 장작을 패는 정원사를 보고 채털리의 부인이 그 성난 근육에 홀딱 반해서 내분비선에 심한 교란이 일어나잖아. 아마 그 남자의 체온은 평균치보다 2,3도 높을 거야.

초가을이었을 거야. 막 쏟아진 소나기를 몇 줄기 맞은 그가 그의 부인을 위시하여 동네 여인들이 앉아있는 무슨 모임인가를 하는 실내로 급하게 뛰다시피 들어왔어. 그는 양복 윗도리는 벗어서 팔에 걸치고 와이셔츠만 입고 있었어. 미세한 근육의 움직임에도 젖은 와이셔츠가 그의 몸에 밀착이 되었다가 떨어지고는 했어. 등판에서 땀인지 비인지가 뜨거운 체온에 덥혀져서 김으로 무럭무럭 피어올랐어. 와이셔츠 밑에 말갛게 숨어있는 핑크색 근육은 관능의 덩어리였어.

나는 고개를 돌려 시선을 피했고, 숨소리를 듣지 않으려고 TV의 볼륨을 높였고, 냄새를 맡지 않으려고 꽃향기를 풍기며 따뜻한 김을 피워 올리는 찻잔에 코를 박았어. 혈류의 흐름이 증가하는 발정난 짐승 같은 신체반응을 주위 사람들에게 들키지 않으려고 억누르고 있었지. 그 자리에 있던 다른 여인들도 나처럼 다 안절부절 못하고 있음을 감지할 수 있었어.

나중에 그 여자의 남편이 화농으로 인해 남성기 안에 넣은 보형물을 제거했다는 사실은 집도한 의사에게서 들었지. 강도나 온도나 지속력에는 자신이 있었지만 크기 쪽으로 콤플렉스가 있었는지. 굵기나 길이나 그 밖의 것도 다 최상이었지만, 부인의 성화 때문에 보형물을 장착했는지도 모를 일이야.

　나의 짧은 지식으로는, 쉽게 말해서, 변강쇠와 옹녀가 짝을 이루었는데, 뭐가 부족하여 채찍이 나르고 보형물을 삽입하는지 이해가 안가거든. 세상의 가시버시들이란 각양각색으로 사는 것 같아.

　"행복해?"

　내가 물어놓고도 참 어처구니 질문을 했다 싶었지.

　"뭐가? 누가?"

　"좌우간 폭력아니야? 그렇게 패는 남편하고 사는 게 행복하냐고?"

　"행복하지."

　"그럼 남편 사랑해?"

　"사랑? 무슨 사랑까지나……"

　사랑은 하지만 행복하지는 않다고 할 줄 알았는데, 의외의 답이 나왔어.

　희한하다면 더 희한한 삶을 사는 R이라는 지인이 있어. 그녀가 자신의 생활 속으로 나를 끌어들이려고 시도하기 전까지는 지극히 평범하게 남들처럼 삶을 영위하는 가시버시인 줄로만 알았지.

　인터넷 채팅으로 이성을 만나게 되면 환상의 가장 밑바닥을 보게 된다고 하더군. 신문이나 TV에서 경찰서 형사 책상 앞에 상의를 머리까지 당겨쓰고 앉아 취조를 받는 범죄용의자들은 대부분 인터넷 채팅사이트에서 공범을 만나 범죄를 공모했다고 떠들잖아. 채팅이 악의 온상이며 천하에 몹쓸 일만 양산하는 양. 나는 채팅으로 만나 결혼해서 아들 딸 낳고 행복하게 사는 엘리트 부부도 봤어. 다른 상대를 만날까봐 즉 바람이 날까봐 서로가 인터넷 채팅을 말리고 감시한다고는 하던데.

R이 남편도 출장 가고, 혼자 남겨진 밤에 인터넷 채팅방에 들어갔어. 30분쯤을 이 방 저 방 기웃거리며 다녔는데, 영 재미가 없어서 침대 밑에 숨겨놓은 딜도나 찾아야겠다 싶었는데, 채팅 화면이 갑자기 환해지는 느낌이 들더래. 잠수하던 다이버가 산소를 흡입하려고 떠오르듯 불쑥 한 아이디가 나타나더래나. 그녀는 그 순간을 '운명처럼'이란 단어로 대신했어.

몇 마디 인사를 나누고, 사는 동네를 묻기에 알려줬더니 금방 달려올 듯이 접근을 하데. 물론 남편이 출장 중이라 심심하다는 멘트를 깔았겠지. R은 그녀의 동네에서 제일 큰 병원을 아느냐고 운을 뗐고, 후문의 위치도 아느냐고 물었어. 그 아이디의 주인은 후문에서 차창을 내리고 기다릴 테니 지나가는 사람인양 자기 얼굴을 보고 차에 올라탈지 말지를 결정하라고 했어.

시각은 2AM. 설마 나타나랴 싶었지만, 산책 겸해서 한밤에 선글라스를 끼고 차양이 달린 모자를 깊이 눌러써서 얼굴에 음영을 짙게 드리우고 나갔대. 조수석 문을 연 자동차가 서있데. 남자도 그녀처럼 지명수배 중인 범죄용의자처럼 선글라스와 모자로 위장을 한 것 같았대. R은 자신의 신분증도 빼놓고 휴대전화와 현금만 들고 나갔어. 신분을 들키지 않으려는 만큼이나 얼굴도 남자의 기억에 남기고 싶지 않았대.

남자는 차안에서처럼 침대에서도 선글라스를 벗지 않더래. 그녀
처럼 자신을 노출시키고 싶지 않나보다고만 생각했어. 그는 친절
했고 신사가 지켜야 할 예의에서 조금치도 벗어난 바가 없었대. 아
쉽지만 둘은 아무것도 가르쳐주지도 묻지도 않고 기약 없이 헤어
졌어. 황홀한 '묻지마 원나잇스탠드'였지.

그들은 채팅사이트에서 당연하게도 재회했어. 서로 알았겠지. 채
팅사이트에서 틀림없이 재회하리라는 사실을. 그들은 다시 도킹할
가능성을 타진했고, 같은 장소 같은 시각으로 정했어. 둘째 날도
셋째 날도 남자는 그녀처럼 선글라스를 끼고 모자를 썼더래. 첫날
과 둘째 날의 남자와 셋째 날의 남자가 다른 남자인 줄은 환락이
최고조에 올랐을 때 알게 되었어. 어찌되어서 사람이 바뀌었나를
물으려고 턱까지 오른 숨을 고르는데 방문이 열리고 첫날의 남자
가 들어왔어.

침대에 걸터앉은 첫날의 남자는 아직 알몸인 그녀를 부드럽게 애
무하기 시작했어. 한 아이디를 공유하는 친구 사이라나. 거부할 수
없는 상황이 되었어.

"멋진 애들이었어."

그녀는 그때를 회상하듯 눈을 먼 곳에 띄워놓고 나지막하게 이야
기를 이어갔어.

둘 다 그녀를 기쁘게 해주려고 최선을 다해 경쟁하더래. 그녀를
진심으로 사랑하는 듯이 굴었어. 몸을 씻겨주고 옷의 매무새까지
돌봐주고는 집 근처까지 바래다주었어.

아참, 그 전에 잠깐 밝혀야 할 역사가 있어.

그녀의 집에는 어린 가정부가 있었어. 원래는 남편 본가에서 일

하던 가정부였는데, 신접살림에 서툰 며느리가 시어머니의 아들을 굶길까봐, 시어머니는 가정부를 딸려 보낸 거야. 둘만의 오붓한 시간을 갖고 싶은 신혼부부에게 가정부란 거추장스럽고 걸리적거리는 존재였지만 그보다는 가정부의 야무진 살림 솜씨가 더 득이 되었기에 그녀는 참기로 했지.

공자님도, 내가 젊은 날 방사에 시간과 정열을 덜 쏟았더라면 내 아내에게 글을 가르쳤을 텐데, 라고 탄식하셨고, 통계적으로도 평생할 섹스 횟수의 반 정도를 신혼 3년에 다 한다잖아. 그렇듯 갓 결혼한 젊은 남녀가 할 일이 무엇이겠어. 그들도 낮과 밤을 가리지 않고 방사에 몰두했어.

어느 날인가 밥상을 물리기도 전에 짬짜미가 되어서 부부는 손잡고 침실로 직행을 했대. 한바탕 격정의 순간이 지나고 그녀는 나른한 피로감에 달콤한 잠 속으로 빠져드는데, 꿈결인 듯 부엌에서 가정부 영이의 설거지하는 소리가 들려오더래. 신경질적으로 물을 세게 틀었다 잠그는 소리, 그릇이 깨질 듯이 날카롭게 부딪는 소리 등이.

전부터 그들의 부부관계를 영이가 일부러 엿듣고 있다는 낌새는 알고 있었고, 언젠가는 칼에 베었다며 심한 비명을 내질러서 관계를 채 마치지도 못하고 남편이 뛰쳐나갔던 적도 있었지만, 신혼의 부부관계를 일부러 엿듣는 영이의 행태를 그녀는 속으로만 책망하고 있었거든.

"우리 영이 불러서 한 번 더 할래?"

문밖으로 귀를 열어놓고 있던 남편이 한 말이었어. 부지불식중에 튀어나왔을까. 그녀는 어안이 벙벙해져서 그를 빤히 올려다보았어. 그녀의 침묵을 긍정이나 환호의 표시로 알아들었는지 그녀의 남편이 문밖에 대고 휘파람을 불었어. 가끔은 들었던 소리였지. 영이는 기다리고 있었다는 듯이 뛰어 들어왔어. 영이는 스커트 밑에 아무것도 입고 있지 않더래.

얼마 후 영이에게 암만의 돈을 주어 내보내야 했던 까닭은 그녀의 남편이 그녀보다 영이의 몸에 훨씬 더 친숙해 지면서 날이 갈수록 셋의 놀이에서 영이가 더 주인공으로 떠오르고 그녀는 보조자 역할로 전락했기 때문이야. 그보다 더 견딜 수 없었던 사실은, 어느 한순간, 남편이 그녀보다도 영이를 더 필요로 하는 느낌이 들더래. 더하여 그녀가 남편을 사랑하는 것보다 영이가 남편을 더 진하게 사랑한다는 느낌에 그녀는 참담해졌지. 남편의 무좀이 창궐하는 발가락 사이나 불결한 항문에 혀를 밀어 넣는 짓을 그녀는 도저히 할 수 없었거든.

반성하건데, 일부일처제를 교조적으로 수구하는 사람들이 얼마나 될까. 우리나라 가족관계의 도덕성은 이미 담은 다 허물어지고 창문도 깨져있어서 무너진 담과 깨진 창으로 혼음이나 스와핑처럼 문란한 관계가 들어와 만연하고 있는데, 일부일처제라는 번듯한 대문에 빗장만 질러두고 있지. 인간이란 자신이 속한 사회와 긍정적인 유대감이 높을수록 범죄를 물리치는 통제력이 강하지만, 부정적 유대감이 높으면 범죄유발요인 앞에 속수무책으로 허물어진다잖아. 이미 범죄유발요인 앞에 대항할 능력을 상실한 R의 로망은 남녀의 숫자 비율을 바꿔보는 것이었을지도 몰라.

며칠 후에 두 남자가 그들이 사는 오피스텔로 R을 초대했어. 그곳에서 그녀는 세 번째 남자를 만났어. 이미 익숙한 관계였던 두 남자는 근사한 요리를 차려놓고 기다리고 있었어. 그녀도 그들이 따라주는 와인이 범상하지 않은 줄은 알았지.

다음 순간 무슨 일이 일어났을까. 포르노나 범죄영화에 나올 법한 사건이 발발했을까. 그녀를 벗겨놓고 사진 찍고 협박해서 돈 받아내고, 아니면 채찍으로 그녀의 몸에 뱀을 감았을까.

적어도 그녀에게 그런 일은 일어나지 않았어. 아니 채찍을 쥔 건 그녀였지. 그것도 나중에야 자신이 채찍을 휘둘렀다는 웃지도 울지도 못할 사실을 알게 되었어.

세 번째 남자가 나타나기 전에, 두 남자가 산다는 오피스텔로 가면서 R은 무엇을 기대했을까. 지난번처럼 두 남자와의 2대1의 섹스만을 상상했을까. 3대1이 되리라는 우려는 안 들었나? 아니면 3대1이면 더 짜릿하리라는 충동적 소망을 품었을까.

사랑도 친밀감도 없는 오로지 오르가즘만을 위한 섹스파티는 점점 격해지고 변태로 치닫기 마련이야. 그들이 내놓은 음료수를 한 잔 마시고 나면 어떤 때는 100미터를 10초도 안 되는 기록으로 질주할 것 같은 힘이 났고, 어떤 때는 발정하는 동물처럼 호르몬이 분수처럼 뿜어져 나오는 것 같았고, 어떤 때는 정신이 혼미해져서 기억회로가 깜빡깜빡 끊기기도 했지.

한 달인지 두 달인지, 얼마쯤 시간이 지나고, 피폐해진 심신을 추스르며 그녀가 이 모임을 접겠다고 선언했을 때 그들은 그녀가 핏물로 자서(自書)하고 수인(手印)한 입회원서를 보여주더래.

회원 둘만의 시간을 가지려면 회원 모두의 동의가 있어야 한다, 비밀을 지킨다, 탈퇴할 경우 입회금의 10배를 모임의 발전기금으로 희사한다, 이를 어길 경우 신체의 일부분을 포기한다, 그런 내용이 적힌 종이에 자신의 필체로 자서가 되어있더래.

그런 풍파를 겪은 R부부가 어떤 성생활을 하며 살아가는지, 그 이후의 일은 나는 아는 바가 없어. 그건 내가 그들 부부를 일부러 피해서야. 내가 약혼자 N과 헤어지고 난 뒤 위로를 핑계로 R이 자기네 집으로 나를 초청했는데 나는 세 번이나 거절했어.

그러고 보니 내가 S와 만난 보졸레누보 파티는 R의 주관이었어. 그녀는 배우자와 약혼자가 있는 남녀에게 왜 이런 대형사고의 빌미를 주었을까. 지나고 보니 그녀의 계획된 작전에 휘말린 게 분명하다는 생각이 들어. S와 R이 한때 연인이었다는 소문도 끝내 사라지지 않고 떠돌지만 믿지 않기로 했어.

너무 오래전 일이라 기억의 낱알들이 고방구석에서 썩어 없어진 줄 알았는데, R의 이야기를 쓰다 보니 내게 일어난 비슷한 사건이 기억나는군.

M, 실명은 잊었어. 내가 일기장에 적던 그의 별명이 '마가린'이었어. 좀 느끼한 인상이었거든.

나는 19살이었어. '도깨비도 19살'이라는 옛말이 있듯이, 19살의 처녀는 누가 봐도 깨물어 먹고 싶도록 예쁜 외모와 향기를 가지고 있지. 나도 내가 천하일색인 줄 알던 시기야. 19살 처녀에게 그런 맹목적인 순정을 바치는 머슴 같은 남자 하나 누군들 없었을까마는, M은 해바라기처럼 나를 따라 돌고 있었어. M은 자주 내가 다니는 길목을 지켰어. 나는 어두운 골목 안에서 혹은 전봇대 뒤편에서 나를 향해 꽂혀오는 그의 시선을 느끼면서도 깨끗하게 무시하며 지나갔어. M은 꽃다발이며 핸드백이며 남자임에도 손수 정성들여 싼 도시락 따위를 선물했고, 깜짝이벤트 등의 온갖 방법으로 프러포즈를 했는데 나는 다 거절했어.

　M은 부모 뜻을 받들어 가톨릭 사제가 된다는 고교에 갔었지. 고교도 마치기 전에 그는 결혼이 하고 싶더래. 사랑하는 여자를 만나 가정을 꾸리고 아이를 낳고 싶더래. 하느님의 성스러운 부름이 없이는 성직자가 될 수는 없잖아. 그는 하느님이 자기를 부르시지 않는다고 늘 번민하고는 했어. 그래서 그는 가톨릭 신학 대학이 아닌 일반 대학에 가려고 3수인가 4수인가를 하고 있었어. 내 눈에 그는 세상의 고뇌를 혼자 다 짊어진 사회의 낙오자처럼 보였어. 내게 꽃을 헌납하며 무릎을 꿇는 그를 꽃으로 때려주기까지 했으니까. '정신적 모멸'이 풍부하게 섞인 나의 비웃음을 읽은 그의 친구들은 그에게 "너만큼의 정성이면 클레오파트라도 꾀겠다"라며 제발 저 되먹지도 않은 오만한 여자로부터 마음을 돌리라고 간곡하게 충고했지.

　어느 날 M의 친구가 내 앞을 막으며 "M이 자살하려 했어요. 수면제를 100알이나 먹었대요. 죽을지 모르는데 헛소리를 하며 수지 씨를 찾아요" 이러더군. 첫째는 거짓말일 테고, 둘째는 사실과 상관없이 나오는 무관한 일이라고 뻗대기는 했는데, 하도 통사정을 하는 바람에 그가 독실한 가톨릭 신자임에도 자살시도가 사실일 가능성에 주사위를 던졌어. 그 친구를 따라갔어.

　세상에나, 나는 죄수처럼 포승줄에 묶여서 광에 갇혔어. 문밖에서 내 알몸사진을 찍겠다는, 강간하라는, 등의 남자들의 목소리가 울렸어. 물론 내가 듣고 있음을 감안한 겁박이었어. 나는 내 삶이 끝날 것 같은 위기감에 몸이 와들와들 떨리면서도, 머리는 맑아지고 있었어. 낭패감으로 심정이 착잡하게 얽히고 있는데, 밖에서 두

런두런 말소리가 들리고 M이 나타났어.

"오줌 누고 싶어."

실제로 심한 요의를 느꼈고, 거의 방광이 터질 것 같았기에 그렇게 말했어. M은 다시 나가더니 양은 세숫대야를 가져왔어. M은 나를 옥죄고 있는 줄을 풀어주는 대신 내 청바지의 단추를 풀고 팬티까지 내려주었어. 그리고 대야를 엉덩이 밑에 대주었어. 참을 수 없을 만큼 오줌이 마려웠기에 나는 그가 바라보는 앞에서 시원하게 방뇨했어. 내가 듣기에도 민망하게 양철지붕에 소나기 지나가는 소리가 났어. M은 천천히 내 팬티와 바지를 치켜 올리고 다시 의자에 앉혔어. 그리고 그는 대야를 들고 나갔어. 들고 나가기 전에 대야 속에 담긴 내용물을 찍어먹는 듯이 보였는데 아마 내가 잘못 봤겠지.

그는 곧 다시 들어왔어. 담배 한 대 피울 참이 넘도록 그는 내가 앉은 의자 주위를 서성거렸어. 희미한 알전구 불빛에 그의 표정이 읽혔어. 의외였어. 그는 북받치는 오열을 삼키는 슬프고도 애처로운 표정이었어.

"못 먹는 감 찔러나 보라는 니 친구들의 말을 내가 들었어. 해봐. 니가 하고픈 대로 하면 나는 감처럼 찔려서 터지겠지. 하지만 네가 바라는 일은 세상이 두 쪽이 나도 일어나지 않아. 네가 사제의 길을 버렸는데 하느님이 네 편이 되어줄까? 네 기도는 하늘에 이르지 못하고 뱀처럼 땅에서 길거야. 내 알몸사진이 날 너에게 붙잡아 놓을 선녀의 날개옷이 되지는 않아. 내가 찔려서 터지더라도, 죽어도 나는 너도 네 친구들도 가만두지 않겠어."

M은 친구들의 꼬드김에 나를 납치까지는 했지만 더 이상의 해

코지는 못할 착한 인성을 가졌어. 어느 저울에 달아도 그에게서 나쁜 남자의 속성은 잡아낼 수 없었거든.

M은 나에게 용서를 빌지 않았어. 무릎으로 땅을 기면서 오열했어. 내가 너 때문에 이리되었다며 눈물을 뿌렸어. 오체투지의 자세로 자신의 엄마를 불렀어. 엄마, 엄마, 용서해 주세요, 라며 가슴을 후벼 파며 흙바닥에서 뒹굴었어. 그러더니 손가락을 입으로 물어 뜯었어. 검붉은 피가 손가락 끝에서 방울방울 솟았어. 그는 피가 듣는 집게손가락을 내 입속에 쑤셔 넣었어. 찝찔한 액체가 입안에 고였다가 목구멍으로 넘어갔어.

"네 몸의 피를 내 피로 채울 수 있다면."

아마도 그렇게 말한 것 같았어. 그 시절에도 나는 일기를 위시하여 무언가를 매일 기록하고는 했는데, 그런 사실을 아는 M은 나를 풀어주면서 내 모든 기록에서 자신을 빼달라고 당부했어. 자신은 내 기억에서 영원히 소멸하고 싶다고. M은 내 기록장에 자신이 지질한 못난이로 묘사됨을 알았고, 훗날 내가 접할 인간들과 자신이 비교되는 것이 죽기보다 싫었을 테니.

그 후로 십수 년의 세월이 흐른 후에 M이 아닌, 내게 M의 자살 시도를 전했던 그의 친구와 우연히 부딪쳤어. 그가 고백했어. 자기가 모든 납치작전계획을 세우고 지휘를 한 장본인이었다고. 너무 도도하고 싹수없게 구는 여자와 그 여자의 발밑에서 기는 친구를 보고만 있을 수는 없어서, 친구를 위하여 그런 일을 꾸몄다는 변명도 아울러 들었어.

제주도였고, 내가 공항에 내리자 날벌레 같은 시선 하나가 따라오는 느낌을 떨칠 수가 없었어. 아니 비행기 안에서부터 그의 시선을 느꼈다고 할까. 그와 내 시선과 정통으로 부딪쳐 얽혔는데도 그는 시선을 풀지 않고 까닥 목례를 했어.

"죄송합니다. 제가 아는 분이 아닌가 해서요."

그가 조그맣게 말하고 나를 스쳐갔어. 흔히 어디서나 흔하게 마주칠 법한 평범한 얼굴이었어. 내 기억의 창고에는 그런 얼굴이 없었어. 하지만 그는 분명히 나를 아는 눈치였어. 내 곁에 S가 서 있기 때문에 하고 싶은 말을 삼가고 있음도 알 수 있었어. 하지만 무슨 말인가를 꼭 해야겠다는 의지가 서린 그의 표정이 꽁꽁 감겨있던 내 기억의 실타래를 풀었어. 내 표정이 돌처럼 굳어지는 것도 다 지켜보던 그가 S가 렌트카를 인수하러 간 사이 다가왔어. 나는 그가 누구인지 먼 과거의 기억을 조립한 상태였어. 주위를 살피던 그는 내게 다가와서 그때는 미안했다는 말과 함께 M의 근황을 전해주었어. 하지만 나는 그들을 거의 잊었어. 복수 대신 용서를, 기억 대신 망각하고자 노력했거든. 쉬운 일은 아니었지만, M도 거의 잊혀져가던 중이었어. 사실 땅바닥을 기면서 오열하던 M의 모습이 망령처럼 따라다니고, 매달 변기 안으로 방울방울 떨어져 붉은 물감처럼 풀리는 생리혈을 볼 때면 목구멍으로 넘어가던 피의 비릿하고 찝찔한 맛이 살아나서 무척 괴로웠거든. 내가 듣고 싶은 말은 그의 사회적 출세가 아니라 그가 행복한 가정을 꾸리고 산다는 소식이었어. 머릿속에서 가슴속에서 M을 털어버리고 편안한 삶을 영위하려는 나의 이기적인 심보가 그의 안녕을 원했다기보다 그의 행복을 빌었을 거야. 내가 그와의 약속을 어기고 M라는 이니셜이나마 묘사하는 데는, 살인죄 소멸의 시효기간보다 더 긴 시간이 흘러서 M은 그때의 그 일도 내 존재도 다 잊었을 것이라고 굳게 믿기 때문이지.

느낌이 묘한 일련의 선입견이 자동차 선택의 다트놀이 과녁에서 SM이라는 글자를 아예 지워버렸는지는 모르겠으나, 어쨌든 난 SM 자동차를 구입한 적도 탄 적도 없어. 10년 만에 나타난 S와 10년 전처럼 떠나왔어. 제주를 여행하려면 차를 빌릴 수밖에 없어. 그래서 새털처럼 가벼운 호기심으로 미경험의 차, SM을 택했지.

오후 햇살이 바다 위에 비스듬히 꽂히고 있었어. 파도는 갯바위에 소신하여 바다는 하얀 메밀꽃밭 같았어. 우리는 충분히 SM을 즐겼어. 일주일을 흠뻑 빠져 즐겼어. 파도와 바닷바람에 깎이고 다듬어진 기암괴석과 푸른 송림이 어우러져 멋진 경관을 연출하는 해안도로를 달렸어. 햇빛을 받고 푸른바다를 안으며 우리는 달렸어. 차에게는 만족했어. SM 자동차는 우리에게 성실했어. 물론 자동차 광인 그의 운전 솜씨가 좋은 탓도 있었어.

처음 만나던 그날, 우리는 사랑한다는 말을 남발했었지. 첫눈에 반한 운명의 사랑이라고 철썩 같이 믿었어. 섬광처럼 인식하는 찰나의 감각, 육체 유희의 절정에서 '사랑해'라는 외마디 절규를 뿜어내며 그는 내 어깨를, 엉덩이를 사정없이 깨물었어.

왜 이제야 그런 생각이 드는지 모르겠지만 그건 그냥 광기의 축제였어. 사랑은 그런 가학적인 유희나 언어로 완성되지 않는 줄, 그때는 몰랐던 거야. 하지만 그런 광기가 다시 오지 않는 줄도 몰랐던 거지.

멀리 시선을 돌리니 수채화 같은 산자락이 안개에 숨어버렸어. 동백꽃이 수줍은 듯 붉은 빛깔로 꽃망울을 피워내고 동박새가 이

수풀 저 덤불로 무리지어 날았어. 사위어 가는 늦가을의 햇살이 따뜻하게 내려쬐고 있었어.

"왜 결혼하지 않았지?"

그가 또 뜬금없이, 어느 구석엔가 진지함이 숨어있으련만, 성의 없이, 밥 먹었어? 하는 투로 물었어.

"10년에 한 번씩은 운명의 사랑이 오리라고 확신했어."

나도 아무렇지도 않게 딴전을 피우듯 둘러댔어.

나쁜 여자, 남자

1

　나, 진미는 간통전과가 있다. 아니 있을 뻔했다. 전남편이 소(訴)를 취하해줘서 구치소에서 한 달 만에 나왔으니까, 전과기록은 생길 뻔만 했다.

　내 친구 아영이는 배임 사기 전과가 있다. 실형을 살고 나왔으니 전과자라 해도 될 것이다. 그녀는 부채를 갚지 못했다.

　유현은 간통과 사기 전과가 있는 것 같다. 설령 없다고 해도 곧 생길 것 같은 예감이 든다.

　유현과 나는 달포 전에 골프장에서 만났다. 아영이와 퍼블릭 골프장에 라운드를 하러 갔다가 그와 어울리게 되었다.

　퍼블릭 골프장에는 부킹 시각이 정해져 있지 않다. 골프백이 도착하는 순서대로 티오프를 한다. 나는 아영이와 둘이 갔다. 우리처럼 둘만 온 사람들에게는 골프장 측에서 같이 라운드를 할 사람을 엮어 준다. 나는 남녀노소 누구와 엮어지든지 별 상관이 없다. 골프실력보다도 매너와 예의만 갖추기를 바랄 뿐이었다. 굳이 바란다면, 나보다 실력이 나은 남자이다.

굳이 독신으로 살아야 할 이유도 없고, 결혼을 해야 할 특별한 이유도 없지만, 남자란 없는 편보다는 있는 편이 나은 듯싶다. 남자 친구가 없으면 일상이 밋밋하고 심심하기도 하려니와 타인의 관심 밖으로 밀려난 노인이 되어버린 느낌이 든다. 남자들이란 적어도 자신의 목적을 달성할 때까지는 관심을 기울이지 않던가. 남자의 관심과 호의가 여자를 착각 속에 빠지게 하지만 삶의 활력소가 된다는 점도 부정할 수는 없다.

부자를 만나려거든 사글셋방이더라도 부자가 사는 곳에 방을 얻으라 했다. 세상의 모든 여자들이 그러하지만, 나도 부자이면서 교양도 있는 신사를 만나고 싶다. 그게 쉬운 일은 아니다. 그래서 인연이란 교통사고처럼 벼락처럼 온다고 믿는 아영이와 즐겨 찾는 곳이 골프장이다.

"잘 부탁합니다."

드라이버를 빼들고 빈 스윙을 해보는데, 장갑을 끼면서 출발지점으로 걸어온 남자가 우리를 보고 모자를 반쯤 벗었다 놓으며 인사를 했다. 유현과의 첫만남이었다.

나는 아영을 바라봤다. 아영이 왼쪽 입가를 위로 말아 올리며 웃었다. 왼쪽 볼에 보조개가 파인다. 일부러 보조개가 파이도록 볼의 근육을 힘주어 잡아 올리며 짓는 미소는 아영이 상대에게 호감을 가졌을 때나 나타나는 버릇이다. 그녀에게 꼬리가 있었다면 이 순간 바람개비처럼 돌기 시작했을 것이다.

"저희가 부탁드립니다."

아영이 다시 볼에 보조개를 만들며 고개를 까닥했다.

또 시작이군. 나는 눈짓으로 그녀를 나무랐다. 제발 남자 앞에서 그렇게 보조개와 콧잔등에 주름을 만들며 웃지 말라는 뜻이다. 볼에 보조개가 있고 웃을 때 콧잔등에 주름이 접히는 여자가 명기 중의 명기라는 말은 아영에게서 들었다. 아영이도 분명 어느 바람둥이 남자에게서 취중에 들은 말일시 분명할 테지만.

아영은 젊은 날에 미인대회에 출전했었다. 지역 예선을 통과하여 본선까지도 진출을 했었다. 불혹의 나이를 넘긴 여자가 예쁘면 얼마나 예쁠까마는 아영의 외모에 대한 자신은 대단하다. 그녀는 중년의 나이답게 적당히 살이 오른 농염한 몸매를 가지고 있다. 게다가 속살은 일본 미인도 속에서 튀어나온 여자처럼 희고 차지다. 내가 보기엔 예쁘다기보다는 육감적이고 관능적이다.

그녀가 애인이 없이 지난 지가 꽤 되었다. 최 사장하고 헤어진 지가 두 달쯤 되었나. 부인에게 아영의 존재를 들킨 최 사장이 일방적으로 이별을 선언하고 발길을 끊어버렸다.

"통장이 사라졌어. 괜찮은 물주였는데."

그녀는 최 사장이 자신에게 얼마나 잘해주었는지, 일테면 얼마짜리 장신구를 사주고 명품 핸드백을 사주고 해외출장에 데리고 가고 용돈을 얼마나 많이 주었는지를 설명하고, 양주 세 잔을 단숨에 들이킨 다음에 끝맺음으로 그렇게 말했다.

"애인이 없으면 적적하고, 있으면 귀찮기는 하지."

나는 언제나 술주정을 받아주는 입 무거운 친구이니까, 그녀의 넋두리를 귀밑바닥에 가라앉혔다.

"최 사장을 사랑은 했었어?"

그녀의 눈자위가 젖고 있어서 위로를 해줄까 해서 물었다.

"멀…… 사랑까지는……"

"그럼 행복했었어?"

"행복했던 순간이 있었지."

아영은 그렇게 마침표를 찍었다. 그러니까 그녀는 지금 새 애인을 물색 중이다. 아니 새 통장을 개설하려는 것이다.

그녀에게 섹스파트너는 늘 따로 있었다. 비린내가 풍기는 연하 애인이었다. 인간이 인간에게, 아니 여자가 남자를 보고 그런 표현을 해도 괜찮은지 모르겠지만, 아영이의 표현대로라면, 생으로 회를 쳐서 먹어도 입에 착착 들러붙는 꽃미남이었다. 그녀가 아직도 꽃미남인 젊은 애인을 만나는지는 모르겠다. 그녀의 파트너가 바뀌는 간격이 하도 좁아서 나는 정신을 차릴 수가 없다. 걸려온 전화에 대고 누나가 동생을 어르듯 다독다독 정감이 넘치게 지껄이는 양을 보고, 동호? 하고 내가 물으면, 그녀는 눈을 찡긋하며 고개를 저었다. 동호였다가 바로 창식이가 된 것인지 동호와 창식이 사이에 꽃미남이 하나 더 지나갔는지도 모를 일이었다. 파트너가 바뀌는 사이는 양다리도 걸치는 듯했다.

내가 만나 본 최 사장은 꽤 진실해 보이는 사람이었다.

"애, 아영아, 너 딴 데로 눈 돌리지 말고 최 사장 붙들어. 네가 아프더라도 병원에 입원시키고 병구완해줄 사람은 최 사장뿐일 거야. 어린애들은 정리를 좀 해."

나는 진심의 충고였다. 그러나 그녀의 반응은 의외였다.

"내가 너한테만 솔직히 말할게. 다 좋아. 최 사장, 공부도 많이 하고, 돈도 쓸 줄 알고, 예술적 안목도 있고, 게다가 진실하기도 하고. 딱 한 가지만 빼놓고. 그게 무언 줄 아니? 섹스야. 섹스는 너무 아니야. 어떻게 해야 여자가 좋아하는지도 몰라. 아프게 여기저기 깨물거나 몸에다 침이나 잔뜩 발라놓기만 해. 허리가 길어서 정상적인 체위는 잘 못해. 어쩌다 남들 하는 대로 하고 난 다음날이면 허리 아파 죽겠대서 안마하느라 내 팔이 떨어져나가. 언제나 뒤에서 침범을 하는데, 그것도 귀찮은지 날더러 올라가래. 게다가 조루라고. 미쳐. 내가 많이 참았지."

"너도 최 사장 좋아했잖아. 비아그라라도 구해서 먹이지 그랬어."

"그거 써봤지. 효과가 있긴 있어. 복용한 지 한 시간이면 효과가 나타나서 한 시간은 지속되지."

"그 이상이어야 해?"

"아냐. 내가 그렇게까지 목숨을 걸고 해야 하니? 나는 서글퍼지고, 그에게는 측은지심이 들고. 부인한테 들킨 것이 헤어지는 계기가 되었어. 성적인 밸런스가 안 맞는 줄을 본인도 알고 있었지. 그는 나에게서 도망치고 싶어 했어. 그래도 내가 자기를 좋아하니까 마음 따뜻한 그가 날 못 버리고 미적거리고 있었던 거야. 부인이 교통정리를 해준 거야. 나도 보내고 싶었던 참이었고."

젊은 애인을 숨겨두는 그녀를 이해해주어야 할까. 아영의 설명을 듣지 않더라도 나는 충분히 짐작은 하고 있었다. 최 사장은 키가 크고 말랐다. 허리가 가늘고 길어서 성기능이 부실해 보였다.

지금 우리 앞에 서서 드라이버를 흔들어보고 있는 남자, 오늘 우리 앞에 나타난 남자는 젊었을 적에는 꽃미남이었을 것 같다. 그러나 지금은 노회한 제비쯤으로 보인다. 아영의 섹스파트너로서는 물이 갔다. 물주로서의 역량은 모르겠다. 그에게서 부자의 냄새는 별로 풍기지 않지만 그렇다고 가난의 냄새도 맡아지지 않는다. 아니, 내가 그런 종류의 냄새를 맡을 만큼 후각이 예민한지도 의문이다.

"아까 그린피 현금 계산하더라. 너 신용불량자는 신용카드 없는 거 알지?"

남자가 장비를 점검하는 사이, 나는 남자에게 안 들리도록 목소리를 낮추어 아영에게 말한다.

"국세 체납하고 신용불량자가 되었는데 숨겨놓은 돈은 많아서 외제차 타고 골프하러 다니고 우리 가게에서 술값도 현금으로만 계산하는 치들이 얼마나 많은데."

그는 명품으로 이름난 브랜드의 옷을 입고 있다. 어딘지 짝퉁티가 나는 명품시계도 꼈다. 알코올성이 강한 향수를 막 뿌리고 나왔는지 진한 향기를 두르고 있다. 그가 팅그라운드로 올라간 사이 골프채 가방을 힐끗거려보니, 골프채도 고가품이다.

"속 빈 강정일수록 고가의 장신구로 포장하잖아."

"현금만 들어오는 장사하는지 알아?"

딴 마음 품지 말라는 뜻이었는데, 그녀는 아직 미련이 있다는 투다.

"내가 명함 받아줄까?"

"아니, 언니에게 넘길게."

그녀가 내게 눈을 찡긋한다. 내가 아영이보다 세 살이 많은데, 꼭 이런 경우에만 그녀는 언니라고 부른다. 내가 명함을 받아주겠다고 한 소리나 언니에게 넘기겠다고 한 아영의 말은 다 농담이다. 나는 아영의 속마음을 꿰뚫고 있다. 아영은 아주 젊거나 아주 부자로 보이는 남자가 아니면 접근하지 않는다. 돈 아니면 섹스, 둘 중의 하나이다. 둘 다 갖춘 남자는 자기가 올라가지 못할 높은 곳에 있음을 안다. 그녀는 로또복권에 당첨되는 꿈도 안 꾸고 신데렐라가 되려는 꿈도 안 꾼다. 그녀는 오직 실속만 챙긴다.

아영이 또한 나의 남성편력에 대해서 소상히 알고 있다. 나는 어린아이일지라도 남자라는 짐승은 피하려는 줄로 아영은 알고 있다. 마음이 삭막하고 피폐해서가 아니라 연애의 불에 데었던 고통과 상흔이 아직 아물지 않아서 불씨 곁에도 가지 않는다고, 그녀는 짐작하고 있다. 그녀가 몇 번인가 내게 남자를 소개해준 적이 있었는데, 전혀 진전이 없었다.

"왜 싫은데?"

그녀가 소개해준 남자의 전화를 따돌리고 전화기의 뚜껑을 닫는 나를 바라보며 그녀가 물었었다.

"안 사장하고 닮았어."

"길을 막고 물어봐라. 둘이 닮은 구석이 있나."

"아냐. 커피에 설탕 한 스푼 넣는 거랑, 남자들 목 밑에 아담스 애플이라는 거 있지. 그게가 유난히 불거진 거랑, 심히 거슬려."

"그렇다면 천 이사는 왜 싫어?"

"거긴 더 싫어. 땀이 진득한 손도 싫고. 술자리도 질기고, 술 먹으면 주사가 있어. 짜증나."

"좀 그렇기는 해. 술을 적어도 삼차 사차는 해야 끝내지? 그래도 그건 네가 충분히 다룰 수 있을 텐데."

"아냐. 남자들이 날 싫어 해. 꽁꽁 마음의 문을 닫아 걸은 줄을 느끼나봐. 앞으로 좋은 남자가 안 나타날 수도 있지만, 그래도 남자가 궁하다고 아무나 받아들이기는 싫어. 옛 남자가 내 마음에서 나가면 좋은 사람이 올 자리는 비워둘 게."

"여자는 여자로 지우고, 남자는 남자로 지우는 거야. 이 바부탱이."

아직도 전남편이나 이혼의 원인이 되었던 헌수가 떠오르면 세상의 남자가 다 싫어진다. 그러나 세월이 약이라는 말도 있듯이, 그제보다는 어제가 어제보다는 오늘이 고통의 강도가 약하다. 그렇다고 내게 가벼운 마음으로 데이트를 하는 남자 친구가 없는 것은 아니다.

아영이처럼 남자를 찾아 헤매는 여자가 있는가하면, 나처럼 쫓아 버리는 여자도 있다. 아영은 연애하느라 바쁘기도 하지만 일이 있기 때문에 더욱 바쁘다. 문제는 나다. 나는 너무 한가하다. 나는 남자라면 진절머리를 치면서도, 한가함 속으로 파고들어 오는 고독은 못 견뎌한다. 혼자서 책을 읽거나 영화를 보기도 하고 문화센터의 교양강좌를 수강하기도 한다. 그렇다고 외로움이 달래지지는 않는다.

연애란 언제나 무료와 고독 속으로 파고든다. 찻잔을 마주하고든지 전화 속으로든지 따뜻한 말 한마디는 가슴을 적셔준다. 입에 발린 말 한마디가 물기 한 방울 없이 짚북데기처럼 메마른 가슴에 단비를 뿌리는 것이다. 별 관심이 없는 남자인데도 불구하고 한가한 시간에 걸려오는 전화에 끌려 데이트에 응하게 되는 것이다.

아영은 부잣집 막내아들에게 보쌈을 당하다시피 결혼을 했었다. 미인대회에 나가서 입상하고 난 직후였다. 그녀의 남편은 미인을 쟁취한 용기 있는 남자였다. 장안의 보석이 거덜났다는 요란하고 화려한 결혼식을 올린 후에 그녀의 남편은 그녀를 온갖 사치품으로 장식을 해서 안방에서 사육했다. 그녀 주위의 사람들은 그녀가 신데렐라가 되었다고 부러워했다. 그녀는 귀 닫고 입 닫고 발 묶인 채로 화려한 궁전에 갇혔다.

그녀가 다시 신데렐라가 되려는 꿈을 꾸지 않는 까닭은, 그녀가 허울뿐인 신데렐라였기 때문이다.

그녀는 하루 이십사 시간 중에서 단 한 시간도 자유로운 시간이 없었다. 요리학원에 갈 때도 슈퍼마켓에 갈 때도 자가용 기사가 따라다녔다. 그 외의 모든 외출은 남편이나 시집 식구와 함께 했다. 그녀는 화려한 감옥에서 사는 아름다운 왕비였다.

결혼한 지 오 년째 되던 해에 아영의 남편은 부친에게서 물려받은 사업체를 부도냈다. 아영의 남편은 자기 사업만 망친 것이 아니라 부모의 재산까지 거덜을 냈다. 옛날 부자는 망해도 삼 년 먹을 양식은 남아있다고 했는데, 요즘의 부자는 자신의 재산만 없애는 것이 아니라 가족까지 신용불량자로 만들었다. 선산까지 경매로 넘어가자, 아영이 발 벗고 뛰었다. 남편이 회생 능력이 있다고 믿은 아영은 사채를 끌어들였는데, 그래도 부도난 사업을 일으키지는 못했다. 부채를 상환하지 못한 아영은 사기죄로 교도소에서 일 년을 살았다. 아영이가 남편을 버렸는지 그 반대인지는 나도 잘 모르겠다. 아영의 말로는 교도소에서 나와 보니 '그 인간'이 아이들은 외가에 맡기고 어디론가 사라졌다고 했다.

아영은 보험설계사와 옷장사를 거쳐 밥장사를 하다가 지금은 술을 주로 파는 카페를 한다. 돈을 버는 것이 목적이었다면, 보험설계사나 옷장사 따위는 애초에 시작도 말았어야 했다고 아영은 술집마담이 되면서 깨달았다. 미인대회 입상자가 경영하는 카페 '미스코리아'는 그 이름만으로도 장안의 한량들을 끌어들였다. 술이 고파서가 아니라 미스코리아와 노닥거리기 위해 찾는 술꾼들이 많았다. 요즈음 들어서는 굵직한 단골도 몇 무더기 생겼다. 카페의 영업이 제법 궤도에 올라 돈을 주무르기 시작하니까 어디선가 그녀의 남편이 나타났다. 지금 아영의 남편은 카페 근처에서 얼쩡댄다. 그는 술병이 담긴 무거운 상자를 어깨에 메고 나르기도 하지만 주로 술꾼들의 대리운전을 한다. 아영이 최 사장과 같이 여행을 다니는 것도, 젊은 남자들과 시시덕거리는 것을 다 지켜보면서도, 또 아영에게 갖은 모욕과 무시를 당하면서도 아영의 곁을 떠나지 못하는 그녀의 남편을 보고 있노라면, 나는 남자라는 동물을 이해하지 못하겠다. 아니 아영의 전남편은 아영을 진정으로 사랑한다고 믿어진다.

아영이 아무리 자신의 미모를 뽐낸다 하더라도, 내가 판단하는 미에 대한 기준은 다르다. 나는 이목구비의 출중함보다는, 풍기는 분위기에 비중을 더 둔다. 그녀는 신산하게 살아왔다. 술장사 수년 만에 그녀는 세파에 닳을 대로 닳았고 세환에 곯을 대로 곯았다. 얼굴에는 그녀가 밟아온 삶의 흔적이 문신처럼 각인되어있다. 엊저녁의 술이 덜 깬 화장도 안 한 아영의 얼굴을 보면 제아무리 미스코리아라도 거친 세파에 망가지면 저렇게까지 험해질 수가 있는가 하는 의문이 든다. 거울 속의 내 모습도 비슷해서 경대 앞에서 엉엉 울어버린 적도 있다.

"평일 대낮에 혼자서 골프를 하러 오는 남자. 백수일까……"

아영이 혼잣말인 듯 중얼거린다.

"신경 끄고 공이나 쳐. 선천성 남자 밝힘증이라니까."

자꾸 남자를 흘끔거리는 그녀에게 내가 면박을 준다.

거울을 자주 보는 여자가 있다. 아영처럼 외모에 자신이 있는 여자이다. 타인을 바라보기보다는 남의 시선을 더 의식한다. 길거리를 걷다가 쇼윈도를 들여다본다기보다는 쇼윈도에 반사되는 자신의 모습을 보고 즐기는, 나르시시즘이 강한 여자들이다.

남자 중에도 비슷한 부류가 있다. 거울을 볼 때도 자신의 얼굴이나 몸이 아니라 남의 시야에 잡힐 부분에 더 신경을 쓴다. 대화를 하면서도 상대를 관찰한다기보다는 상대에게 비칠 자신에게 더 많은 신경을 쓰는 남자이다. 대체로 잘생겼으며 나르시시즘이 강한 남자이다.

유현이 그런 부류의 남자인 것 같다. 드라이버 샷을 날릴 때도 빈 스윙을 한번 하고 뒤를 한번 돌아본다든지, 공을 치면 공이 날아가는 방향을 바라봐야 할 터인데도 동반자와 캐디를 돌아본다. 그린 위에서 한쪽 다리를 꼬고 퍼터를 지팡이처럼 짚고 젖버듬히 서 있으면서 짓는 표정은, 어때 내 모습이 근사하지 않니, 하고 묻는다. 그는 여자를 바라보는 남자가 아니라 여자가 자기를 바라보는 시선을 쫓는 남자이다.

그늘집에 들렀을 때 그가 토마토주스 캔을 하나 권했다. 나는 음료수 한 잔쯤이야 거절할 이유도 없어서 그저 고개만 까닥하고 받아 마셨다. 제9홀에서 아영이 친 공이 오비가 났는데 공을 찾으러 그와 아영이가 함께 풀숲으로 들어갔다 오더니 아영이 내 귀에 속삭였다.

"인코스에서는 내기를 하자드라."

"언제 작업을 했지?"

그 사이를 못 참고 올가미를 걸었나 싶어서 내가 핀잔을 했다.

"우리한테 핸디를 네 개씩 주겠대."

"얼마짜리? 한 장?"

"초면에 좀 크지 않아? 반 장으로 해."

승부를 겨루어봐야 알겠지만, 핸디를 네 개를 받는다면 잃지는 않을 것 같았다. 9홀을 도는 동안 그는 4오버 파를 했다. 오비가 하나 나는 통에 더블보기가 하나, 연못을 넘겨야 하는 파3홀에서 공을 물에 빠뜨리고 더블보기를 하고, 버디가 하나, 보기가 하나, 나머지는 모두 파를 했으니 도합 40타를 쳤다. 싱글핸디캐퍼 수준이다. 해만 뜨면 필드로 내닫는 골퍼이다.

"만 원짜리는 해야 그늘집 음료수 값이라도 해결이 되잖습니까."

화장실에 들러 손을 씻고 나오는 동안에 남자와 아영은 협상을 마친 듯, 그가 나를 바라보며 말했다.

그는 내기가 걸려야만 공을 신중하게 다루는 사람인 것 같다. 대체로 고수들이 그렇다. 초보 골퍼는 내기가 걸려서 판돈이 커지면 중심을 잃고 무너진다. 나는 내기골프에 익숙해서 제법 잘 견디는 편이다. 그러나 배판으로, 배판의 배판으로 커지면 머리카락이 곤두설 만큼 긴장된다. 친선이나 친목을 도모하는 정도의 내기에서는 심장의 박동수가 정상이다. 그러나 퍼트 한 번에 기십 만 원이 움직이게 되면 온몸이 떨린다. 오줌이 질금 저려지는 스릴이 짜릿

한 쾌감으로 전달되면서 온몸의 근육이 수축한다. 심장마비를 일으킬 것만 같다.

"전반에서 4개 오버하신 거 알아요. 수업료 내고 한수 배우죠."

내가 구두끈을 조이면서 그를 올려다보았다. 이목구비가 수려하고 햇볕에 그을린 약간 검은 얼굴이 나를 내려다본다.

팽팽한 접전 끝에 무승부로 끝난다면 골프 자체는 재미가 있을지 모르지만, 남녀간의 인연은 재미가 없어진다. 어느 한쪽이 잃거나 따야 다음 단계의 발판을 마련하기가 쉽다. 판돈이 한쪽으로 쏠려야 생맥주거나 저녁식사의 자리를 마련하겠다는 빌미를 잡기가 수월하지 않겠는가. 이런 게임의 법칙은 아영도 일찍이 터득하고 있다. 그러나 누구라도 게임에서 패자의 편에 서고 싶지는 않다.

"세모표야."

내가 아영에게 손가락으로 삼각형을 그려보였다. 잃지는 말자는 암호이다. 또한 따지도 말자는 뜻이다. 이 남자와는 오늘 이후 다시 얼굴을 보는 일이 없도록 하자는 뜻이기도 하다. 아영은 약간 못마땅한 듯이 입맛을 다시기는 했지만 내 계획에 동의했다. 아영은 드라이버 샷에서 오비를 냈고 나는 두 번째 샷을 짧거나 길게 날려서 피칭웨지를 한 번 더 잡았다.

"숙녀의 돈은 따먹지 말라고 하던데……"

이만 원을 딴 그가 그늘집의 식음료대를 계산하며 겸연쩍은 듯이 말했다. 그리고 하루를 즐겁게 보냈다는 인사를 하고 헤어졌다.

상황이 종료된 듯했다.

"다행이야."

"머가?"

"난 네가 저 남자하고 명함이라도 주고받을까 봐 마음이 조마조마했어."

"무슨 상관이야. 나야 머 영업상 주고받을 수도 있지. 나는 네가 불안했어. 저 사람이 널 찍는 눈치였거덩."

"이제 저 남자 다시 만날 일 없잖아."

해거름의 그림자처럼 길게 늘어진 인연의 끈을 두 동강이로 잘라 내는 심정으로 내가 단호하게 말했다.

2

내가 7번 아이언을 분실했다는 사실을 알기까지는 일주일이나 걸렸다.

그날은 시골 동창들과의 골프모임이 있었다. 첫 홀 티샷을 하려고 골프채 가방에서 드라이버를 빼냈다.

"7번 아이언이 원래 없으세요?"

골프채를 점검하던 캐디가 묻기에 나는 채 가방 속을 뒤져보았다. 없었다. 일주일 전에 아영과 라운드를 한 후로는 골프백을 열어 보지 않았다. 그날은 분명 7번 아이언을 사용했다. 분실한 시각과 장소는 거의 확실하게 짚어진다. 골프를 처음 배워서 코스에 나올 때에는 그린 근처에 피칭웨지를 놓아두고 오는 실수를 가끔 했다. 그러나 요즘에는 그런 실수를 하지 않는다.

"그 안에 없다면, 어디서 잃었는지 짐작이 가는데…… 어쩌지? 에이, 7번 필요하면 6번을 좀 짧게 잡고 치지 머."

나는 6번 아이언과 8번 아이언을 꺼내서 흔들어 보였다.

"예나 지금이나 네 수법은 변치 않았구나."

내 말을 상호가 들었나보다.

상호는 나의 첫 남자이다. 어린 시절에는 친구였고, 사춘기 즈음에는 애인이었고, 지금은 다시 친구이다. 같은 초등학교를 다녔는데 그는 줄곧 반장이었다. 그는 고무줄놀이를 하는 여자아이들의 고무줄을 끊고 다니는 개구쟁이 애들을 붙잡아서 혼내주는 어린 신사였고, 다른 친구들이 자치기를 하거나 구슬치기를 할 때도 화판을 무릎에 놓고 나무 그늘에 앉아서 그림을 그리는 어린 화가였다. 아마 나 말고도 그를 짝사랑하던 여자애들이 많았다. 키가 컸고 얼굴은 시골 아이답지 않게 희어서 귀티가 났다. 내가 그를 찜 했었다.

중학교를 졸업할 즈음이었던가. 동네 탁구장에서 내가 먼저 탁구대를 차지하고 있었고, 그가 우리의 게임이 끝나기를 기다리고 있었다. 나는 그때 그와의 인연을 만들기 위해서 게임이 끝나고 탁구대를 기다리는 상호네 팀에게 내주면서 일부러 탁구대 옆의 의자에 노트 한 권을 놓고 집으로 왔었다. 계획은 제대로 진행되어져서 며칠 후에 그는 우리집 앞에서 노트를 돌려주기 위해 나를 기다리고 있었다. 사실 노트가 돌아오지 않았더라면 나는 그를 찾아 나설 2차 계획까지 짜놓았었다.

나는 십수 년이 지난 지금까지 내가 쳐놓은 그물에 그가 걸렸다는 사실을 그가 모른다고 생각했다.

"수법이라니?"

오른쪽으로 높게 치켜들었던 아이언 채를 그를 향해 던지듯이 달려들며 물었다.

"자기 소지품 남겨놓고 미끼로 삼는 진부한 수법."

그는 내가 휘두르는 채를 피해 한 발짝 뒤로 물러나며 태연하게 말한다. 그가 그렇게 단정한다면 이번에는 누명이다.

"난 그런 구태의연한 수법은 안 써. 언젠가, 내가 헛다리 짚은 사건이 있었어. 내가 어느 남자를 꾀어보려고 채를 바꿔치기 해봤어. 둘이 오붓하게 만나서 교환하자고 할 줄 알았는데, 퀵서비스로 바로 보내면서 그 퀵서비스 직원에게 지 것을 되돌려 보내래. 김이 팍 샜어. 그 뒤로는 그 수법은 안 써. 안 먹혀서."

"상대방이 그 방법을 쓰는 거야."

거기까지 생각이 미치는 걸 보면 상호도 제법 남녀의 연애에 대한 생각이 진화했다.

"그린 근처에 놓아두고 왔을 수도 있고, 골프장에서 보관하고 있을 수도 있고, 같이 라운드를 했던 친구의 백 속에 묻어 들어갔을 수도 있지. 만약, 같이 라운드를 했던 남자가 보관하고 있다면, 그 남자, 아직 작업 기술이 미숙한가 보네. 그 미숙함이 귀여워서 한 번 만나봐야겠어."

수법 운운하는 상호의 조롱이 거슬렸기에 심사가 뒤틀려서 나도 모르게 튀어나온 말이었다.

"또, 연애하겠다는 거야?"

"또, 라니. 내가 언제 연애했어? 도대체가 넌 내가 남자만 보면 연애하는 여자로 보이니?"

이런 말을 하는 나는 속이 상하다. 상호가 내 사랑을 받아주었더라면, 나는 상호 이외에는 남자라고는 모르고 살았을 지도 모른다.

우리가 헤어지게 된 이유는 전적으로 그에게 있다. 그 당시 교장 선생님이었던 그의 아버지는 그가 일곱 살이 되었을 때 동창생 친구와 사돈을 맺었다. 그의 신부는 일찍이 서울로 유학을 가버렸고 소식이나 간간히 전해왔지만, 그의 아버지와 동창생 친구는 서로의 자식들이 혼기가 차면 혼인식을 올려주기로 굳게 약속을 했단다.

그의 아버지는 나를 임자가 있는 남자를 꼬여내는 불여우라고 했다. 하긴 남녀가 유별하고 남녀칠세부동석이 당연하다고 생각하는 시골 학교 교장 선생님의 정혼녀가 있는 아들이 불여우 같은 여학생과 시시덕거리며 논다면, 교장 선생님은 달가워하지 않을 것이다.

그는 내가 한 발짝 다가가면 한 발짝 물러났고, 한 번도 내게 마음을 열지 않았다. 나는 그의 관심을 유도하려고, 그에게서 질투의 감정이라도 불러일으키려고 그의 친구들에게도 짐짓 친한 듯이 굴었다. 그의 눈에 연애대장으로 보인 까닭은 그 때문이다. 그의 친구들은 나의 헛수작을 알고도 모른 채 넘어가 주었는데, 당사자인 상호만이 나의 마음을 몰랐던지 아니면 알고도 무시했다. 아무튼 결과는 같았다. 결국 나는 그를 포기했다. 대학교에 입학하고, 그가 어느 날 약혼자라면서 내게 여자를 소개시켰다. 그 여자에게 나를, 시골에서 같이 서울로 대학 진학한 동네 친구라고 지칭했다. 그 후에도 그는 나를 친구 이상으로 대하지 않았다.

한번은 내가 미팅에서 만난 남자와 차를 마시고 있는데, 우연하게도 상호와 부딪쳤다. 나는 지금은 이름도 기억나지 않는 미팅 파트너의 팔짱을 끼며 그에게 '내 애인'이라고 소개했다.

나는 내 입에서 나오는 '애인'이라는 단어를 듣던 그의 표정을 기억한다. 동공이 커지고 입이 약간 벌어지며 신음 비슷한 소리가 새어나왔고 몸을 움찔 떨었다. 그러나 곧 평정을 회복한 그가 손을 내밀어 내 미팅 파트너에게 악수를 청했다.

"진미와는 고향 친구예요. 만나서 반갑습니다."

더 당황한 쪽은 미팅 파트너였는데, 그래도 그는 상호의 손을 마주 잡으며 마구 흔들어댔다.

나는 미팅 파트너와 헤어져 집으로 돌아와 잠자리에 들어 천장의 무늬를 바라보며 곰곰이 생각해보았다. 해를 따라 도는 해바라기처럼 내가 저만을 바라보며 일생을 제 주위를 맴돌 것이라고 믿었던가. 어리고 순진했던 그 시절에는, 나는 상호에게 부모가 정해준 약혼녀가 있을지라도 그의 마음을 차지하고 있는 여자는 나라고 믿었다. 내가 그의 곁에 영원히 머물 것이라고 그가 믿고 있듯이. 그러나 세월이 흐르고 세상의 물리에 눈이 떠지면서 나는 그에게 자신이 가질 수는 없지만 남 주기는 싫은 계륵 같은 존재임을 알았다.

만약 우리 사회가 일부일처제가 아닌 일부다처제를 도덕적으로나 법적으로 허용하는 이슬람 사회 같았다면 그는 두 번째 부인으로 나를 취했으리라. 아마도 나는 그가 진정으로 나를 사랑한다는 확신이 있었더라면 나와 결혼할 수 없거나 결혼을 안 한다고 하더라도 그를 떠나지 않았다. 그러나 아니었다. 그는 왕자병에 걸린 연예계의 스타처럼 사랑을 베풀지도 배려하지 않아도 저절로 자신은 대중의 흠모의 표적이라는 망상에 빠져있었다. 아니 적어도 해바라기처럼 제 곁에 머물며 저를 따라 돈다고 믿었다.

나는 그에 대한 복수를 계획했는데, 계획대로 수행하지는 못했다. 나는 평생을 상호 곁에 있으면서 그를 좋아하는 척하리라. 그러면 내 마음을 읽는 그는 내 사랑을 받아주지 못한 자책으로 괴로워하리라. 이것이 내가 그를 괴롭히는 시나리오였었다.

나는 그가 군대에 갔을 때 면회도 가주었다. 아니 솔직히 말하자면, 그의 친구인 대현이 군복무를 하는 그를 면회하러 가면서 여자친구가 면회신청을 해야 외박허가가 나오니까 부대 면회실까지만 동행을 해달라고 사정을 해왔었다. 나는 오매불망 그가 그리웠지만, 마지못해서 싫지만 선심을 써서 면회를 가주는 척했다. 그러나 그는 내가 기대했던 것처럼 나를 반기지도 않았다. 금녀의 구역에 몸이 찰싹 달라붙는 미니스커트를 입고 나타난 내가 먼저 눈에 뜨였으련만 나보다 대현을 더 반겼고 그를 먼저 얼싸안았다. 나는 내 일이 시험이라는 거짓 핑계를 대고 바로 일어서서 서울로 돌아왔다. 되짚어 가겠다는 나를 그는 만류하는 시늉도 안 했고 대현이만 인사치레로, 이렇게 멀리까지 와서 삼십 분 만에 돌아가는 법이 어디 있냐고 내 옷자락을 잡았다. 또, 대학 축제날은 그의 약혼녀가 지독한 몸살을 앓는 바람에 대타로 출정을 했었는데, 그는 그날 만나는 친구나 선배마다 나와의 관계를 애인이 아닌 친구라고 못 박아서 강조했다. 나는 그의 단호한 마음을 읽었기에 슬프지만 그를 포기했다. 그를 잊어주는 것이 그를 위한 길이고 또 나를 위한 길이어서 복수도 접었다.

어린 날 상호를 몸살나게 좋아하던 시절에 그의 첩으로라도 남겠다는 생각도 했으면서 요즈음은 세태에 물들어서인지 내 처지가 그리 바뀌면서 생각 자체도 바뀌어서인지 나는 결혼 그 자체가 싫다. 일부일처제도, 일부다처도, 먼 옛날 원시시대의 모계사회처럼 다부다처제도 싫다. 일부일처제라면, 평균수명이 팔십 살을 넘어서고 있고 앞으로는 더 길어질 지도 모르는 마당에, 서른 살에 결혼을 한다고 해도 오십 년을 한 사람과 살게 되는데, 생각만 해도 끔찍하다. 연애나 결혼이나 경험하는 편이 안 하는 편보다는 나아 보이지만, 한 사람과 오십 년 결혼생활을 유지하는 모양이 그리 좋아 보이지 않고, 애인이나 배우자와 어찌되었든 이별이나 사별이나 이혼도 좋아 보이지 않는다. 더욱이 법적 계약으로 묶어진 남녀가 아픔이나 상처 없이 결별하는 꼴은 보지 못했다.

사랑이 깨지면 우정으로 돌아간다고 했다. 연애를 하다가 헤어지고 나서 바로 친구로 회복하는 사람들이 더러 있기는 해도, 적어도 나에게 있어서 그 일은 많은 시간을 필요로 했다. 나는 면회 이후 상호와 마주칠 수 있는 장소도 피하고 그와 연관되는 모든 것들을 일부러 멀리했다. 그의 소식을 들려주는 친구도 가급적 만나지 않았다.

요행히도 새로운 남자가 출현해주었다. 나는 남편을 만나면서 상호와는 완벽하게 단절했다. 상호 역시 내게 계륵 같은 존재가 되어버렸다. 상호와는 연분이 닿지 않았고 갈 길이 다르다고 마음을 돌려먹었다. 그리고 강산이 두 번이나 바뀔 만큼 세월이 흐르는 사이 아픈 기억도 서서히 잊혀갔다.

"그냥 해 본 말이야."

상호가 예전처럼 내 어깨에 손을 얹으며 말한다. 나는 하늘을 올려다본다. 커다란 한 뭉치의 구름이 둘로 나뉘면서 흘러간다. 저 구름도 영원히 나뉘어 한 번도 가보지 않은 곳으로 흘러갈까. 아니면 어딘가에서 다시 만나 운우지정을 나눌까.

그가 장갑 낀 손의 손가락 사이를 꼭꼭 누르고 있다.

"오늘은 얼마짜리야? 도시락 맛있게 싸왔어?"

그에게 나는 전쟁을 선포한다.

"하던 대로."

그는 선선하게 대답한다.

"핸디 줄까?"

그렇게 말하는 나를 향한 그의 얼굴이 구겨지고 있다. 여자에게 핸디를 받는 것은 자존심이 상한다는 뜻이다.

그는 골프를 잘하지 못한다. 그는 대기업의 이사이다. 일 년에 백일 가량을 외국에서 살고, 일을 사랑하는 것인지 일이 목을 조르고 있는 상태인지는 모르지만, 골프 연습장에 나간다거나 라운드를 할 여가가 많지 않다. 그래서 맞수내기를 하면 언제나 내가 이겼다.

작년엔가 그와 라운드를 했는데 그는 티샷에서 네 개를 오비를 냈었다.

"당분간 라운드를 나올 때 채 가방에서 드라이버를 빼고 나와봐. 드라이버로 한 라운드에서 오비를 세 개 이상 낸다면 위험률이 너무 높다구. 티샷을 스푼으로 한다면 세 타에서 다섯 타는 점수를 줄일 수 있어. 스푼도 이백 미터는 나가잖아."

누구라도 패배를 좋아하는 사람은 없다. 그러나 언제나 이기기만 하는 놀이도 그리 재미는 없다. 그래서 한 말이었다. 그래도 그는 드라이버에 대한 미련을 못 버렸다. 나는 오랜 친구답게 그의 고민을 꿰뚫어 보고 있다.

남자들이 하는 짓을 보면, 정말이지 참 귀여운 구석이 있다. 사내란 일단은 힘자랑을 해야 직성이 풀리는 동물이다. 다른 수컷보다 강하다는 사실을 암컷에게 인정받고 싶어한다. 드라이버를 사내답게 힘차게 휘둘러서 멀리 날려 보내고, 여인에게 '당신은 참 강한 사내예요.'라는 칭찬을 듣고 싶어한다.

"내게는 힘자랑 충분히 했잖아. 힘이 센 줄은 잘 알았으니까 이젠 옆길로 새지 않고 가고자 하는 방향으로 가는 법만 익혀."

그래서 나는 그에게, 착한 일을 한 어린애를 칭찬하듯이 말한다. 그가 얼굴을 붉힌다. 내가 말한 의미는 그의 드라이버 샷이 멀리 나른다는 뜻인데, 그는 성적인 상상을 한다.

"니 말대로 오늘은 드라이버를 빼고 왔어. 스크래치하자."

곧, 예의 단정한 얼굴로 돌아온 그가 순진하게 말한다.

"드라이버가 없으면 남성의 인감도장이 없는 것이나 마찬가지야. 힘 제대로 쓰겠어?"

나는 그가 성적인 상상에 빠지도록 유도한다. 내가 자꾸 묘한 상상을 불러일으키는 말로 심리를 교란시키면, 그는 스윙이 흐트러지는 경향이 있다.

오늘도 우리는 만남의 광장에서 만나 그의 차를 타고 왔다. 그의 차에 내 골프백을 옮겨 실으려고 트렁크 문을 열었는데 그곳에 액자가 있었다.

"울 딸이 미술대회에서 입상한 그림인데……"

그림을 미처 집에 올려다 두지 못했다는 뜻이다. 그림이 빌미가 되어 서울에서 골프장까지 오는 동안 우리는 서로의 아이들에 관해 대화를 나눴다. 상호는 미술대학엘 가고 싶어했었다. 그가 미술

대학에 가지 못한 이유는 그림쟁이는 가족을 먹여 살리기 힘들고, 그림 공부는 젊은 날에 하지 않더라도 언제라도 다시 할 수 있는 공부라고 말린 부모님의 뜻을 따랐다. 그래서 부모님의 어떤 명령에도 순종하는 상호는 상과대학에 입학했다.

"우리는 지금, 너는 너의 아이, 나는 나의 아이에 대해서 얘기하고 있어. 우리의 아이가 아니라……"

그가 손톱 끝으로 앞니를 두드리며 말했다. 막내딸의 성화에 담배를 끊었다는 그는 내가 옆에서 담배를 피워대면 심리가 불안정해진다. 손끝으로 테이블을 쪼기도 하고 윗니와 아랫니를 딱딱 부딪치는 금단현상을 나타내기도 한다.

나는 머쓱해져서 한참 신나게 열을 올리던 딸자랑을 닫고 반도 안 탄 담배를 재떨이에 비벼 껐다.

그의 말 속에는 뼈가 있다. 우리가 결혼해서 아이를 낳았더라면, 이라는 전제를 숨기고 있다. 그런 면에서 정말 나는 그를 이해하지 못하겠다. 그는 유년시절부터 정혼녀가 있었고, 끊임없이 정혼녀의 존재를 내게 상기시켜서 나를 밀어냈으면서도, 꼭 내가 저를 배신하고 떠나버린 듯이 나를 질타한다.

아버지의 뜻에 따라 정혼녀와 결혼을 하지만 마음만은 내게 주었다고, 술만 마시면 넋두리를 했다. 그러니 날더러 어쩌란 말인가. 나도 다른 사람과 결혼을 했지만 오직 너만을 사랑했다고 말해달라는 뜻인가. 웃기는 일이다. 사랑은 세 치의 혀로 하는 것이 아니라고, 행동으로 보여주는 것이라고, 그렇게 말하려다가 참았다.

그 후, 십오 년 만에 우리는 다시 만났다. 골프장에서 우연히 만났다.

나는 아영을 비롯한 친구들과 라운드 중이었다. 진행이 밀린 탓에 그늘집에서 상호네 팀과 두 번이나 마주쳤었다. 한번은 스포츠 음료를 들이키는 그를 물끄러미 쳐다보기까지 했지만 상호인 줄은 몰랐다. 그도 나와 분명 눈이 부딪쳤는데 생게망게한 표정으로 엇갈렸었다. 라운드가 거의 끝나갈 즈음에 뒤 조의 캐디가 내게 와서 혹시 한진미 씨가 아니냐고 했고, 뒤 조의 유상호라는 사람이 고향 친구라며 자기를 기억하느냐고 묻는다고 했다. 그러면서 전화번호가 적힌 쪽지를 전해주었다. 라운드가 끝나고 클럽하우스에서 그가 기다리지 않나 싶어서 한참을 서성거리다가 카운터에 물었더니 그는 이미 계산을 마치고 떠났다고 했다.

선뜻 전화하지 못했다. 전화기가 눈에 뜨일 때마다 상호를 떠올리다가 한 계절을 보냈다.

생리기간에 여자의 신체는 오묘해진다. 나는 우울해지는 약이라도 먹은 듯이 기분이 침체되고 죽고 싶어지고 어디론가 떠나고 싶어지고 가끔은 울고 싶어진다. 변기의 고인 물 안으로 붉게 확산되어 가는 생리혈을 보면 누군가를 칼로 찌르고 싶어지기도 한다. 생리대를 바꾸다가 발작하듯이 그에게 전화를 걸었다.

더구나, 늦가을의 궂은비가 내리고 있었다. 전화벨이 울리고 그의 응답이 건너왔다.

"나, 진미. 전화하랬잖아."

"그래. 좀 보자. 언제 시간이 있니?"

당황함이 전해지는 짧은 침묵이 끝난 뒤에 그가 천천히 말했다.

"지금."

"오늘은 약속이 있어. 그리고 지금은 좀 바빠. 니 전화번호를 알려줘. 내가 전화할게."

나는 전화번호를 불러주고 전화를 끊었다. 적어도 다음날이나 일주일 안에는 그에게서 전화가 올 줄 알았다. 직장인이 출근해서 아침의 일을 마치는 시각은 오전 열 시에서 열두 시 사이이다. 그와 전화가 연결되었을 때 수화기를 통해 내 목소리보다 음악이 먼저 스며들도록 재즈나 클래식 음악을 틀어놓고 언제나 그 시각이면 전화를 기다렸다.

그의 전화가 걸려온 것은 기다림에 지쳐 그의 전화를 받으면 바쁘다든지 집안에 무슨 일이 있다든지 핑계를 대어 따돌리리라고 결심을 굳힌 다음이었다. 그러나 약간은 느끼하다 싶은 달착지근한 그의 목소리가 귓전을 감싸며 울려 퍼지는 순간 내 결심은 무너지고 말았다.

"미안해. 미국에 출장을 갔다 왔어. 가기 전에 전화하고 싶었지만, 산적한 업무처리 좀 한 다음에 편하게 만나고 싶어서."

그렇게 십오 년의 세월을 훌쩍 뛰어넘었다. 그는 내가 짐작한 삶을 살아온 듯했다. 모범생의 틀에서 벗어나지 않았던 학창시절과 그 후로도 거기에서 한 치도 어긋나지 않은 삶을 밟아왔음이 얼굴과 옷차림에 고스란히 나타났다. 물론 그 정혼녀와 결혼을 했겠지.

재회를 한 이후 오늘까지 상호와는 가끔 만나서 차도 마시고 골프도 하면서 친구와 연인의 중간쯤 되는 관계를 유지하고 있다.

작년이던가, 인터콘티넨탈 호텔 시거 바에서 상호와 술을 마시면서 고향 친구인 원희를 불러냈었다.

"얘, 쟤는 어쩜 시골 냄새가 하나도 안나니? 울 시골 동창들 보면 그래도 어느 구석은 촌티가 남아있는데. 쟤는 말하는 거랑, 생각하는 거랑, 너무 완벽한 서울 놈이야."

상호와 원희와 나는 초등학교 동창생이다.

"그치? 우리랑 비슷한 시기에 서울로 올라온 애인데, 다른 애하고 좀 달라. 촌 동네 교장 선생님 아들 같지 않고, 상당히 세련되고 멋이 있어. 돈도 제법 벌었나 봐."

우리 셋은 고향에서 고등학교를 졸업하고 서울로 올라왔다.

"이상하단 말야. 진미야. 넌 좀 터프한 남자를 좋아하지 않니? 쟨, 네 취향의 남자는 아닌데. 쟤가 널 꽤나 좋아하고 있어."

"옛날에 내가 쟤를 무척 좋아했지. 내가 좋아할 땐 쟤가 도망 다녔지. 그땐 참 자존심도 상하고 모욕도 많이 당했는데, 내가 그 신산한 짝사랑을 정리하니까 그때부터 쟤가 나에게 매달렸어. 자기는 웨딩드레스 입힌 신부 옆에 세워놓고, 날 보내지 못하겠다는 도둑 심보도 발휘를 했어. 쟨 내게 매달리면서도 기고만장했어. 네가 날 버리고 어딜 갈 수 있겠냐는 식이었지. 난 그때 과감하게 쟬 차 버렸어. 쇼크 무지 먹은 눈치였어. 지금 생각해도 난 그때의 내 결단과 행동에 대해 칭찬해주고 싶어. 그 통쾌했던 맛을 잊을 수 없어. 그런데 다시 만났어. 어쩌면, 이번에는 자기가 나를 멋지게 차고 싶을 거야. 그렇지만 자기가 차려는 조건이 되려면 옛날에 지가 날 좋아했던 것보다 내가 더 저를 좋아해야 하잖아. 그런 여건을 만들려고 노력하는 지도 몰라."

"쟤는 너처럼 영악하지는 않아. 쟤는 너에게 또 당하고 말거야."

"일 라운드에서 내가 차이고 이 라운드에서는 내가 찼고, 이제 삼 라운드야. 진심을 얘기하자면, 쟤하고 내가 헤어진다면 내가 차이고 싶어. 차이면 빚이 없잖아. 상처에서는 피가 나도 마음은 홀가분하잖아."

"네 계획대로는 안될 것 같다. 쟤가 끝까지 널 미워할지는 몰라도, 끝까지 사랑할 것 같고, 아마 쟤는 너에게서 못 벗어날 거야."

"줄곧 사회에서 사람 상대하며 사업한 사람하고 집안에서 밥순이로 지낸 사람하고 사람을 다루는 테크닉이 비교가 되겠니? 쟤가 아무리 지금 나 좋아하는 것처럼 연극을 해도 지 마누라 버리고 나하고 살자고는 안 해."

"넌 그게 문제야. 인간관계 특히 남녀관계를 거래라고 정의한다면, 인간을 다루는 기술이 문제겠지. 하지만 우리의 관계는 거래가 아니잖니. 인간성 면에서 뭐랄까 얼마나 진실과 진심이 통하느냐가 중요하지 않니?"

"진실과 가식의 대결이라면 언제나 진실이 상처를 입지. 진심을 무시하고 거절한 쪽은 상호야. 내가 쟤한테 차이고 얼마나 상심했는지 얼마나 상처받아서 피를 흘렸는지, 너, 모르니?"

상호가 잠깐 화장실에 간 틈에 우리는 그를 그렇게 평했다.

상호와 내가 재회한 이후 육 년이라는 세월이 흘렀다. 육 년이란 세월은 대수롭지 않다. 그는 내게 차인 실연의 충격이 실히 십 년은 가더라고 했다.

글쎄, 십 년이라. 그것도 신뢰할 만한 수치는 아니다. 지금, 그와 두 달 만에 통화하고 석 달 만에 만났다. 그가 그동안 무엇을 하고 지냈는지 나는 전혀 아는 바가 없다. 병원에 한 달쯤 입원을 했었는지, 해외로 장기 출장을 갔었는지 가족과 크루즈를 타고 세계일주를 하고 왔는지도 모른다.

이상할 것도 없다. 육 년 동안 일 년 넘게 전화도 없이 무심히 지낸 기간도 있었다. 상호와 나는 한 달에 한 번이나 통화를 하고 서너 달 만에 얼굴을 본다.

불쑥 전화하고 찾아오듯이, 아마 십오 년이라는 기간 동안에도 그는 내가 그를 미워했듯이 불쑥 잠깐씩 나를 미워했을 것이다.

"내가 연애하면 안될 이유라도 있니?"

그렇게 묻는 내게 상호는 공을 하나 꺼내준다. 오래 쥐고 있었던 듯 공에 그의 체온이 남아있다.

"넌 가끔 니가 유부녀인 사실을 망각할 때가 있더라."

나는 아차 실수를 했구나, 했다. 내가 이혼하고 아니 이혼을 당하고 혼자 사는 줄을 그는 모른다.

"아참, 그렇지 난 유부녀지."

입맛이 썼다. 그도 떨떠름한 기분인지 입맛을 다시며 먼 산을 잠깐 바라본다.

지난 육 년 동안, 아니 이십여 년 전에도 그는 지독하게 단정한 남자였다. 그의 말이나 행동에서 나는 그의 결벽을 읽어왔다.

그런 그의 성격 때문에 나는 그에게 내가 이혼했다는 사실을 이야기하지 못했다. 만일 내가 그에게, 나 바람피우다가 이혼당했어, 라고 얘기한다면 그는 틀림없이 이 자리에서 까무러칠 것이다.

"오늘은 좀 다른 내기를 하는 것이 어때?"

"무슨 내기? 좀 엽기적이면 좋겠다."

"난 액수를 올리자고 할 판이었는데, 네 생각이 그렇다면 등 밀어주기 같은 건 어때?"

"등 밀어주기? 때 밀어주기?"

"뭐 원하는 대로. 때 밀어주고 싶으면 등의 때를 밀어주고, 그냥 등을 밀어주고 싶다면 낭떠러지 같은 곳에서 등을 밀어서 떨어뜨려버리고."

"이기는 사람이 원하는 대로. 그런데 여기에 낭떠러지 홀이 있던가?"

"나야, 좋지 뭐. 나야 평생 니 때를 밀든 등을 밀고 싶은 사람이었으니까. 근데 여긴 낭떠러지가 없지만 내가 등 밀어주기 좋은 골프장을 알고 있어."

"무슨 말이야?"

그가 정색을 하고 묻는다. 내가 실없는 농담을 하는 줄 알았나보다.

"난, 너랑 같이 살고 싶었고, 같이 못 살면 널 죽여 버리고 싶었으니까. 이미 흘러가버린 사랑이지만. 그래도 그대가 원한다면 낭떠러지가 있는 골프장에서 한판 붙어볼 용의가 있지. 근데, 그곳이 외국이야. 사이판. 갈래?"

"너 너무 변했어. 너 나를 시험하는 거지?"

"넌 우리가 연락이 끊긴 세월 동안 내가 어떤 길을 걸어왔는지 몰라서 그래."

참자. 내가 어떤 길을 걸어왔든, 그가 어떤 길을 걸어왔든, 그는 그의 인생을 나는 나의 인생을 갈 뿐이다. 오늘은 골프라운드에서나마 함께 산을 넘고 물을 건너며 더불어 즐기면 그뿐이다.

나는 티잉그라운드에 올라서 있다. 시선을 곧게 뻗어 페어웨이를 바라본다. 소나무숲이 주위의 잡목과 어우러져 해저드를 이루고 있다. 내 마음에는 안 들지만 나의 티샷이 보기에는 괜찮았는지 '굿샷'의 우렁찬 소리가 하늘 높이 날아오른다. 스푼으로 때린 상호의 샷도 그런대로 페어웨이 한가운데로 날아갔다.

페어웨이를 걷는 그의 표정이 몹시 복잡하다. 내가 외국의 골프
장에 함께 가자고 한 말이나 때를 밀거나 등을 밀어준다는 말이 그
의 마음을 뒤흔들어 놓은 것 같다.

"너희들 사귀니?"

한 발쯤 떨어져서 마주보고 있는 하얀 공 두 개에게 캐디가 말을
건넨다.

사귀는 것은 나중에 생각할 문제이다. 두 번째 샷을 어디로 보내
야 할지 막막했다. 그린에 올리려면 소나무숲을 관통해야 하는데
내게는 그런 재주가 없다. 백오십 미터 남짓한 거리를 둘로 끊어야
겠다. '제1타가 흐트러지면 졸지에 전도가 크게 암담해진다' 라는
안내문을 읽었음에도 상호와 이야기를 나누다가 방심했다.

"안전하게 쉬엄쉬엄 갈 거야."

나는 마음을 비운다. '쓰리온 투팟' 작전이다. 상황이 암담하기
는 상호도 마찬가지인데 그는 모험을 하기로 했나보다. 소나무숲
장애물을 비켰다고는 하지만, 그린으로 공을 바로 쏘아도 깃대와
십오 미터는 벌어질 텐데 과연 파를 얻을 수 있을지 심히 염려된
다.

"난, 못 먹어도 고, 질러보는 거지."

얼핏 훔쳐보니 그의 가방에 6번과 7번 아이언이 없다. 그의 손에
들려있을 것이다.

"빗나가도 그린 근처로 쏘는 편이 낫다는 생각이지? 하지만 그
린 옆은 벙커, 조금 더 빗나가면 오비인데."

전술과 전략을 짜는 데는 성격이 크게 작용을 한다. 나처럼 겨우

보기나 노리는 사람의 성격은 소심하다. 하지만 '모 아니면 도'를 외치며 과감하게 밀어붙이는 사람의 성격은 진취적이고 용감하다. 아무리 무지한 자가 용맹하다고 하더라도.

그러나 승리의 전리품이 매혹적이라면 좀 더 신중하겠지만, 얻어지는 대가가 허접하다면 앞으로 닥칠 비슷한 상황에 대처하려는 연습으로 가볍게 실험이나 하겠지. 그는 내가 제안한 '등 밀어주기'나 '사이판 여행'에도, 아니 나에게 그리 큰 관심이 없어 보인다. 아까 잠시 흔들리는 듯 보였던 그의 눈빛은 나의 착시였나.

"안방마님께서 허락을 안 하신다, 그 말이지? 출장 핑계로 얼마든지 갈 수 있을 텐데. 나 몰래, 안방마님 몰래, 그런 짓거리는 안 해봤어?"

괜스레 약이 오른 내가 그의 화를 돋운다.

"공이나 치셔."

그가 말을 자른다. 두 번째 샷을 그린에 올렸으면 횃대에 오른 수탉처럼 뽐냈을 텐데, 안타깝게도 그의 공은 벙커에 빠져버렸다. 그래, 공이나 치자. 본전도 못 건질 쓸데없는 이야기로 아침부터 기운을 뺄 까닭이 없다.

"내 와이프가 네 존재를 알아."

그가 입안에서 굴렸던 말인 듯, 조심스럽게 내뱉는다.

"여자 친구하고 만나서 뭐 했다고 와이프한테 이실직고 하나?"

"와이프가, 자기 이전의 여자이고, 자기와 결혼한 이후에도 관계가 지속되었던 적이 있는 줄로 알지."

"우리가 뭐 했는데?"

"우리가 주고받은 편지를 읽었어."

"뭐라고?"

나는 지금이 상호와 영원하고 완전한 이별의 순간임을 깨닫는다.

3

나는 상호와 헤어져 돌아온 다음날 아영이와 갔었던 퍼블릭 골프장에 전화를 걸었다. 골프장 측에서는 이유현이라는 분이 골프채를 보관하고 있다면서 연락처를 남겼다고 했다.

그는 내 전화를 기다리고 있었던 듯, 내가 골프채를 잃어버린 사람임을 밝히자 단박에 나를 기억해 냈다.

"죄송하지만, 착불택배로 보내주시면 안될까요?"

"싫습니다. 분실물에 찾아드렸으니 사례를……"

그의 말끝에 웃음이 끌려왔다. 사라지는 웃음 뒤로는 비릿한 유혹의 냄새가 따라왔다.

"그럼 계좌를 불러주시면, 성의를 보이죠."

"아닙니다. 택배로 보내드리죠. 저는 단지 차나 한잔 하고 싶어서 주제넘게 드린 말씀이었습니다. 실례라면 용서하십시오. 받을 주소를 알려주세요."

갑자기 그가 주소를 불러달라고 하자, 이상하게 앞이 탁 막히는 기분이었다. 머릿속에서 그에게 내가 사는 곳을 알려주지 말라는 위험 경광등이 돌아간다. 아영이네 가게 주소를 알려줄까. 술집을 거주지로 알려주는 여자를 어떻게 여길까. 아영이네 집을 알려줄까. 어떡한다.

"아뇨. 골프채를 받을 만한 곳으로 제가 가겠습니다."

그가 유혹을 걸어 들이는 느낌이 전해오자 나는 좀 안심이 되었다.

그래서 그와 마주앉아 차를 마시게 되었다. 차값을 내가 지불했더니 그가 내게 집까지 모셔다 드리겠노라며 차문을 열었다. 나는 그의 친절을 사양하고 택시가 잘 잡히는 큰길까지만 데려다 달라고 했다.

대낮에 대로 한복판에서 경찰들이 불심검문을 하고 있었다. 차를 세운 젊은 전경이 그에게 운전면허증을 보여 달라고 했다. 나는 신문에서 떠들던 교도소를 탈옥한 죄수가 아직 잡히지 않았나보다고 안일하게 생각하며 차창 밖의 풍경으로 눈을 돌렸다.

일이 한번 엉기게 되면 한없이 엉기게 된다. 전경이 그의 운전면허증에 적힌 주민 등록 번호를 무전기에 대고 외쳤다. 무전기는 잡음으로 시끄럽게 끓었고, 뒤에서 차들이 경적을 울려댔다.

"잠깐 차를 갓길로 대시고, 좀 내리십시오."

그가 차에서 내려 전경들과 무슨 말인가를 나누더니, 다시 돌아왔다.

"제 차를 잠깐 가져가셔서 보관 좀 해주십시오. 제가 연락드리겠습니다. 참 전화번호가 없지. 내일쯤 제게 연락을 주십시오. 별일 아니겠죠."

그는 경찰이 세워둔 차에 실려 어디론가 사라졌다.

나는 그의 차를 끌고 집으로 돌아왔다. 꼭 귀신에 홀린 기분이었다. 내 채가 그의 가방에 들어가 버린 것도, 그의 차가 내게 남겨진 것도, 알 수 없는 힘의 장난에 휘말리고 있었다.

다음날, 하늘은 눈이라도 뿌릴 듯이 음산하게 내려앉았고 겨울을 재촉하는 찬바람이 가로수의 나뭇잎을 훑어 내리고 있었다. 바람을 맞으며 거리를 걷고 싶은 생각이 드는 날이었다. 세탁기에 빨랫감들을 집어넣고 세탁기와 청소기를 동시에 돌리고 있는데 그에게 차를 돌려줘야 한다는 생각이 떠올랐다.

전화번호를 누르자 대뜸 그가 튀어나왔다.

"전화기가 아직 꺼져 있을 줄 알았어요."

"그런 곳에서 제가 오래 있기를 바라십니까?"

"그런 곳이 더 편하다는 사람도 있던데, 그런 말하는 정치인이 있잖아요."

"죄 짓고 도망을 다니는 것보다, 벌을 받는 편이 낫겠다는 생각이면, 그럴 수도 있겠죠. 하지만 전 죄를 짓지 않았습니다."

"난, 탈옥수든지 살인용의자쯤 되는 줄 알았죠."

"그렇다면 조사만 받고 바로 나왔겠습니까."

내 말에 그는 웃음으로 얼버무렸다.

한숨이 나왔다. 그가 어떤 일에 얽혀 있는지는 모르지만, 하루 만에 경찰에서 풀려나고 설령 위장된 웃음으로라도 얼버무리며 전화를 받는다. 그럼 별일은 아니다. 내가 남편에 의해서 기소되고 합의가 이루어지지 않아 구치소에서 한 달을 썩었던 것에 비한다면 말이다. 여자에게 간통죄란 형무소 안에서 한 번 벌을 받고, 세상에 나와서 또다시 벌을 받는 죄라고 했다. 간통한 여자는 사회에 나와서도 온갖 비난의 돌을 피할 수가 없다. 그 참혹한 기억이 떠올라서 진저리가 쳐진다.

"제가 자동차 보관료를 드려야겠네요. 식사하셨어요?"

하늘이 우울한 낯으로 창가를 기웃거리고 있었다. 나는 머그잔에 남아 있는 커피를 들이켜고 외출 준비를 했다.

공기 중에 습기가 많은 날은 화장이 잘 받는다. 화장이 잘 받는 날은 공기 중이건 내 몸이건 습기가 많다는 뜻이다. 열린 창으로 들어오는 바람이 습하다. 비나 눈이 내리려나보다. 갑자기 피부감각이 예민해진 걸까. 눈가의 잔주름이며 얕게 패이기 시작하는 입가의 팔자주름이 거슬린다. 스커트의 지퍼가 잘 올라가지 않는다. 그새 비대해졌나.

"무사해서 다행이에요."

음식점에 앉아 자동차 열쇠를 넘겨주며 말했다.

"작년에 홍콩에서 자동차를 팔았는데요. 일이 다 끝난 줄 알았는데, 무엇이 잘못되었는지 제가 고소를 당했더라고요. 분명 자동차와 서류도 넘겨주었죠. 친구에게 대행을 시켰더니 시행하는 과정에서 오류가 있었나 봅니다."

석연치 않은 구석이 있었지만 내가 관여할 일은 아니었다. 나는 한 귀로 듣고 한 귀로 흘렸다.

"좌우간 고생했겠네요. 그럼, 아직 기소중지 상태예요?"

"전 제가 기소중지가 되었다는 사실도 모르고 있었어요. 조만간 해결됩니다. 근데, 여자들은 기소중지가 무슨 뜻인지도 잘 모르던데."

"남편이 잠깐 그렇게 되었던 적이 있었어요. 무죄던가 무혐의로 끝이 났지만요."

나는 남편과 합의함으로써 구치소에서 풀려났고, 남편이 아니라 아영이가 고소당한 적이 있었는데 무혐의로 끝난 사건이 있었다.

남편이 없는 여자를 남자도 여자도 다 만만히 보는 경향이 있으므로, 유현에게 혼자 사는 여자임을 알리기 싫어서 남편의 존재를 부각시키기 위해 둘러댔다.

"사업을 하다보면 자기 잘못이 없어도 가끔 그런 일에 휘말리고는 합니다. 부군도 그러셨겠지만."

남녀란 이런 하찮은 인연으로 얽힌다. 필연적인 만남이 거듭되고, 이야기를 나누다가 공통점을 찾아내고. 남녀란 첫 만남이 어떻게 이루어졌는가가 그 다음 단계의 진행에 지대한 영향을 미친다. 교회나 도서관에서 만난 남녀와 나이트클럽이나 SNS채팅으로 만난 남녀의 사귐의 방향이 어찌 같겠는가.

"가족에게 연락은 했어요? 무단외박 괜찮았어요?"

남편에 관한 이야기가 계속되면 거짓말이 들통이 날 우려가 있다. 나는 말머리를 돌렸다.

"아내와 함께 살지 않아요. 집사람은 아이들과 홍콩에 살아요."

유현에게는 아내와 아이들이 있다고 했다. 아내는 의상디자이너인 홍콩 여자이고, 아이들과 함께 홍콩에 거주한다고 했다. 그는 당분간은 서울에 머물 예정이라고 했다.

골프장에서는 찬찬히 관찰할 겨를이 없어서 몰랐는데, 맥주잔 너머로 건너다보이는 그는 출중하게 잘생긴 얼굴을 가지고 있었다.

"아이들이 보고 싶지 않아요?"

나는 맥주를 한 모금 꿀꺽 마시고 입가의 거품을 훔치면서 물었다.

끊어진 대화를 자연스럽게 잇는 연결고리가 또 아이들 이야기라니. 골프장에서 만났으니 골프를 화제로 삼을까 했는데 무심결에 튀어나와 버린 말이다.

"아이들과는 자주 전화합니다."

유현은 둘째 딸 자랑을 했다. 그가 외국의 어디에 있건 아빠를 잘 찾아온다고 했다.

"울 딸도 한국에서 기차를 타는 거 보담은 외국으로 비행기 타고 나가는 편이 덜 번거롭대요. 그렇게 큰소리를 탕탕 치던 애가, 지난여름엔 일본에서 한국으로 오는 비행기를 놓쳤다니까요. 하마터면 국제 미아가 될 뻔했죠."

나는 그렇게 말하면서 맥주잔 너머로 어른거리는 유현의 표정을 살폈다. 가족과 떨어져 사는 남자의 고독이 설핏 그의 눈매를 스쳐 지나갔다.

나는 늘 외로움에 허덕이면서도, 제발 내 앞에 남자가 나타나지 않기를 바랐다. 특히나 내가 호감을 가질 만한 남자는. 연애란, 하고는 싶지만 해서는 안되는 짓, 내게는 슬픔과 고통만을 남겨주었다는 기억에서 자유롭지 못하다. 연애의 끝은 늘 아픔이었고, 절망이었고, 공포였다.

밀려드는 침묵이 지독히도 무겁다. 나는 침묵에 잘 견디지 못한다.

"우리가 같이 골프라운드하던 날, 제7홀이던가, 긴 파5홀에서, 몇 개 쳤는지 기억이 나요?"

다행히도 그가 침묵을 깨주었다.

"음, 기억이 나요. 제가 벙커에 빠졌었죠. 첫 탈출 시도에 실패했고, 아마 트리플보기를 했을 거예요."

그가 보일 듯 말 듯한 미소를 물더니 낮게 속삭인다.

"당신은 지금 자신이나 나를 속이고 있던지, 정말로 그렇게 알고 있다면 실력이 보기플레이어도 못되는 거죠. 싱글핸디캐퍼는 말할 것도 없고, 진정한 보기플레이어라면 자신이 친 타수를 정확히 계산하죠. 만약 백 타를 넘나드는 실력을 가진 사람이 자신이 일곱 개나 여덟 개를 쳤다고 생각한다면, 대부분 그보다 한 개를 더 친 거예요."

사실 나는 알고 있었다. 전반 9홀에서는 내기를 하지 않았기 때문에, 나 이외의 다른 사람은 내가 몇 타를 쳤는지에 대해 전혀 관심도 없고 내 타수를 알지 못하리라고 믿어서 편하게 거짓말을 했다.

나는 잠깐 고민한다. 이실직고의 정직이 나을까, 거짓을 참인 양 밀고 나가는 위선이 나을까, 아니면 다른 화제로 돌릴까. 아니 공격은 최상의 방어이다.

"글쎄요. 내가 푸덕거리다가 그린에 올라와 보니 그쪽은 두 번째 샷이 조금 짧았고 어프로치로 공을 깃대에 바짝 붙였죠. 컨시드를 주고 싶었지만 버디퍼트라 일부러 참았죠. 근데, 어떻게, 왜, 그렇게 짧은 퍼트를 놓칠 수가 있죠? 싱글핸디캐퍼가요?"

그가 가득 차 있는 소주잔을 단숨에 목구멍에 털어 넣고 빈 잔의 유리를 통해 나를 바라본다. 무슨 말인가를 참고 있다. 확 올라오는 술기운에 하고픈 말을 실어 뱉으려는 의도이다.

"그렇게 물으시니 말씀드리지요. 세 사람 모두 홀아웃했고, 제 버디퍼트만을 남겨둔 상태였어요. 당신이 그린 밖으로 나가느라 내 곁을 스쳐갔어요. 그 순간 바람이 불었고 당신의 짧은 스커트 자락이 펄럭였죠. 그날 당신 생리 중이었죠? 제가 남들보다 후각이 예민해요. 만약에 당신이 열 발자국쯤 떨어져서 앞서간다면, 나는 눈감고 따라 갈 수 있어요. 오늘도 그날과 같은 향수네요. 향수이름을 알려주면 선물해 드릴게요. 냄새가 아주 다정해요."

나는 그날 내장생리대에 외장생리대를 덧대었고 팬티 위에 코르셋을 껴입었다. 게다가 혹시도 불쾌한 냄새를 풍길까봐 향수로 마무리까지 했었다.

이런 놀라운 후각의 소유자라니.

"버디를 놓치게 한 원흉이 바로 저란 말씀이네요. 내기라도 했더라면 제게 배상을 요구했겠네요."

"버디퍼트를 놓쳤다고 지금 당신이 먼저 놀렸죠. 저는 할 수 없이 변명 아닌 설명을 했고."

남자의 코가 크면 남성기가 크다는 속설이 있다. 그렇지만 코가 어떤 모양으로 생긴 사람이 후각이 예민한지는 속설에도 없고 책에도 없다. 어느 누구도 내게 알려주지 않았다. 갑자기 궁금증이 인다. 궁금증이나 호기심을 풀기 위해 노력하는 사람이 발전할 수는 있다. 그러나 시행착오는 필수불가결이기 때문에 손실이 따른다. 심하게 상처를 받기도 한다.

"제가 그쪽에게 향수를 선물할게요. 자신의 향수 냄새에 갇히면 제 냄새에는 무뎌질 것 아닌가요? 여자들에게 내 남자에게서 맡고 싶은 냄새를 뽑게 했는데 가장 많은 표를 얻은 향수를 알아요."

그렇게 말하면서 나는 그날 그의 냄새를 떠올려본다. 솔직히 후각이 얼마나 예민한가를 따지자면 나도 그에게 지지 않을 것이다. 나도 그날 그에게서 냄새를 맡았었다. 바람결에 실려 온 그의 냄새는 면도 후에 바르는 로션이라기에는 너무 진했었다.

남성용 로션이 체취나 땀과 어우러지면 그런 탁한 냄새를 풍기는 가. 싫지는 않았는데.

나는 그의 잘생긴 코와 숱이 많은 검은 눈썹으로 신경이 쏠리는 것을 그에게 들키지 않으려고 눈을 아래로 내리깔았다.

나는 눈썹과 음모와의 관계에 대해 연구를 했다.

처녀 적에 같이 목욕을 할 만큼 친했던 친구 중에 유독 눈썹의 숱이 많았던 애가 있었다. 그 애의 눈썹은 검고 윤기가 흘렀고, 줄을 맞춘 듯이 흐트러짐도 없이 다복솔처럼 촘촘하게 나 있었다. 같이 목욕을 하면서 훔쳐본 그녀의 음모는 참으로 탐스러웠다. 나는 먼저 목욕을 마치고 나오면서 그녀를 놀리고는 했다.

"넌, 산림녹화가 잘되어서 물 빠지려면 시간 걸리니까, 털그물에 걸린 물 다 빠지면 나와라. 나 먼저 나간다."

수줍어서 얼굴이 빨개지는 그 애에게 나는 한마디 더 보탰다.

"너 결혼할 때에 네 남편 될 사람에게 낫을 선물할까, 아니면 잔디 깎는 기계를 선물할까. 아니지, 그렇게 험하게 다루면 안되니까, 정성들여 뽑고 길 찾아 들어가라고 족집게를 사줄게."

그 후로 나는 공중목욕탕에 갈 때마다 눈썹과 음모를 비교하기에 바빴다.

눈썹이 고르고 촘촘하게 난 여자를 보면, 그녀의 음모의 모양이 궁금해서 실례를 무릅쓰고 직접 물어 보기도 했었다. 내 표적이 되어서 곤혹스런 질문에 대답을 했던 여자는 내가 가끔 들르는 마사지 가게의 여종업원이었다.

나는 거의 이십 년 동안의 연구의 결과에 대해서 그녀에게 말해 주고 나서 물었다.

"눈썹 숱이 많으면 아래쪽도 숱이 많던데, 아가씨도 그래?"

그녀는 까르륵 웃음을 깨물며 고개를 끄덕였다.

남자의 경우도 대체로 맞다. 많은 표본을 구할 수가 없었기 때문에 자신 있게 주장할 수는 없지만, 내가 경험한 바로는 눈썹의 숱과 모양은 분명 음모의 그것과 비슷하다.

지금 내 앞에서 술잔을 핥고 있는 유현은 티셔츠 앞섶의 단추를 겨우 한 개를 풀었을 뿐인데도 가슴털이 내비친다. 그리고 청죽처럼 건정한 코가 대단히 섹시해 보인다.

나는 오감으로 스며오는 그의 숱 많은 눈썹과 건정한 코에 숨이 막혀서 시선을 창밖으로 던졌는데, 무언가 팔랑팔랑 나비인가 아니, 눈, 첫눈이 내리고 있었다.

"어마나 눈이 오네요. 첫눈이죠?"

"어제 티브이에서 오늘 서울지방에 첫눈이 내릴 것이라는 일기 예보를 했습니다. 첫눈에 대한 특별한 추억이라도 있습니까?"

고등학교 때 첫눈이 오던 날, 학교 뒷산 묘지 뗏장에 상호와 둘이서 눈사람이 되도록 앉아 있었다. 엉덩이가 젖어 동상 걱정도 들었지만, 온 세상을 희게 침묵으로 덮는 눈이 좋아서, 상호가 좋아서 어둠이 내려 눈이 희푸른 빛을 뿜어낼 때까지 나란히 앉아 발아래 펼쳐진 동네며 허리띠를 던져놓은 듯이 길게 풀어진 철둑길을 바라보았었다.

문득 상호의 존재가 목에 걸린 생선가시처럼 따갑게 찌른다. 그는 눈이 오면 스키 장비를 챙기기에 바쁘다. 나를 생각하지도 않는다.

유현은 나와 친구가 될지도 모르지만 한 시간 후에는 잃어버린 골프채, 불심검문, 이런 단어나 기억에 남기며 영영 잊혀갈지도 모른다. 못 맺어질 사이라면 털어버림이 낫다. 그런데도 왜 상호와 나는 서로를 버리지 못하는가.

"무슨 생각을 그렇게 골똘히 하세요?"

빈 술잔을 탁자에 내려놓으며 유현이 묻는다.

"술을 보니까 제사를 지내고 싶어서요. 옛 애인에 대한 장례 같은."

무심코 튀어나온 말이었다. 이런 식의 말실수가 내게는 치명타라는 알면서도 개선되지가 않는다. 벌써 취기가 올랐는가. 아니면 첫눈이 죄인가.

눈발이 굵어져있다. 담뱃갑의 은종이처럼 구겨진 하늘이 흰 가루를 털어내고 있다. 눈이 오면 내게서 사라져간 것들이 애잔하게 떠오른다. 나를 떠난 사람들에게 부치지 않을 긴 편지를 쓰고 잊힌 시간들을 다스리고 싶어진다.

"옛 애인의 장례를 지낸다, 그럼 새 애인이 생겼다는 뜻인가요?"

유현이 의문스럽다는 표정으로 묻는다.

"아뇨. 이렇게 낯선 남자와 앉아 있으면 눈앞을 가로막는 남자가 있어서요."

나는 기탄이 없이 대답한다. 미쳤군, 그런 말을 하다니.

"눈앞에 나타나는 남자가, 부군인가요?"

그가 주저주저하며, 아마도 술기운이 없었더라면 입에 담지 못했을 질문을 던진다.

맥주가 한 병 더 날라져 왔다. 식탁 밑에는 빈 맥주병 세 개가 세워져 있다. 불판에서는 고기가 타고 있었다. 나는 맥주를 즐기는데 유현은 아닌가 보다. 그는 소주를 한 병 더 주문한다.

"먼 옛날의 첫사랑요. 남편에게는 미안하지만 저절로 상감해서 눈앞에 나타나는 사람을 지우기가 쉽지는 않잖아요."

"누군들 첫사랑이 없겠습니까마는. 하긴 누구라도 이렇게 첫눈이 내리면 지나간 시간을 회억하게 되죠."

그도 과거를 헤집는 듯 시선을 멀리 던진다.

"집에 아이들과 부군이 기다리나요?"

탁자 밑으로 손목의 시계를 살폈는데, 그에게 들켰나 보다.

"아뇨. 제 남편도 외국에 체류해요. 전 아이들 때문에 여기 있고."

나는 또 천연덕스럽게 거짓말을 한다. 하도 여러 번 써먹어서 내자신도 정말처럼 느껴지는 거짓말이다. 어쩌면 나는 이 분위기를 더 즐기고 싶든지 술이 부족한가 보다.

"전 낼 부산에 가야 해요. 바다가 보이는 달맞이 고개에 집이 하나 나왔다고 해서."

그가 잔을 들어 내 앞으로 내민다.

"가족이 한국으로 들어오나요? 그래서 부산에 보금자리를 틀려하나요?"

"가족은 한국에 안 와요. 부산에 내려가 살까 해서요."

또, 그의 얼굴에 고독인지 허무인지 묘한 어둠이 깃든다. 그도 내얼굴에서 혼자 사는 여자의 외로움을 읽을까.

"저도 부산에 갈 일이 있어요. 진즉에 갔다 왔어야 하는데 차일피일 미루다가."

나는 결혼반지며 몇 가지 패물을 부산에 있는 은행의 대여금고에 보관시켜 놓았다. 남편과 이혼한 후로 한 번도 부산에 내려간 적이 없기 때문에 패물은 금고 안에 있을 것이다. 금고의 문은 주인의 지문이 없으면 열리지 않는다. 내가 직접 지문을 인식시켜야만 열린다.

"전 혼자 내려가야 하는데, 괜찮으시다면, 동행하실래요?"

일부러 짬을 내서 다녀오는 일이 내키지 않아서 미루어두었는데, 이번 기회에 다녀올까 하는 생각도 든다. 나는 반지도 하나 끼워져 있지 않은 손을 쓸쓸하게 내려다보다가 부산행을 결심한다.

"다녀오죠. 근데 전 당일로 올라와야 해요."

내 말에 귀를 기울이는 그의 얼굴에 동지를 만난 듯한 반가움의 생기가 돈다.

"맘이 바뀌면 한 일 년쯤 살고 올 수는 없나요?"

그가 전적으로 농담임을 주장하듯 껄껄 웃음을 날린다.

"글쎄요. 일 년은 너무 짧고 한 십 년쯤 산다면요."

그가 허랑한 농지거리를 했듯이 내 말도 그가 농담으로 받겠지.

"함께 살래요?"

소주를 입안에 털어 붓고 난 그가 상체를 내 앞으로 바짝 기울이며 낮게 속삭인다. 그의 목울대가 눈이 아리게 꿈틀거린다. 고기에서 떨어진 기름에 불이 붙으며 매운 연기가 화악 얼굴에 끼친다.

"우리 지금 몇 번이나 만났는지 아세요?"

오늘은 술발이 잘 받는다. 나는 반잔도 넘는 맥주를 단숨에 마셔 버린다.

"만난 지 열흘, 세 번째 만남이죠."

맞다. 그와 나는 세 번째 만났다. 그런데 그는 지금 저 푸른 초원

위가 아닌 바다가 보이는 달맞이 고개에 그림 같은 집을 짓고 나와 함께 살고 싶다고 한다.

"미쳤냐고 물어도 되요?"

"미쳤다고 대답하고 싶습니다. 그렇지만 제가 진심을 전하면 역시 진심으로 받아 주리라고 믿었어요."

"난 친구 사이이건 애인 사이이건 연륜을 신뢰해요. 오래 묵은 우정, 오래 묵은 애정요."

"난 달라요. 어제 만난 사람이 오늘 결혼할 수도 있어요."

"후후, 영화에서 가끔 보았어요. 만난 지 일주일도 안되어서 벼락치듯이 결혼하는 사람들을요. 그러나 내 문제라고 생각할 때는, 정말 미친 짓 아니에요?"

그렇게 말하는 내 속뜻은 딴 데에 있었다. 전남편이 아이들과 지금 부산에 살고 있다. 내가 대전을 거쳐 서울로 올라오게 된 가장 큰 까닭은 전남편과 아이들에게서 멀리 떠나기 위해서이다. 그리고 나와 간통을 하다가 직장도 잃은 공범인 헌수도 아직 부산에 살고 있는 것 같다. 그러니까 나는 부산에서 살 수가 없다.

"그 집이 당신 맘에 든다면 내일 당장 계약하겠어요."

그가 정색을 하고 말했다. 도대체 무슨 꿍꿍이속을 가지고 있는지 모르겠다.

남녀가 동거를 하기 위한 조건이 무엇일까. 사랑일까. 사랑을 한다면 보고 싶고 같이 있고 싶고 안고 싶어한다. 좀 더 많은 시간을 같이 보내고 싶어한다. 그러나 충분한 조건은 아니다.

"가족은 외국에 있다면서요. 현지처가 필요한 모양이로군요."

그는 지금 취기를 빌려 거짓말을 한다. 아니면 '나'라는 특정 여자가 아닌 잠시 가정부를 겸한 잠자리 파트너를 원하고 있든지. 그게 사실이라면 나도 홀가분하게 응할 수도 있다.

나는 벌써 육 년이나 혼자 살았다. 화려한 싱글은 아니었지만 궁상맞은 싱글도 아니었다.

남자들이란 아니 남자들뿐 아니라 일반적인 사람들은 대체로 이기적이다. 자기만의 시각으로 타인을 평가한다. 배우자가 없는 여자란 섹스에 굶주린 상태라고 제멋대로 생각하는 것이다. 그렇게 생각만하는 것이 아니라 혼자 사는 여자에게는 성(性)으로 봉사해야 한다고 제법 비장하게 결심하고 행동으로 옮기는 것이다. 그런 철딱서니 없는 행동을 하는 남자들이 지천으로 널려 있기 때문에 사실은 혼자 사는 여자는 결혼한 여자보다 다양한 섹스의 기회가 많음을 남자들은 모른다.

이 몸이 부서져 가루가 되는 날까지 봉사하겠노라는 남자와 잠깐 사귄 적이 있는데, 그의 봉사와 내가 바라는 봉사와는 바다만큼 간격이 넓었다. 그는 침대라는 작은 면적 안에서만 내게 봉사했다. 그는 섹스 마니아였다. 자신의 쾌락을 위해 나를 이용한 것뿐이다. 이용이라고 단정할 수도 없다. 나는 그로 인해 즐거운 시간도 있었고 고독한 시간도 줄일 수 있었다. 그가 준 기쁨과 슬픔, 쾌락과 고통을 저울질하면서 고통과 슬픔의 무게가 더 컸다고 내가 생각하는데 문제가 있는지도 모른다.

"그렇게 나에게 봉사하고 싶다면, 택시운전이라도 해서 일용할 양식을 물어와 보세요."

침대로 파고 들어오는 남자에게 생활비를 내놓으라거나 값비싼 장신구를 사달라고 조르면 거의 다 도망갈 궁리를 한다. 사랑하지는 않는다는 증거이다. 신용카드의 한도액이나 통장의 잔고가 얼마인지 힐끗거려도 그들은 몸을 사린다. 남자 없이 혼자 사는 여자가 굶주리는 것은 육체적 성이 아니라 사랑이다. 아니 돈이다.

사랑이 꿈이라면 삶은 현실이다. 꿈이 없는 삶은 삭막하기는 해도 견딜만하지만, 삶이 있기에 꿈도 꾼다. 꿈이란 삶속에 존재하므로.

그는 구조조정에서 밀려난 증권회사 직원이었다. 아내와 이혼했다고 했다가 별거 중이라고 말을 바꾸기도 했었다. 그는 모이를 물어다 줄 능력을 상실한 수컷이었기에 암컷에게서 쫓겨났다. 아내가 받아만 준다면 언제라도 아내와 가족의 품으로 돌아갈 남자였다. 그런 거추장스런 짐을 내가 안을 까닭이 없지 않은가. 사실 그 짐을 떼어놓는데 우여곡절을 다 겪었다. 사랑한다면서 매달리는 그를 쫓아내면서 나도 많이 아팠다.

부산엘 가면 가슴이 아리기는 할 테지만, 벌써 육 년이나 지났다. 이런 기회에 다녀오는 편이 낫다.

유현이 부산으로 떠난 다음날, 나는 그를 뒤따라 날아갔다. 그는 공항으로 마중을 나왔고, 그는 나를 달맞이 고개로 데려갔다. 믿을 수 없게도 부산 달맞이 고개에는 집이 있었다. 새로운 주인을 기다리는 빈집이.

그가 열쇠 구멍에 열쇠를 밀어 넣었다. 상쾌한 금속성 음향을 풍기며 열쇠는 임자를 만난 듯 매끄럽게 돌아갔다. 문이 열렸다.

"맘에 들어요?"

나는 그가 아무리 부산에 집을 살까 한다고 했지만 믿지 않았다. 무엇이 우리 사이에 신뢰의 다리를 놓는단 말인가.

그와는 네 번째의 만남이고, 나는 그에 대해 아무것도 알지 못한다.

"지금 당신의 집은 어디에요? 부산이에요? 서울이에요?"

"당신과 여기에 살겠다니까요."

"아뇨. 지금 당신에게 부인이 있는지, 가족이 있는지, 당신의 직업이 무엇인지. 정말로 경찰에 쫓기는 범죄자인지, 나는 아무것도 몰라요."

그가 알쏭달쏭한 웃음을 무는데 휴대전화의 벨이 울렸다. 그가 전화기를 귀에 대며 주춤주춤 뒤로 물러난다. 그러나 나는 이미 다 들었다. 발신자는 여자였고 여자는 그에게 커다란 목소리로 무슨 불만인가를 토로하고 있었다.

생각해보니 그렇다. 그와 우연한 엮임으로 골프라운드를 하던 날도 그는 내내 여자의 전화를 받았다. 같이 식사를 하던 날도 그의 전화기는 연신 부르르 떨었고 그는 전화기를 들고 자리를 뜨고는 했었다. 얼마나 급하고 복잡한 일이 일어나고 있는지는 모르지만, 전화를 꺼놓으라고 말하고 싶을 지경이었다.

약간 겸연쩍은 표정으로 전화기의 뚜껑을 닫으며 그가 돌아왔다.

"여자와, 안 좋은 일인 것 같군요. 무슨 일인지는 모르지만, 지금 내게 같이 살자고 하면서."

"별일 아닙니다. 신경 쓸 문제가 아니에요."

그가 내 말허리를 잘랐다.

여자의 감각은 남자보다 민첩하고 예리하다. 그가 별일이 아니라고 둘러대고 있다고 하더라도 전화 속의 여자와는 절대로 별일이 아닌 관계가 아님을 알 수 있는 감각이 있다. 전화 속의 여자는 가족은 아니고, 친구도 아니고, 치정으로 얽힌 관계라는 냄새가 진하게 풍긴다.

그는 혼자 사는 남자이며 아주 섹시하다. 겉모양만으로 여자에게 접근한다면 딱지 맞을 것 같지는 않다. 여자들이 먼저 접근할 것이다. 아마도 여자들의 생각은 대동소이할 것이다. 내가 그를 하룻밤의 잠자리 파트너로 유혹해보고 싶듯이, 다른 여자들도 그를 하룻밤이나마 소유하고 싶을 것이다.

"외국인에게 세를 주었던 집이래요. 그래서 가구와 집기들이 다 갖추어져 있습니다. 옷가방만 들고 들어오면 되죠."

그의 말이 하나도 귀에 들어오지 않을 만큼 머리가 복잡해진다. 그는 만나기는 쉬워도 떼어내기는 어려운 남자라는 인상을 준다. 백년해로는 고사하고 십년해로 아니 일 년도 즐겁게 살 자신이 없다. 아마 한 달도.

"난 딸아이와 살고 있어요. 지금 고3이죠. 아이를 돌봐야 해요. 없던 일로 해요."

나는 거절할 거짓말로 딸아이를 차용한다. 그런 말을 하고나니 딸아이, 현희가 보고 싶다. 딸아이는 수능시험의 결과를 기다리고 있다. 서울에 있는 대학에 진학하고 싶어 하는데 성적이 안되는 모양이다. 만약 딸이 서울로 올라온다고 해도 내가 있는 공간으로 들이고 싶지 않다. 내 방종한 생활을 딸아이에게 들키고 싶지 않다. 나는 남자도 필요하고 술도 필요하다. 아직 어린 딸이 나를 이해할 수 없을 것이다. 나의 이혼과정을 아직 딸은 이해 못한다. 아니 아빠를 배신한 엄마를 용서하지 못한다.

4

　어제 나는 유현과 아영이와 남 의원하고 골프라운드를 했다. 유현이 내게 골프라운드를 청했고, 그래서 그가 부킹을 했다.

　우리나라에서 남녀가 단 둘이, 그것도 부부나 연인 아닌 남녀가 골프라운드를 하려면 여러 가지 장애물들이 막는다. 우선 2인 플레이를 허용하는 골프장이 거의 없다. 둘이서 퍼블릭코스에 간다면 새벽에 가서 무작정 기다려야 한다. 설령 부부 사이라 해도 다른 부부가 합류를 하지 않는 한 4인조가 잘 만들어지지 않는다. 잘 어울릴 수 있는, 일테면 여가와 경제력과 연령과 핸디캡과 뜻이 맞는 부부를 찾기도 쉬운 일이 아니다. 회원권을 가지고 있다면 부킹은 수월하겠지만, 골프장의 직원들도 웬만하면 회원의 신상을 꿰고 있어서 법적인 배우자가 아닌 이성을 동반하려면, 타인의 따가운 시선을 감수해야 한다.

　아영은 그녀 가게의 단골손님인 남 의원에게 골프라운드에 데려가 노상 졸라대었고, 남 의원 역시 아영이와 골프를 하고 싶은 눈치였는데 여러 조건들이 여의치 않아서 어쩔 수 없이 미루고 있던 중이었다. 남 의원도 골프장 회원권을 두 개나 가지고 있기는 하다. 하지만 카페주인, 더 적나라한 표현으로라면 술집마담 냄새가 역겹게 풍기는 아영이를 대동하고 지인들이 우글거리는 골프장에 나타날 배짱은 없어보였다. 그래서 어제, 부적절한 관계의 남녀들이 딴에는 살판났다고 모이게 되었다.

　남 의원은 국회의원인지 시 의원인지를 지냈기 때문에 의원이라는, 정확하게 말해서는 전 의원이라는 꼬리표를 달고 있다. 그가 아영의 주목을 받게 된 이유는 좀 이상한 데에 있었다. 그는 한 달에 한두 번이나 아영의 카페 '미스코리아'에 들르는 사람인데, 앞면에 활자들이 희미하게 지워지고 종이가 나달나달하게 낡았을 뿐만 아니라 발행연도가 오 년도 더 지난 십만 원권 수표로만 술값을 지불했다. 한 번은 그가 네댓 명의 일행을 몰고 와서 뮤직밴드를 부르고 접대하는 여자들도 불러서 질탕하게 놀다갔는데 그날도 술값이며 팁을 십만 원권 수표로만 뿌렸다. 다음날 아영이 은행에 수표를 입금시키러 갔더니 그중 한 장이 칠 년 전에 사취계가 접수된 수표라며 창구에서 입금 거부를 당했다. 남 의원에게 사정을 얘기했더니 그는 하도 여러 사람에게서 받은 돈이라 그럴 수도 있다며 바로 변상했다.

"남 의원님, 어떻게 칠팔 년 전에 발행된 수표가 지금 돌아다니죠? 수표는 유통기한이 없나요?"

한 번도 겪지 않은 일이라 아영은 의아해서 남 의원에게 물었었다.

"내가 알 턱이 있나. 그 수표도 나름대로의 사연이 있겠지. 사취계가 어쩌니 수표 발행연도가 어쨌느니 떠들면 미스 성이나 이쪽이나 똑같이 영업에 지장이 있으니까 그 일은 잊읍시다."

남 의원은 별일 아니라는 듯이 건성으로 대답했었다. 사건을 얼버무리려는 남 의원의 변명을 들으면서, 그 즈음 곰팡이가 핀 헌돈 몇 트럭 분을 지하실에 숨겨두었다가 들킨 사람에 대한 기사가 신문에 났었는데, 그도 헌 수표를 그만큼 감춰두고서 필요할 때마다 야금야금 꺼내 쓰는 사람이 아닐까 하는 우스운 상상도 했다.

"헌 수표든 새 수표든 무슨 상관이야. 난 카드보다도 현금으로 결제하는 사람이 더 좋다니까. 많이만."

딴은 맞는 말이다. 아영이는 그야말로 돈에 팔려 시집을 갔고, 이혼했고, 돈 때문에 교도소까지 갔고, 돈 때문에 술집을 하고 있지 않은가.

"맞아 현금뭉치나 헌 수표뭉치의 주소는 마늘밭이라잖아."

어제 남 의원과 유현은 클럽하우스에서 처음으로 인사를 나누었다. 아영은 남 의원을 초대하면서 아마도 유현과 골프 실력이나 연령 등이 비슷해서 분명 재미있는 플레이가 되리라고 했다.

아닌 게 아니라 대단히 기분 좋은 하루였다.

어렸을 적부터 골프를 익혔다는 남 의원은, 건강을 유지하고 여가를 즐기려는 목적으로 골프하기보다는 정치적 사업적인 수단으로 골프를 했다. 오늘의 남 의원의 골프의 목적은 누가 봐도 아영이를 어찌해보겠다는 것이고 그 수단이 골프인 셈이다.

"그래도 심심하니까 내기를 해요. 스킨스를 할까요?"

내가 물었더니 그는

"좋으실 대로."

그는 시큰둥 대꾸했고,

"라스베가스를 할까요? 아니면 스트로크 플레이는 어때요?" 물었을 때도 그는 좋으실 대로 하라고 했다.

어떤 내기든 실력이 우월한 사람이 일반적으로 따게 되어 있다. 그는 내기 실력이든 골프경기 실력이든 제법 갖추었다는 소리이다.

"둘씩 편먹고 홀매치하지 뭐."

아영이 남 의원의 팔짱을 끼며 말했다. 남 의원의 자신감을 감지

한 아영이 승률이 높은 쪽으로 붙겠다는 뜻이다. 힐끗 바라본 유현의 얼굴에도 '좋으실 대로'라고 쓰여 있다.

대부분의 골퍼들은 골프라운드를 하면서 성적인 농담을 즐긴다.

"장모님이 좋아하시겠네요."

남 의원이 퍼트한 공이 홀을 지나 너무 멀리 가버렸을 때, 너무 고색창연할뿐더러 점잖은 농담이지만, 내가 한마디 했다. 핀까지의 거리가 짧게 남았는데도 얼토당토않게 힘껏 쳐서 공을 홀과는 멀리 보내버리는 골퍼에게, 야유하는 말이다. 처음 만난 유현과 남 의원 사이의 어색함을 희석시키려고 해 본 소리이다. 둘은 통성명 이외에는 나눈 대화가 없었다. 줄곧 침묵을 지키고 있다.

"어떤 장모님?"

"퍼트가 긴 거하고 장모님 좋아하신다는 거하고는 아무 상관이 없잖아."

남 의원과 아영이의 입에서 동시에 튀어나온 말이었다. 남 의원은 농담으로 받았고, 아영은 내숭이다. 굳이 설명을 해야 하나 그냥 웃음으로 버무려야 하나 생각하는데 유현이 정답을 말한다.

"힘이 좋으니 내 딸을 밤마다 즐겁게 해 줄 것 같아서 장모님이 좋아하신다는 거겠죠. 남 의원님은 장모님이 여럿이신가 본데, 오늘도 새 장모님이 생기실라나."

남 의원은 너털웃음을 날렸고 아영은 입을 가리고 몸을 꼬며 웃었다.

후반의 2번째 홀이다. 홀의 설명서를 음미한다.

(花朝月夕 Flower and Moon : 아침에는 분수 위에 소담스러운 함

박꽃이 저녁에는 연못 속에 쟁반 같은 달이 뜬다. 발밑을 휘돌아 치는 금사천金沙川의 물소리. 아담한 숲과 연못의 새파란 물이 어우러져 목석 같은 사람의 마음이라도 살포시 흔들어 놓는다. 분수 위를 살며시 넘기는 중용의 기교가 공격의 요체. 넘치고 처지는 것 모두가 우리를 슬프게 한다.)

제법 컨디션이 좋은지 7번 아이언을 들었다가 짧은 8번 아이언으로 바꿔든 남 의원이 팅그라운드에 오르며 말한다.

"오늘 홀인원을 한다면……"

"만약 오늘 홀인원을 한다면, 첫 경험이신가요?"

내가 물었다. 그는 빈스윙도 어찌나 자신 있게 휘두르는지 가죽 채찍이 공기를 찢는 소리를 낸다.

"당하는 쪽은 피 터지겠지."

여지까지 지갑이 가벼워지기만 했지 무게가 늘지 않고 있던 유현은 지갑을 손바닥 저울에 달면서 우울하게 내뱉었다.

"그린에서도 피가 흐르니? 처음이면?"

또 눈을 동그랗게 뜨며 내숭의 단수를 높여가는 아영이에게 눈을 흘기면서도 웃지 않을 수 없었다.

"버디는 한 타, 이글은 세 타, 홀인원은 열 타 추가야. 십만 원의 민족자금이 나가잖아. 생살이 뜯기는 거지. 생살 뜯으면 피나."

"홀인원 턱 내느라 피 터졌다는 말은 들어봤지만 홀인원에 당해서 피 터졌다는 얘기는 못 들어봤어. 남 의원님의 홀인원은 우리에게 횡재가 될 거야. 우리는 기도하고 굿 보고 떡 먹으면 돼."

캐디가 입술 가운데로 검지를 가로로 세웠기 때문에 나는 수다를 멈추고 조용히 기도를 했다. 정타의 깨끗한 타격음이 아닌 아이언 헤드가 뒤땅을 때리는 둔탁한 울림에 고개를 들고 공을 따라 시선을 보냈다. 당연히 홀인원은 아니었고 공이 가까스로 그린에는 올랐다.

"긴 게 나을 뻔했어요. 뒤핀이라."

그립이 채 가방의 바닥까지 닿지 못하고 채 가방의 중간까지만 박혀 있는 7번 아이언을 만져보며 내가 말했다.

"핀까지 못 미친 이유는 채 탓이 아니고 기술이 문제였죠. 실수가 아니었으면 길이가 딱 맞았을 겁니다."

물론 기대도 안했겠지만, 그래도 쓴 입맛을 다시며 내려오더니 아영의 귀에 대고 무슨 말인가를 했다. 나는 별로 듣고 싶지 않았는데도, 오늘밤은 내가 길이도 딱 맞춰서 홀인원을, 이런 말이 들렸고, 아영은 여전히 재미있어 죽겠다는 듯 깨득깨득 웃었다. 아니 내가 보기에는 오케이라는 뜻으로 몸을 비비꼬고 있었다.

초면인 남 의원과 유현이 여자들 몰래 무슨 말인가를 주고받을 만큼 분위기가 풀어진 제 8홀의 그린에 도달했다.

네 사람의 공이 모두 그린에 올랐고 홀에서 가장 먼 남 의원이 먼저 퍼트를 했는데 공이 5미터 남짓한 거리의 비탈을 굴러 홀에 들어가 버렸다. 그것도 홀 주위를 빙그르르 한 바퀴 돌다가 수줍은 듯 구멍 안으로 빨려든 것이다. 당연하게도 홀은 나머지 공들을 거부했다.

"역시 춘향이야. 일편단심으로 내 공만 받아주잖아. 강 선생도 구멍 주위를 핥아주라고 그래야 미끄럽게 잘 들어간다구."

"어머, 남 의원님. 역시 선수시네요. 밤에도 선수세요?"

"낮은 워밍업인데 선수라고 하면 날 과소평가하는 것이지. 본 게임인 밤에는 도사야. 실력을 보여 줘?"

솔직히 그 정도의 대화에는 얼굴이 붉어진다. 나는 전희수준까지 올라가는 아영과 남 의원의 대화를 들으며 유현을 돌아봤다.

"선수? 도사? 그럼 난 신이지."

그가 내 눈을 똑바로 바라보며 낮고 조용한 목소리로 그러나 자신만만하게 말했다.

"신?"

막 그린 밖으로 발을 내딛으려던 아영이 멈추어서더니 유현을 돌아봤다. 그리고 나에게만 들리게 낮은 목소리로 속삭였다.

"들었니? 신이래잖아. 섹스의 신이래."

나머지 홀을 돌면서 내 머릿속을 맴돈 단어는 오직 '섹스의 신'이었다. 농담일까, 아니면 감히 그렇게 장담할 수 있을 만큼 그 방면에 범인이 상상할 수 없는 경지에 다다랐다는 뜻일까.

누구라도 성에 눈을 뜨는 사춘기를 거치고 성인이 되는 과정에서 도색 사진도 만나고 이른바 음란 서적도 만나고 포르노 영화도 만나고 성의 기술을 전수한다는 소녀경이니 카마수트라니 카사노바 이야기도 만난다. 적어도 이성을 꼬이는 데는 너희보다는 한수 위라는 선배의 조언과도 만난다. 요즈음은 웹서핑을 하다가 마우스 클릭을 한번만 잘못하면 남녀의 성기가 적나라하게 드러난 사진이 커다랗게 확대되어 눈앞으로 다가오는 화면과 접한다. 오로지 여성기와 남성기가 만나서 삽입하고 피스톤 운동을 수없이 반복하고 사정한다. 여성의 오르가슴에 대해서는, 사진이나 영화는 여성의 표정에서, 서적에서는 글의 묘사로만 보여주기 때문에 오르가슴

자체가 사실인지 거짓인지 알 수 없지만, 잘 보여주지 못한다.

내가 만약에 섹스의 신이었다면, 아니 신까지는 바라지 않고, 그냥 섹스에 좀 더 조예가 깊었더라면, 그리고 남편 아니 전남편 앞에서 내 의견을 개진할 수 있을 만큼만 당당했다면 나는 지금 다른 길을 걷고 있을 것이다.

시력이 나쁜 사람은 경미하기는 해도 시각장애자이고, 길눈이 어두운 사람은 방위감각이 남에 비해 현저히 뒤떨어지는 방향장애자이다. 시력은 안경이나 콘택트렌즈가 도와주고, 방위감각은 지도나 내비게이션이 도와준다. 이 대신 잇몸이다. 당의 수치가 높아서 발기가 불능이라면 다른 방법으로도 얼마든지 성을 즐길 수 있는 것이다.

섹스란 꼭 성기의 결합만이 능사가 아니라는 고정관념에서만 벗어나더라도, 새로운 세계의 성이 열릴 것이다. 오직 아기를 만들기 위해서만 섹스를 한다는 전근대적인 생각에서 탈피한다면, 그리고 즐거운 섹스란 상대의 성감을 깨워서 성적 쾌감을 고조시키는 일임을 받아들이기만 한다면 말이다.

그러나 남편은 그 분야에 있어서 교조적 수구주의자였고, 나는 남편의, 하늘 같은 낭군님의 유교적 생활방식에 동지적으로 동참하도록 길들여지고 있는 중이었고 성생활에 대해서만은 어떤 건의나 제안도 할 수 없는 주눅이 든 채로 살았다. 남편은 내게 상전이자 주인이었지 결코 대등한 관계는 아니었다는 말이다.

이런 주장은 당연히 위험하며 발칙하다는 비난을 받으리라. 바람피워서 이혼을 당하고 나온 입장에서 무슨 수를 써서라도 자기 합리화와 변명거리를 찾으려는 참으로 가년스럽고 구차한 짓으로 보인다.

언젠가, 아마 전남편과 부부 모임에 나갔을 때였을 것이다.

"요즘 여자들은 정조관념이라고는 하나도 없고, 놀아도 너무 노는 것 같아."

술이 좀 오른 남편의 친구가 좌중을 돌아보며 말했다. 그는 산부인과 의사였고, 그의 병원은 임신중절수술을 잘하기로 알만한 사람들에게는 잘 알려져 있었다.

"그래서 이 선생님이 손해볼일 있어요? 집안에 있는 여자만 지키면, 밖에서 제 발로 걸어 다니는 여자들은 그쪽으로 문란하면 문란할수록 남자들은 더 신나겠죠. 선생님의 영업은 더욱 활기를 띠겠고요."

난데없이 툭 튀어나온 꽤 비아냥거리는 여자 목소리가 그의 말을 받았다.

"집안에 있는 여자만 지키라고? 그것도 못 지키는 오쟁이 진 놈들이 있으니 하는 얘기지."

그는 내 남편을 똑바로 바라보며 그렇게 쏘았다. 남편은 내 옆자리에 앉아있었으므로, 얼굴을 바로 쳐다보지 못한 나는 남편이 어떤 표정을 짓고 있는지를 몰랐다. 아마도 보통 때 같았으면 남편은 부드럽게 내 등에 팔을 두르며, 우리는 일어나야 할 시각이 된 것 같다며 내게 코트를 입혀주었을 것이다. 그러나 남편은 입을 닦은 냅킨을 식탁에 올려놓더니 화장실이라도 가는 양 자리에서 빠져나갔다.

"좀 말씀이, 듣기 거북하네요. 그렇지만 '요즘'이라는 단어를 쓰셨으니 저도 '요즘의 트렌드'에 대해 책에 읽은 말씀을 한마디 올리죠. 남자들이 고집스럽게 처녀를 원하는 저변의 생각에는 자신 이전에 관계한 남자가 자신보다 우월했을 지도 모른다는 불안감이랄까 열등의식의 발로라던데요."

내가 탁자라도 내려칠 기세로 열변을 토할 찰라 남편이 식탁에 놓아둔 냅킨이 눈에 잡혔다. 붉은 반점이 있었다. 말을 멈추고 냅킨을 펼쳐보았다. 피였다. 그 순간 나는 오늘 화제의 주인공이 나이며, 화제의 주된 화살은 나를 과녁 삼아 날아온 것임을 알았다. 그들은 나의 외도에 대한 소문을 들었고, 친구의 입에서 그런 말이 나오자 남편은 놀라서 혀를 깨물었던 것이다.

5

남편은 나를 빈손으로 내쫓았다. 그렇지만 나는 부자다. 부자라고는 할 수 없을지 모른다. 그러나 낭비만 안한다면, 큰 병이 들거나 사고를 당하지만 않는다면 그럭저럭 먹고 살만한 재산이 있다.

남편과 함께 살 당시에 친정아버지가 직장에서 퇴직을 하고, 작은 건설회사에 임원으로 취직을 하셨다. 건설회사의 주주가 되기 위하여 아버지는 퇴직금 이외에 오천만 원이 더 필요했다. 내가 그 돈을 마련해 드렸다. 내 통장에도 잔고가 있었고 남편도 도와주었고 친구들도 내게 빌려주었다. 그때 아버지는 내게 시골의 산자락 이천여 평을 명의이전해주었다. 금전적으로 아버지를 도와드리지 못한 남동생은 명의이전을 막을 입장이 못되었다.

간통으로 이혼을 당하고 친정에 기식하는 나를 바라보는 친정식

구며 이웃의 눈이 어떠할지는 누구라도 짐작할 수 있을 것이다. 낮에도 방에 박혀 잠을 잤고 밤에도 잠을 잤다. 그러나 낮에도 밤에도 잠들 수 없었다. 옆방에서 흘러나오는 부모님의 한숨소리 때문에도 더욱 그랬다. 어머니는, 지금 시대가 조선시대였다면 내 손으로 너의 목을 대들보에 매달더라도 아무도 비난하지 못한다고 하셨다.

나는 구치소에 갇혀있으면서 이혼합의서에 도장을 찍었다. 남편은 내게 위자료 배상 청구 안 하기로, 또한 나는 남편에게 재산분할 청구를 안 하는 조건이었다. 남편은 소를 취하해줬다. 구치소에서 나오는 날 남동생이 두부를 들고 마중하러 왔다. 남편은 내게 장롱 속에 걸려 있던 옷가지와 신던 구두와 골프세트 등을 보따리로 꾸려 택시에 실어 보냈다.

이혼하면서 거의 빈손이었던 나는 그 땅을 담보로 대출을 받았다. 상담 전화로는 주택이나 대지가 아닌 부동산은 대출이 안된다고 했지만 도저히 기댈 곳이 없어서 애원이라도 해보려 저축은행을 찾아갔는데, 삼천만 원을 빌려주었다. 친구에게 진 빚을 갚고 서울로 올라와 천만 원 보증금에 월세 삼십만 원의 오피스텔을 얻었다. 하루의 일과는 열 시에 일어나서 아침 겸 점심을 먹고 산책을 하거나 구청 도서관에 앉아 책을 읽고 가끔은 영화도 보고, 저녁에는 골프 연습장엘 갔다. 연습장 문을 잠그겠다고 닦달을 할 시각까지 뭉개고 있다가 터덜터덜 걸어서 집으로 돌아오고는 했다.

어느 날 나는 연습장에서 나와 같은 시각에 들어와서 나와 같은 시각에 나가는 여자를 발견했다. 사람들이 다 빠져나가고 덩그마니 둘만 남아 있는 날이 거듭되면서 우리는 수없이 눈인사만 나누었다. 굳이 말을 걸어야 할 이유도 없으므로 우리는 묽은 미소로 인사를 가름하고는 했다.

나처럼 가족이 없을 것이라는, 그래서 딱히 집에 들어가야 할 이유도 없고, 그래서 아무도 맞아주는 이 없는 집에 가기 싫을 것이라고 추측할 즈음, 오다가다 얽히는 눈빛에서 동병상련의 아픔을 읽어낼 즈음이었다. 밤 열 시가 넘어 셔터를 내리는 연습장을 뒤로하고 거리로 나왔다.

푸슬푸슬 밤비가 내리고 있었다. 간혹 우산을 쓴 사람도 지나가고 머리에 뿌연 물방울의 모자를 쓴 사람도 지나갔다. 비가 내리는 줄 알았더라면 채 가방 속의 우산을 꺼내왔을 텐데, 아무도 몰래 살금살금 내리는 비와 비를 감춰주는 어둠에 깜빡 속았다. 이까짓 비 좀 맞으면 어떠랴 싶어 청승맞게 걷는데 승용차 한 대가 내 곁에 멈추었다. 내려가는 차창만큼 여자의 얼굴이 떠올랐다.

"비 오는데 걸어가세요? 멀지 않으면 데려다 드릴게요."

그녀가 내게 던진 첫 대사였다.

"언제나 나와 같은 시간대에 여기에 오나 봐요."

조수석에 올라타는 내게 그녀가 다시 말했다.

"붐비지 않는 시간대를 택하다보니까."

"난, 내가 골프 연습을 할 수 있는 시간이 지금뿐이에요. 낮엔 일을 해야 해서."

연습장에서 집까지는 빠른 걸음으로 이십 분, 자동차로는 오 분도 안 걸리는 거리였다. 어느새 오피스텔 건물 앞에 당도해 있었다.

"태워다 줬는데, 바쁜 일이 없다면 내 집에서 차 한 잔 할래요?"

비 탓인지 그녀가 어쩌면 나와 비슷한 부류라는 생각이 들어서인지, 내가 스스럼없이 말했다.

　나는 하루 종일 한마디도 안 하고 지내는 날도 많았으리만치 철저하게 은둔하고 있었다. 구치소에서 들은 바로는, 간통이라는 죄명의 죄인은 구치소 안에서보다 밖에서 두 배의 세월을 형을 살게 된다고 했다. 어쩌면 밖보다 안이 더 편할 수도 있으니, 그리고 밖에 나가면 돈 없이는 살 수 없으니 절대로 재산분할포기각서에 서명하지 말라고 구치소의 선배들이 충고했었다. 그 당시는 몰랐다. 수형생활보다 견디기 힘든 자유의 삶은 없다고 생각했다.

　그러나 친구도 가족도 친정식구마저도 나를 버렸다. 나의 친구였다는 사실을, 나의 남편이었고 나의 딸이라는 사실을, 나 같은 누나와 딸을 두었다는 사실을 지독한 수치로 여겼다.

　오피스텔은 좁고 답답했다. 하지만 숨을 수 있는 혼자만의 공간이 생겼다는 사실에 안도했다. 그러나 안도는 곧 혹독한 고독으로 변했다. 넘치는 고독은 고독에 길들여지지 않은 사람에게는 고통이었다.

　나는 태어나면서부터 줄곧 가족과 함께 살아왔고, 결혼하면서 새로운 가족과 살았다. 단 한시도 가족의 관심 밖으로 밀려난 적도 없었고, 내가 챙겨야 할 가족이 없었던 적도 없었다. 군중 속에서 고독했던 적은 있지만 주위에 사람이 없어서 고독했던 적은 없었다.

　그때까지 나의 삶에서 고독은 일종의 사치였다. 나는 정말로 누구에게도 방해받지 않고 남에게 부대끼지 않고 우아하고 고독하게 혼자 지내고 싶었다. 자기 혼자만을 위해서 음식을 만드는 사람을 나는 존경한다. 어떻게 그런 기특한 행동을 하는지가 궁금하다. 나는 나 혼자의 입을 위해서 정성을 들인 요리를 하고 싶지 않다. 먹을거리를 사다가 냉장고를 채우는 짓조차 싫다. 그래서 하루를 굶다가 마지못해 지하실의 떡집에서 찹쌀떡을 사왔었다. 단지 허기를 채우려고 허겁지겁 입에 밀어 넣다가 목에 걸려버렸다. 순간 숨이 막히면서 이대로 질식해 죽을 것 같다는 공포가 찾아왔는데, 내가 비록 죄당만사한 사람이라 해도, 죽음은 두려웠고, 더욱이 내가 죽은 다음 나를 맞을 세상이 두려웠다. 내 시체는 언제 사람의 눈에 뜨일 것인가. 내가 죽은 후에 집세가 밀리면 집주인이 독촉 차 찾아왔다가 부패할 대로 부패해서 구더기가 끓는 내 시체를 발견하겠지. 죄가 많은 나의 혼은 저승에도 들지 못하고 무주구천을 떠돌면서 썩어가는 내 육신을 바라볼 것이다. 혹시 정말로 지옥이라는 곳이 있어서 내 영혼은 끓는 기름 가마 안에서 영원토록 죄다짐을 당해야 할 것인가.

어느 비 오는 밤, 텔레비전에서 아내의 외도로 인해 가정이 파괴되는 연속극을 우연히 보게 되었는데, 나는 그 순간부터 고열을 내며 앓았다. 가물가물한 의식 속으로 내가 기억하는 얼굴이 하나하나 스쳐 지나갔다. 어머니, 아버지, 딸과 동생들이 차례로 눈앞에 나타났다. 어머니의 눈은 막 눈물을 훔쳐낸 듯이 충혈이 되어 있었고, 딸아이는 내 치맛자락을 붙들었다. 그리고 남편, 남편은 방금 보았던 연속극 속의 남편처럼 내게 발길질을 했다. 나는 그 발길에 채여 쓰러지면서 정신을 잃었다.

죽음은 그리 쉽게 오지 않았다. 날벌레의 날갯짓 같은 웽웽거리는 소리에 눈을 떴다. 목이 탔고 배가 고팠다. 눈에 익은 벽지며 가구들이 저승이 아님을 알려주었다. 나는 침대에서 굴러 떨어지듯이 내려와 기듯이 걸어서 약국엘 갔다. 배가 불러질 만큼 많은 약을 먹고 컵라면 한 그릇을 먹고 토하고 울었다. 울면서 나는 새로운 사실을 깨달았다. 울음도 울만한 힘이 있어야 나온다고. 몸의 기운이 소진하면 울음조차도 나오지 않고 고통 이외에는 아무것도 느낄 수 없었다. 한나절 후에 나는 멀쩡하게 살아났다. 그날 이후 나는 내일은 잊은 채 단지 오늘만을 살았다.

도심의 한가운데 살면서도, 저잣거리에서 뭇사람들에게 어깨를 떠밀리며 걸으면서도, 나는 사람이 그리워 미칠 지경이었다. 저녁에 오피스텔의 문에 열쇠를 꽂으며 문 뒤쪽 어둠 저편에서 누군가가 나를 기다리고 있다면 그것이 강아지거나 개수대의 남은 음식 찌꺼기를 탐해서 숨어든 쥐새끼라 해도, 양말 한 짝이라도 훔치려고 들어온 도둑이라 해도 나는 평생을 친구로 맞으리라는 생각도 했다.

"그래도 돼요? 우리집이라고 안 하고 내 집이라고 하는 걸 보니 가족이 없어요?"

빛이 차단된 검은 동굴처럼 나를 맞을 나의 보금자리를 상상하는 내게 '가족'이란 단어가 생경하게 들렸다.

"혼자 사는 걸 표시 내고 싶지 않았는데, 나는 아직 완벽하게 숨기는 재주가 없나보네요."

그것이 아영이와 내가 친구가 된 동기이다.

며칠 있다가 아영이가 자기 집으로 나를 초대했고 나는 그곳에서 밤새 얘기를 나누다가 왔다.

"낮 시간에 자기 집 열쇠를 빌려줄 수 있어?"

어느 날인가 그녀의 옷가게에서 점심으로 짜장면을 먹다가 그녀가 묘한 제안을 했다.

"열쇠라니?"

그녀와 나는 이미 서로에 관해서 많은 이야기를 나누었다. 나는 땅을 팔든지, 반지라도 팔아서 작은 김밥 가게라도 해야겠다는, 수중에 돈이 다 떨어져 간다는 이야기를 했었고, 그 물건들을 처분하는데 그녀가 도와줄 수 있을까를 타진하던 중이었다.

"나 지금 나쁜 머리 굴리는 거야. 조 전무하고 낮에 자기네 집을 쓰면 어떨까 해서."

조 전무는 그녀의 애인이다. 그는 그녀와 여행도 다니고 그녀의 집에서 며칠씩 묵고 가기도 했었다. 부인과 별거하고 있다고 했는데, 알고 보니 순 거짓말이었다. 부인이라는 살쾡이처럼 생긴 여자와 그녀의 오빠라는 고릴라처럼 생긴 남자가 식식거리며 나타나 아영이를 패고, 집안의 집기를 다 때려 부술 때까지 아영은 조 전무에게 부인이 있는지 몰랐다. 감쪽같이 속았다.

"헤어지지 않았어?"

아영은 얼굴이 붓고 머리는 붕대로 싸맨 채로 누워서 조 전무의 부인에게 정말로 가정이 있는 남자인줄 몰랐다며 용서를 빌었고, 조 전무의 부인은 아영이의 입원비와 망가진 집기를 배상했고, 조 전무는 부인에게 다시는 이런 일이 없을 것이라고 싹싹 빌었다.

"곧 헤어지게 될 거야. 하지만 아직 단칼에 날 자르지는 못하겠는지 자꾸 찾아와."

"내 집은 안전할 것 같아서? 또 들키면 이번엔 내 꼴 나는 거야."

"가게를 하나 내주겠대. 지금 자금을 마련하는 중이야."

무슨 말인지 이해가 되었다. 아직도 자기의 남편과 아영의 뒤를

추적하고 있는 조 전무의 부인을 따돌리기에, 설령 들킨다 하더라도 가장 빠져나갈 그물코가 성긴 곳이 내 오피스텔이기에, 이용하겠다는 것이다.

"얼마든지 빌려줄 수는 있어. 하지만 비상상태는 안 일어날까?"

"잘해 봐야 한두 번, 길어야 한두 달일 거야. 내가 대실료는 줄게."

"대실료보다 내 반지나 신경을 써줘. 안되면 파출부 자리를 알아봐 주든지."

그녀는 웃었고, 나는 한숨을 내쉬었다. 불어터진 짜장면 면발을 바라보다가 내가 물었다.

"조 전무를 사랑해?"

정말로 사랑하는지 안 하는지가 의문이 아니라 나는 그녀의 답이 어떻게 나올지가 궁금했다.

"처음엔 눈에 콩 껍질이 씌어서 전생의 나의 반쪽이 이제야 나타났다고도 믿었고, 색정이 들다보니 우리는 천생연분이라고도 믿었어. 당연히 사랑한다는 말도 자주 했어."

정말로 모를 일이 '사랑'이다. 나는 이렇게 남편에게 쫓겨났으면서도 누가 나에게 남편을 사랑했느냐, 또 사랑하느냐고 묻는다면 그렇다고 대답한다. 실제로도 그런 것 같다. 그러나 섹스가 그리울 때 떠오르는 사람은 나와 간통으로 남편에게 고소를 당했던 헌수이다. 가슴으로 그리워하는 남자는 남편이고, 아니 전남편이고, 몸이 그리워하는 남자는 헌수이다. 누구를 더 만나고 싶은가, 누구와 더 같이 있고 싶은가 묻는다면 망설여진다. 남편 같기도 하고 헌수 같기도 하다. 둘 다 아니기도 하다. 그래서 아영에게도 자꾸 바보처럼 묻는다. 그러나 그녀의 답이 진실이라고 믿지는 않는다. 그녀가 마음으로 대답하는지 몸으로 대답하는지 잘 모를 뿐만 아니라 긴 세월이 흐른 후에는, 열정이 식은 후에는, 분명 그 답이 달라질 것임을 나는 의심 안 한다.

"사랑한다는 말을 자주하면 저절로 사랑하는 마음도 생기나?"

"꼭 그런 바보 질문하는 통에 얘기가 끊기잖아. 사랑한다고 자꾸 지껄이면 기분을 북돋우는 기폭제는 되겠지만 실제로 사랑이라는 애틋한 감정이 생기지는 않더라고. 적어도 내 경우는. 아무튼 그이가 묻더라고, 가정을 버리고 그러니까 전 재산을 마누라에게 주고 몸만 오면 받아줄 테냐고."

"받아주겠다고 하지 그랬어."

"아냐. 내가 믿는 바대로 말했어. 당신이 가정을 버릴 사람도 아니고, 만약 버리고 나에게 온다고 해도 내가 당신의 가정을 깬 죄의 굴레에서 평생 벗어나지 못하고 괴로워해야 할 것이고, 더욱이 끼니 걱정은 아니겠지만 짜장면 외식도 머릿속으로 셈하고 해야 할 경제수준이 되면 절대 행복 못한다고."

이런 말을 하는 아영은 현명하고 지혜롭고 속도 깊어 보인다. 다시는 같은 실수를 안 할 듯이 보인다. 그러나 첫 남자인 남편이 그녀에게 목숨 걸고 접근했듯이 매번 남자들은 하늘의 별이라도 따다 바칠 듯이 그녀에게 넋이 나간 채로 달려들었고, 그런 남자를 막아낼 만큼 그녀는 튼튼하지 못했다. 막을 의사도 없었다. 뿐만 아니라 그녀는 연애에 빠진 다음에야 매번 상대가 기혼인지 미혼인지, 못 이룰 사랑인지 분간하는 눈이 떠졌다.

"제법 인생을 달관한 사람처럼 시를 읊었군 그래."

"아냐. 내가 너에게만 진실하게 털어놓겠어. 만약에 그이가 가진 돈도 없고 또한 벌지도 못한다면, 그래서 내가 벌어서 먹여 살려야 한다면, 정말 산동네 판잣집에서 살아야 한다면 어떻게 행복이고 사랑이 있겠어. 아마 내가 병들어서 자기의 수발도 못해주고 솔직히 섹스도 못한다면 상황이 달라지지. 난 사랑이 아니라 매춘을 한 거야. 그런 생각을 하면 모멸감에 휩싸이지. 혀 깨물고 죽고 싶어져. 그런 때 어떻게 내 자신을 위로하는 줄 알아? 아무리 잘난 사람의 결혼도 합법적으로 인정받은 성매매일 뿐이다, 라고 내 자신이 나를 세뇌시키지."

"내 과거를 아는 사람으로서 제발 날 더 이상 괴롭히지 말았으면 해."

그런 말을 하는 아영의 뺨을 갈겨주고 싶었다. 아니 솔직히 내 발등을 도끼로 짓찧고 싶었다. 죽고 싶을 만치 참담했다.

조 전무의 부인과 처남이 아영의 가게를 쑥대밭을 만들어 놓고 간 두 달쯤 후에 조 전무는 아영에게 카페를 차려주었다.

신축건물 지하 50여 평의 공간을 임대했는데, 임대차 기간이 끝나서 임대인이 임차인인 아영에게 보증금을 반환해줄 때는 조 전무가 배석한다는 단서를 임대차계약서에 부기를 하고, 순수익의 삼분의 일을 조 전무의 구좌로 매달 이체한다는 사항을 덧붙이기는 했지만.

하나 더 있다. 월세가 2개월 이상 밀리면 곧바로 조 전무에게 알리기로 계약서에 썼다. 설명할 필요도 없지만 아영이가 고의든 불가항력이든 월세를 연체하고 보증금을 갉아먹고 종적을 감출 수도 있기 때문이리라.

나는 남편에게서 받은 결혼반지를 비롯한 보석 몇 점과 미화 만 달러 정도를 내 지문으로만 열리는 대여금고에 맡겨두었는데, 아영에게 그 결혼반지를 맡기고 천만 원을 융통했다. 그 자금도 조전무의 주머니에서 나왔다. 아니 내가 짐작하기로는 조 전무가 자기의 부인을 달래기 위하여 뇌물로 상납했으리라. 조 전무의 부인이 훗날 아영이의 카페에 들른 적이 있는데 그때 나는 그녀의 손가락에서 반짝이는 내 결혼반지를 보았으니까.

　더욱이 나는 아영이가 카페를 차리는 일을 도와주면서 인간과 인간의 관계, 죽고 못 살 정도로 사랑한다는 몸도 주고받고 마음도 주고받은 남녀관계도 금전적인 면에서 얼마나 영악하고 첨예하게 대립할 수 있는지, 인생 공부를 톡톡히 하게 되었다.

　보증금은 나중에 조 전무가 받아가기로 했으니까 실제로는 빌려주었던지 아영의 카페에 투자한 셈이다. 순수익의 삼분의 일을 받아가기로 했으니까 빌려준 보증금에 대한 이자를 받는 격이던지 투자했다고 치면 이익금을 챙기는 격이다. 실내장식에 들어간 비용은 아영의 사업자등록증을 담보로 대출을 받았다. 물론 조 전무가 대출을 알선하고 보증인으로서 사인을 해주었으니 어찌 보면 크게 도와주었다.

　만약에 아영이가 카페를 운영해서 이익을 내지 못한다면, 그래서 월세가 밀리고 직원의 급여를 못주게 된다면, 조 전무는 투자한 금액을 회수하지 못하고, 자신이 보증인이 되어 받아준 대출금도 고스란히 자신의 빚으로 떠맡게 됨을 그는 잘 안다. 그러니까 조 전무는 아영이의 사업수완에 배팅을 했다. 아니, 조 전무는 자신이 이곳저곳에 뿌리는 술값만 한 곳에 모아준다면 카페 하나쯤은 충분히 흑자를 낼만하다고 계산했다. 그리고 그는 자신이 투자한 가게에서 실비로 술을 마시고는 했다. 아영이는 카페의 주인이라기보다는 조 전무가 주인인 카페의 얼굴마담이 되었다. 아영이가 카페 '미쓰코리아'의 개업잔치를 하던 날, 나는 주택공사와 은행으로부터 각각 내용증명 우편물을 받았다. 은행에서 온 우편물은 내가 담보로 넣은 땅을 경매로 처분하겠다는 최고장이었고, 주택공사로부터 온 우편물은 내게는 구세주의 강림이나 다름없었다. 아버지로부터 받은 그 산자락에 주공임대아파트 단지가 들어선다는 것이다. 십여 년 전부터 그 땅에 아파트가 들어 설 것이라는 소문이 돌고는 있었지만, 소문만 무성할 뿐 어떤 기미도 보이지 않았었다. 일부가 도로로 잘려나가기는 해도 나머지 땅은 도로에 접한 이로운 면이 있으므로, 보상가격을 타협하자는 내용이었다. 석 달 후에 나는 거액을 손에 쥐었다.

통장에 들어온 돈의 동그라미를 세면서 내가 맨 처음 하고 싶었던 것은 골프라운드였다. 아니 상큼한 스시 한 점을 톡 쏘는 겨자 간장에 찍어 먹고 싶었다. 그런 생각이 들자 전남편이 보고 싶었다. 남편은 내 생일 같은 특별한 날이면 같이 골프라운드를 하고 일식집에서 스시를 사주고는 했었다. 이혼하던 해의 내 생일에는 복어회를 사주었다.

어쩜, 그렇게 얇게 회를 뜰 수가 있는지, 복어의 말간 살점을 통해 접시의 밑그림이 투시되고 있었다.

"아주 비쌀 것 같아요. 특별한 맛이 있다고 들었는데."

일본 요리책에서 보고 감탄했던 바로 그 은은한 빛을 뿜는 둥근 전통 도자기에 부챗살 모양으로 펴 담은 복어회가 상에 놓였을 때 내가 말했다. 게다가 복어의 살점 위에는 금가루가 뿌려져 있었다. 나는 선뜻 젓가락을 가져다 대기가 겁나서 무로 만든 매화와 당근으로 만든 은행잎만 톡톡 건드렸다.

"내가 열심히 일해서 돈을 버는 이유는 당신과 함께 좋은 음식을 먹고 좋은 옷을 입고 좋은 집에서 살기 위함이지. 여행도 하고 취미생활도 즐기고. 그래도 이런 음식은 먹는다는 표현보다는 즐긴다는 표현이 옳을 거야. 즐겨봐."

신문종이 두께보다 얇게 썰었음직한 회는 젓가락에 잡혔는지도 느껴지지 않았는데 입안에서는 은근히 강렬한 맛을 냈다.

"대단히 매혹적인 맛이네요. 지금 골프라운드를 막 마쳐서인지, 마음 같아서는 이 부채처럼 펼쳐진 살점들을 젓가락으로 좌악 걸어서 한입에 탁 털어 넣고 싶네요."

내 딴에는 약간 졸깃하면서 입안을 감쳐오는 독특한 식감을 칭찬하고 싶었다.

"식욕이 강한 사람이 성욕도 강하지. 물론 다른 정열도 강하지만."

남편이 나를 나무라려고 한 말은 아니었을 것이다. 그가 당뇨로 인슐린의 단위를 높여가고 어찌해볼 수 없는 발기부전의 판정을 받은 이후부터였지만, 그가 가장 싫어하는 단어가 성욕이라는 단어이며, 그래서 웬만해서는 입에 담지 않는 단어를 내뱉었음은 중대한 의미가 있을 터였다.

"맛있고 고맙다는 뜻이에요."

그날은 그렇게 넘어갔었다. 그뿐이 아니라 남편은 내게 샤넬 핸드백까지 내놓았다. 언젠가 쇼윈도에서 보고 갖고 싶다고 탐을 냈더니 기억해 두었다가 주문한 모양이었다. 그러면서 복어회의 맛만큼이나 감칠맛 나는 어조로 내게 교회에 좀 더 열심히 나가라고 했다. 진심으로 생일을 축하한다는 말과 함께. 남편은 딸아이의 골프티칭을 맡고 있는 헌수와 나와의 수상한 기미를 읽고 있었는지도 모르겠다. 적어도 결혼기념일이나 생일이면 잊지 않고 귓가에서 속삭이던 '사랑해'라는 말은 들을 수 없었으므로.

이혼하고 나서, 취업도 시도해보았고, 파트타임 아르바이트도 해보았지만 수중의 돈은 바닥이 나고 있었다. 막일 파출부라도 나가야 하나 노인네 입주 간병이라도 할까, 인생 막판으로 몰리고 있는 판에 내게 쥐어진 거액은 내 삶을 단숨에 바꾸어놓았다. 나는 내 운명을 관장하는 신의 뜻을 짐작조차 할 수 없었다. 내가 만약에 나, 진미의 생살여탈의 권한을 쥐고 있는 신이라면, 신인 나는 나인 진미에게 끔찍한 벌을 내렸을 것이다.

무얼까. 인간사는 새옹지마라고, 더 큰 재앙을 내리기 위해 달디단 사탕 하나를 던져 주었을까. 아니면 한번쯤 기회를 더 주어서 이 돈을 선하게 신의 마음에 딱 들게 쓴다면 죄를 사하여 줄 심산인가.

내 흐린 눈과 아둔한 머리로 내 앞에 어떤 가시밭이 놓여있는지는 감지할 수 없었지만 나는 복권에 당첨된 사람처럼 기쁘고 행복해져버렸다.

나는 여전히 월세 오피스텔에 산다. 불경기 때 헐값에 산 아파트 두 채는 두 배로 값이 뛰었고 월세가 넉넉하게 나온다. 또, 아파트를 담보로 은행 대출을 받아 사놓은 재개발 아파트도 무럭무럭 자라나고 있다.

그러던 차에 딸의 전화를 받았다.

"엄마, 아빠가 엄마를 찾아요."

나는 남편이 나를 다시 찾지는 않을 것임을 확신했었다. 나는 남편에게 무릎 꿇고 읍소했었다. 남은 생을 당신의 발아래에서 무기징역을 살겠다고 용서를 빌었다. 구치소에 갇힌 이후로 남편은 나를 만나주지도 않았고, 자신의 뜻을 변호사를 통해서 전했다. 나는 낭떠러지에서 뛰어내리는 기분으로 과거를 버렸다.

"당뇨합병증으로 다리를 절단해야 한대요. 죽을 지도 모르는 수술 전에 엄마에게 꼭 할 말이 있대요. 절더러 그렇게 전하랬어요. 빨리 오세요."

말문이 막혀 수화기만 노려보는 내게 딸의 말이 이어지고 있었다.

아무것도 아닌 이야기

남녀가 결혼을 할 때 혼인서약을 한다. 기쁠 때나 슬플 때나 오직 당신만을 사랑하겠다는 맹서를 한다. 나는 남편을 사랑해서 결혼했고 지금도 사랑한다.

나는 바람피우다가 남편에게 이혼당했다. 내가 다른 남자와 성관계를 맺었다는 사실을 알고 남편은 내게 온갖 욕설을 퍼부으며 저주했다. 남편의 저주와 욕설의 세례를 나는 감수했다. 그러나 남편은 내게 '왜'라고는 묻지 않았다.

남편과의 섹스는 세수하고 밥 먹고 청소하고 빨래하는 일상생활의 일부였다. 매일 집안을 청소할 필요야 없지만 적어도 일주일에 한 번은 쓸고 닦아야 하듯이, 오늘 게으름을 부려서 밀린 빨래를 못했다면 내일 부산을 떨며 쌓인 빨래를 하듯이, 그냥 집안일처럼 해내고는 했었다.

남편은 당뇨가 심해서 인슐린 주사를 매일 맞는다. 그는 발기부전이다. 남편이 인슐린 주사를 맞기 전까지 나는 섹스에 굶주리지는 않았다. 아니 섹스를 몰랐다고 하는 편이 옳을 것이다.

　남편은 인슐린 주사액의 단위가 높아지면서 내게 맹자의 모친 같은 현모와 신사임당 같은 정숙한 양처가 될 것을 강요했다. 남녀의 사랑이란 정신적 교감을 통해서 일체가 되는 것이라고 남편은 사이비 교주처럼 말하고는 했다. 정숙한 여자는 성욕이 없으며 설령 있다고 해도 표출해서는 안되는 것이라고 서당의 훈장처럼 교육시켰다. 남편이 원하는 정숙이란 여자의 성이 거세된 상태를 뜻한다. 나는 남편에게 세뇌당하고 싶었다. 그래서 젊은 날에 남편과 나누었던 뜨겁던 정사들도 기억에서 사그리 지우고 싶었다. 빨리 늙어서 성욕이 없어진 노파가 되기를 바랐다.

　남편은 술도 끊고 담배도 끊고 섹스도 끊고 고고한 신선처럼 타의 모범이 되는 거룩한 인간이 되어갔다. 나도 남편의 뜻을 좇아 지루하고 답답한 인간이 되어갔다.

　퇴근 한 시간 후에 남편은 내가 차린 식탁 앞에서 귀족처럼 식사를 한다. 다시 한 시간 후에는 텔레비전 앞에 앉아 있다가, 아홉 시 뉴스가 끝나면 우리는 책을 펴들고 독서를 한다. 서서히 우리는 각방을 쓰게 되었고, 나는 남편이 퇴근한 후에는 목욕하는 일이 없어졌으며, 잠자리에서는 파자마와 목까지 단추를 꼭꼭 여며 잠그는 단정한 윗옷을 입었다. 안방 안에 있는 욕실에서 샤워를 하고 벌거벗은 채로 나오다가 남편과 마주친 적이 있는데, 남편은 거의 경악하는 표정을 지으며, 어떻게 벌거벗은 채로 욕실 밖으로 나올 수가 있느냐고 나를 엄중히 나무랐다.

　"그럼, 부부가 둘만 쓰는 욕실에서 둘만 쓰는 안방으로 나오면서 정장 차림으로 나와야 해요?"

나는 물방울이 떨어지는 머리에 수건을 둘렀을 뿐이었다.

"가릴 곳은 가리고 나와야지."

그렇게 말하는 남편은 막 교회에 예배 보러 가려는 독실한 기독교도 같은 차림이었다.

그 다음부터 나는 남편이 집에 있는 동안 목욕 같은 것은 하지 않았다. 만약에 꼭 목욕을 해야 할 경우라면 남편을 안방 밖으로 몰아냈다. 남편 앞에서 옷을 벗은 채로 있거나 속옷을 갈아입지도 않았다.

남편은 자정 전에 잠자리에 들고 새벽 여섯 시 전에 일어났다. 나는 남편과 손을 잡고 산책을 하고 팔짱을 끼고 오페라 구경을 다녔다. 일요일엔 성경책을 옆구리에 끼고 교회에 나갔다. 남의 눈에 비친 그는 단 한 군데 흠잡을 수 없는 가장이자 지아비였고 우리는 출중하게 훌륭한 부부였다. 동네에서는 찰떡궁합 잉꼬부부라는 소문이 자자했다.

그토록 가정에 헌신하며 아내만을 사랑한 남편을 배신한 나는 나쁜 년, 화냥년이다.

남편과 같이 지내는 시간은 숨이 막혀 죽을 것 같았고, 남편이 출근하고 혼자 남겨지면 치받쳐 오르는 욕정을 다스리지 못해 괴로웠다. 남편은 내게 명분이 없는 외출을 허락하지 않았다. 밤이면, 아니 밤이건 낮이건 혼자 있는 시간이면 연체동물처럼 온몸이 나른하게 풀어졌다. 그럴 때면 찬물로 샤워를 하거나 마스터베이션으로 성욕을 잠재우는 수밖에는 없었다. 아예 머리를 깎고 중이 되고 싶었다. 고된 수도생활을 한다면 끝없는 오르가슴에의 갈망을 꺾을 수 있지 않겠는가. 그러나 아는 척은 안 하지만 어느 만큼은 감지하고 있을, 그래서 나보다도 더 괴로울 남편의 처지를 헤아릴 때면 조금 진정이 되기도 했다.

나는 여자에게는 성욕이 없다거나 성의를 표현해서는 안된다고 생각지 않았다. 여자는 성욕을 참아야만 한다는 것은 섹스의 가격을 높이기 위해서 만들어낸 고전 교과서의 허구가 아닌가. 시장경제의 원리이고 수요공급의 원칙을 대변하는 이론이다. 그래서 지전(紙錢) 몇 장에 섹스를 파는 여자는 창녀라고 부르고, 다이아몬드 반지와 메르세데스 벤츠에 몸을 파는 여자는 숙녀라고 불렀을 것이다. 남자들은 여자도 섹스를 원하는 동물임을 몰랐을까. 만약에 알았다면 남자만 굳이 섹스의 대가를 지불할 필요가 없었을 것이다.

옛날에는 남자는 돈을 벌어야 했고 여자는 자신의 상품가치를 높이기 위해서 성욕 따위는 없다는 시늉을 했다. 성을 필요로 하는 남자는 섹시하지만 정숙한 여자, 오직 자신하고만 섹스할 여자를 원했다. 그 시절의 여자는 스스로 경제 능력이 없었을 뿐만 아니라, 남자의 소유물에 불과했다. 남자들이 가진 부에 기생하기 위해서는 여자는 어떤 식으로든 자신의 가치를 높여야만 했다. 그것만이 살 길이었다.

나는 섹스를 나누지 않는 부부도 충분히 행복할 수 있다고 믿는다. 섹스란 결혼생활의 한 부분일 뿐이지 전부는 아니다. 그러니까, 내가 진정으로 남편을 사랑했다면 배고픔처럼 갈증처럼 육신의 고통으로 찾아오는 염염한 성욕을 옛 여인들처럼 바늘로 허벅지를 찌르는 더 큰 고통으로 눌러야 했을 것이다.

남편이 추구하는 바, 정신을 통해서 일체가 되고자 하는 갈망은 헛되게 끝이 나고 있었다.

나는 마스터베이션의 대용으로 남자를 사고 싶었다. 그럴 수만 있다면, 푸줏간에서 정육을 사듯 섹스를 사고 싶었다. 하지만 남자를 사는 매음이란 그리 쉬운 일이 아니었다.

남편에 의해서 나와 한 묶음으로 간통으로 피소당한 헌수는 티칭 프로에 만족하는 프로골퍼였다. 젊은 날에는 투어프로가 되려고 노력은 했지만 시드권도 따내지 못하고 줄곧 미끄러지다가 나이를 먹으면서는 안일하게 티칭프로로 주저앉은 퇴기 같은 프로골퍼였다.

인간에게 인간을 보는 혜안이 있다면, 인간에게 내일을 읽는 능력이 있다면, 나는 그에게 어떠한 친절도 미소도 보이지 말았어야 했다. 인간에게 그런 영적인 능력은 없더라도, 악운이 다가오는 예감은 드는 법이다. 그런 예감은 벼락처럼 강타하지는 않고, 안개처럼 스믈스믈 온몸을 덮쳐오는 것이라서, 확실하게 느껴지지는 않는다. 아니, 손에 쥐어주더라도, 귀에 바짝 대고 위험을 경고해주더라도, 인간이란 자신에게 닥칠 불운을 믿지 않는다. 교통사고나 화재나 가스폭발 같은 재앙이 자신은 비켜 가리라고 믿는다.

그는 무식하고 천박해 보이지만 물개처럼 섹시했다. 그는 딸아이, 현희의 골프 선생이었다. 남편과도 함께 라운드를 한 적이 있다. 딸아이를 맡기는 학부모의 입장에서 남편은 헌수에게 저녁식사를 대접하고 암만의 돈이 담긴 봉투를 건네주기도 했다. 헌수는 다른 학부모에게도 인기가 높았다. 나는 헌수가 현희와 맞적수인 선영이의 엄마와 애인관계가 아닐까 하는 의심을 한 적도 있다.

그해, 나는 딸아이가 출전하는 골프대회에 따라가야만 했었다. 본선에 오르면 3박4일의 일정이 될 것이고 예선 탈락이면 2박3일의 일정이었다.

예선을 치른 첫날, 현희는 초저녁부터 재웠고 나는 잠이 오지 않아서 뒤척이는데 선영 엄마에게서 전화가 왔다. 잠시 선생님의 방으로 건너오라고 했다. 작전회의라고 했다. 평소의 기록은 선영이가 현희를 앞섰는데 오늘은 현희가 선영을 2타 앞지르며 예선을 마쳤다.

헌수의 방에선 맥주 파티가 벌어지고 있었다.

"선영이가 이만큼 기록을 낸 것은 다 임 프로의 덕이죠."

문을 열자 술잔이 부딪치는 소리와 선영 엄마의 간드러지는 목소리가 들려왔다. 나는 아무리 자식을 맡긴 학부모의 처지라지만, 선영 엄마처럼 찬사를 남발할 숫기는 없었다.

"어서와요. 축하해요. 오늘 현희가 선영이를 앞섰죠?"

그녀는 세모꼴로 눈을 치뜨며 샐쭉해진 어조로 말했다.

"축배를 들기에는 좀 이른데……"

나는 술을 사양했다. 헌수도 술잔을 입에 대는 시늉만 할 뿐 목구멍으로 넘기지는 않는 것 같았다. 여태껏 내가 관찰한 헌수는 술을 거의 입에 대지 않는 남자였다. 그가 얼마만큼의 주량을 가지고 있는지는 모르지만 절제한다는 인상을 받았다. 선영 엄마는 헌수가 부어주는 술을 척척 비워내고 있었다. 자기가 따라서 마시기도 했다. 그러더니 속이 미식거리고 골이 아프다면서 일어섰다. 술이 과했는지 그녀의 다리가 휘청거리고 있었다.

"낼 애들 따라다니며 응원하려면, 저도 자러갑니다."

나도 따라 일어섰다. 현희는 자고 있을 것이다. 현희와 함께 쓰는 방으로 돌아가서 화장실을 사용한다면 내일 시합에 나갈 아이의 숙면을 방해할 것 같아서 손만이라도 씻고 갈 작정으로 욕실로 들어갔다.

손을 씻고 수건에 손을 닦았다. 욕실에서 나가려고 문의 손잡이를 돌렸다. 돌아가지 않았다. 몇 번을 시도했지만 마찬가지였다. 욕실문은 밖에서 잠가지지 않는다는 생각이 퍼뜩 들었다. 그렇다면 밖에서 누군가가 손잡이를 잡고 있는 것이다. 어떡한다. 문을 두드리고 싶었지만 한번만 더 시도해보기로 했다. 손잡이가 힘없이 돌아갔다. 힘껏 잡아당겼다. 너무 큰 힘으로 당겼던가. 문이 열리는 서슬에 무언가가 딸려 들어왔다. 딸려 들어온 물체는 휘청하며 중심을 잃더니 내게 무너졌다. 술냄새가 끼쳐오기는 했지만 그는 결코 취하지는 않았다. 그는 내게 무너졌다기보다는 나를 끌어안았던 것이다.

진한 사내의 냄새가 폭포처럼 쏟아졌다. 그의 코가 바로 내 코앞에 맞닿을 듯이 있었다. 순간 그의 시선과 내 시선이 고리처럼 물렸다. 그의 눈은 충혈되어 있었고, 기름을 두른 번철처럼 번들번들 빛나고 있었다. 나는 그의 눈빛에서 그가 바라는 것이 무엇인지 읽었다.

나는 예전부터 그가 나의 섹스에의 목마름을 눈치채고 있다는 사실을 알고 있었다. 당뇨병의 증상이 어떤 것임을 알 턱이 없는 현희가 언젠가 헌수에게, 아빠는 당뇨가 있대요, 라고 하는 말을 나도 들어버렸었다. 그날 이후로 나를 바라보는 헌수의 눈빛이 달라졌다.

지금은 깊은 밤이고, 여기는 집과는 멀리 떨어진 곳, 호텔방이다. 그리고 헌수와 둘이 있다. 헌수와 나는 예의를 갖추기는 하지만 상당히 친밀한 사이이다. 나는 현희의 음식수발을 하면서 선생인 헌수에게 도시락도 여러 번 싸다줬었고, 그의 생일에 선물도 했었다.

그는 골프선수가 되기 전 학생 시절에는 수영선수였다고 했다.

골프 연습장이 있는 체육시설에는 수영장도 있는데, 수영장은 유리창을 통해 수영하는 사람들을 볼 수 있도록 지어져 있었다.

나는 현희를 데리러 갔다가 무심코 수영장을 들여다 본 적이 있다. 그가 막 물 밖으로 나오고 있었다. 그는 내가 보고 있음을 모르는지 아니면 보란 듯이 내 앞을 가로질러 갔다. 얇지만 신축성이 좋은 수영복은 그의 엉덩이 근육뿐만 아니라 거웃의 결까지 무늬로 보여주었다. 그를 바라보는 것만으로도 신음이 저절로 나왔다.

"체격 죽이지?"

내가 헌수를 훔쳐보는 것을 훔쳐본 선영 엄마가 내 등을 치지 않았다면 나는 헌수가 내 눈앞에서 사라질 때까지 미끼에 걸린 물고기처럼 그의 몸에 꿰인 시선을 걷어 들이지 못했으리라.

"뭐가? 우리 현희?"

시치미를 떼려 했지만 들켜버린 것 같았다.

"임 프로를 보고 있지 않았어?"

선영 엄마가 내 팔을 꼬집으며 물었다.

"봤어. 우리 남편도 운동 열심히 시키면 저런 몸이 될까?"

"꼭 내숭떤다니까. 됐네요."

그녀가 눈을 흘기며 사라졌다.

수영선수의 근육은 다른 종목의 운동선수들과는 모양이 다르다.

자전거를 타거나 역기를 들거나 보디빌딩을 하는 사람들의 근육은 울퉁불퉁하고 거칠다. 그러나 수영선수들은 물의 저항 때문에 물고기처럼 미끈하게 빠진 근육을 가지고 있다. 접영을 많이 하는 선수들은 특히 어깨의 근육이 발달해 있다. 폐활량이 큰 그들은 가슴도 두툼하다.

나는 내용물이 빠져나간 문방풀 튜브 같은 남편의 성기를 쥐고서 헌수를 떠올렸던 적이 한두 번이 아니었다. 헌수는 남편을 빼고는 내게 가장 가까이 있는 남자였다. 나는 일주일에 서너 번씩 그의 얼굴을 대한다. 그는 구체적이고 현실적인 성의 대상으로 내 곁에 있었다. 도화선에 불이 붙지 않았을 뿐이었다.

나는 그의 유혹을 거절할 힘이 없었다. 헌수는 익히 알고 있었을 것이다. 손가락 하나만 까닥해도 내가 자신에게 함락되리라는 것을.

나는 거의 결사적으로 그와 단둘이 남게 되는 기회를 피해왔다. 현희의 문제를 상의할 때도 선영 엄마를 배석시켰고, 적어도 저만큼 떨어진 곳에 현희를 앉혀놓기도 했다. 나를 원하고 있음을, 아니 내가 그를 원하고 있다는 것을 그가 눈치채고 있음을, 내가 느꼈기 때문이다. 그와 나는 기회만 주어지면 언제라도 야합할 준비가 되어있었던 것이다. 단 한마디의 대화를 나누지 않았음에도, 헌수와 나는 암묵의 의기투합을 이루고 있었다.

어두웠더라면 거칠게 몰아쉬는 숨소리는 감춰졌을까. 밝은 불빛 아래 모든 것이 적나라하게 드러났다. 화톳불처럼 그의 눈에서 불길이 일고 있었다. 한참을 참았다가 내쉬는 그의 긴 숨결이 달군 인두로 화인을 찍듯이 어깨를 지지고 있었다. 나를 통째로 빨아들이겠다는 듯이 그가 숨을 들이쉬었다. 기운이 빠지면서 무릎이 꺾였다. 막 주저앉으려는 내 머리 위로 남편의 환영이 나타나 정수리를 맵게 때렸다.

"내일도 시합이 있는데, 일찍 자야잖아요."

내 몸통을 감싸고 있던 그의 손을 풀어내며 내가 가까스로 말했다.

분명 그는 웃음으로 묻고 있었다. '진심이에요? 정말로 일찍 자러 갈 거예요?'라고. 느슨해졌던 그의 팔에 힘이 들어가고 있었다. 옥죄는 힘이 점점 강해지자 숨이 막혀왔다. 그의 무례한 행동을 질책하고 이 위기에서 빠져나와야 한다고 뇌에서는 끊임없이 경고명령을 날리는데 달구어진 육체는 뇌의 명령을 전면으로 거부하고 있었다.

꽁꽁 얼어서 죽은 척하고 있던 몸의 세포들이 반짝 눈을 뜨며 긴 동면에서 깨어나고 있었다. 온몸의 힘이 썰물처럼 빠져나가는가 싶더니 밀물처럼 새로운 기운이 밀려들고 있었다.

"무어가 문제에요? 이렇게 호젓한 산속에 우리 둘만 밀실에 남았어요. 오래전부터 난 당신을 좋아하고 있었어요. 알고 있었어요?"

입술에 침도 안 축이고 내뱉는 새빨간 거짓말이 영원히 변치 않을 맹세처럼 들리는 이유는 무엇일까. 이미 귓전에서는 경고명령에서 한 발 더 나간 경계경보 사이렌이 울리고 있는데.

"거짓말. 우리 둘 중에서 어느 한쪽이라도 상대를 좋아했다면 그건 내 쪽이에요. 임 프로는 여자들에게 인기가 좋잖아."

"빛 좋은 개살구죠. 풍요한 듯 보여도 늘 빈곤하죠."

"그렇다면, 선영 엄마하고는 가까운 관계가 아냐?"

"당신이 그렇게 생각하듯이, 아까 제가 선영 엄마한테 현희 엄마도 부르자고 하니까 대뜸 현희 엄마하고 칫솔을 같이 쓰는 사이냐고 묻던데……"

"뭐라고 대답했죠?"

"현희 엄마 칫솔은 본 적도 없고, 내가 전에 칫솔을 잃어버렸는데 그걸 현희 엄마가 쓰고 있는 줄은 몰랐다고 했죠."

내가 뭐라고 할 말을 궁리하고 있는 사이 어느 틈엔가 그의 입술이 내 입술에 닿았다. 저절로 눈이 감겼다. 손은 마취를 당한 듯이 그를 밀어낼 힘이 없었다.

여자들이란, 아니 남자들도 그런지 모르겠지만, 나는 키스를 할 때 눈을 감는다. 누가 나에게 키스를 할 때는 눈을 감아야 하는 것이라고 가르쳐준 바는 없다. 아직도 생생하게 기억하는 사건으로, 기습당한 첫 키스에서 내 시야에 들어온 것은 상대의 지저분한 콧구멍이었다. 찡그리듯이 눈을 감아버렸더니 지저분한 콧구멍은 어둠 저편으로 사라지고 향긋한 비누 냄새가 살그머니 끼쳐왔었다. 매연이 가득 찬 터널 안에서 갑자기 자작나무 숲속으로 이동한 것 같았다.

맞붙은 그의 입술과 내 입술 사이에서 까칠한 작은 알맹이의 감촉이 느껴졌다. 아까 맥주를 마시며 땅콩을 집어먹었다. 혀를 내밀어 입술에 붙은 알맹이를 핥으려는데 그의 혀와 다른 땅콩 알맹이들이 입안으로 들어왔다.

왜 웃음이 터지는 것일까. 나는 치아 사이에 끼려는 땅콩 알맹이를 혀로 비질하듯이 모아 씹는데 분수처럼 웃음이 폭발했다. 그때,

어정쩡하게 어디다 두어야 할지를 몰라 허공을 헤매던 그의 손이 나를 포승처럼 옥죄어 왔다.

대부분 욕조의 타일 바닥은 미끄럽다. 물기가 있을 때는 더욱 미끄럽다. 나는 손을 빼내 그의 목을 감으려 했다. 몸을 움직이는 순간 나는 미끄러지면서 중심을 잃고 휘청거리다가 욕조 안으로 나뒹굴었다. 욕조엔 체온보다 조금 온도가 낮은 물이 반 넘게 담겨있었다. 넘어지면서 어깻죽지가 수도꼭지에 부딪혔다. 내 비명은 물속에서 기포를 타고 올라왔을 것이다.

"다치지 않았어요?"

물속으로 곤두박질치는 내 꼴이 우스웠던 것일까. 그는 허파가 뒤집어지도록 웃어젖히고 나서, 약간은 미안한 듯이 물었다. 아마도 그는 어렸을 적에 눈길에서 엉덩방아를 찧는 행인들을 많이 본 것 같다. 기온이 영하로 떨어진 날이면 집 앞의 신작로에 물을 뿌려놓고 사람들이 넘어지기를 기다린 개구쟁이였는지도 모르겠다.

"다쳤어요. 아파요."

머리를 짓찧지 않은 것이 다행이라는 생각을 하며 어깨를 쓸어내렸다.

"봐요……"

어느새 그의 손은 내 블라우스의 단추를 풀고 있었다.

"멍들겠죠?"

피부 밑에서는 묵지근한 통증이 올라왔다. 어깨 부근의 젖은 살갗을 핥고 있는 그의 혀가 느껴졌다.

"물에 빠진 사람은 인공호흡을 해야 하죠. 마우스 투 마우스……"

그의 장난기 어린 말에, 이번에는 내가 웃을 차례였다.

"내가 기절했나? 인공호흡을 하게."

"기절한 척 해보세요."

욕조의 난간을 붙들고 일어서려는데 그가 지그시 내 어깨를 눌렀다. 나는 목까지 물에 잠겼다.

서서히 그는 내 블라우스를 벗기고 스커트를 벗겼다. 그는 욕조 밖에서 그 일을 했다. 그리고 적지로 잠입하는 염탐꾼처럼, 스펀지에 스며드는 액체처럼 욕조 안으로 잠수했다. 수면의 높이만 조금 높아졌을 뿐 물은 출렁임도 없었다. 그리고 입으로 브래지어의 호크를 풀고 팬티의 고무줄을 잡아 늘려 다리를 빼냈다. 신기했다. 그렇게 오래 잠수할 수 있다는 것이 정말 신기했고 수중에서 입으로만 그런 일을 해내는 것을 직접 보았음에도 믿어지지 않았다.

"어쩜 그렇게 호흡이 길죠?"

"수영선수였잖아요."

"임 프로하고 진하게 키스하다가는 숨이 막혀서 기절하겠네요.

"정말 그런지 실험을……"

말을 마치기도 전에 그가 그의 입으로 내 입을 다시 막았다. 실제 실험의 시작이었다. 실제 실험을 통해서 내린 결론은 아무리 많은 양의 공기가 입을 통해 주입되거나 배출된다 하더라도 결코 기절할 염려는 없다는 것이다. 코가 있으니까. 코에는 공기가 들락거릴 수 있는 구멍이 두 개나 뚫려있으니까 입으로 키스를 한다고 하더라도 코로 열심히 공기를 들이마시고 내뿜으면 호흡을 조절할 수 있는 것이다. 단지 너무 심하게 상대방 입 속의 공기를 빨아들이면, 입술을 뗄 때 엄청나게 커다란 소리가 난다는 것, 입술이 얼얼

해지고 종당에는 시퍼렇게 멍이 든다는 것이 그날 밤 내가 실험을 통해서 얻은 성과이다. 그리고 부수적으로 얻은 지식이라면, 섹스도 환한 불빛 아래서 서로의 얼굴을 바라보며 키득키득 웃으면서 간지럼을 타면서 즐기는 방법도 있다는 것이다.

"이런 오락…… 재미있지 않아요?"

내 배꼽 우물에 고여 있는 땀을 손가락으로 찍어 먹으며 그가 말했다.

"몸속의 혈관들이 이제야 뚫린 것 같아요."

달착지근하게 삭은 사과 냄새를 풍기는 그의 겨드랑이에 코를 묻으며 내가 답했다.

딸아이의 골프대회에서 돌아온 후에 먼저 전화를 건 쪽은 나였다. 나는 기다림의 시간을 다스리지 못했다. 채 일주일을 참지 못하고 그에게 전화를 걸거나 현희를 핑계로 그를 만나러 갔다. 나는 그에 대한 그리움으로 몸을 떨면서 과연 헌수와 나의 관계를 무어라 규정지어야 할지 생각해보았다. 그와 단둘이 보낸 시간은 대부분 밀실에서 뿐이었고, 그의 얼굴을 그릴라치면 오직 사정할 때의 표정만이 떠올랐다. 추억이란 섹스뿐이었다. 정부라거나 섹스파트너, 그저 혀 빼물고 야합하는 원초적인 본능뿐인 암컷과 수컷이었다.

그는 여자를 기술적으로 다룰 줄 아는 남자였다. 어느 날인가 나는 그가 친구에게 오늘 저녁이나 어때, 라며 전화하는 소리를 우연히 들어버렸는데, 그로부터 한 시간 전에 나는 그에게서 선약이 있어서 식사 초대에 응하지 못하겠다는 거절을 받았었다. 그는 탄력이 좋은 고무줄을 늘였다 당겼다 하듯이 장난을 치면서, 현희와 같이 있을 때는 냉정한 프로 선생의 위치에서 단 한마디도 허튼 농담도 안 하고 나를 멀리 밀어놓고 있다가 내가 몸이 달아서 안달이 날 때쯤 느긋하게 끌어당기고는 했다.

남자들의 세계에서도 혼외정사란, 자랑하고 싶지만 공개되면 망신당하는 일이라고 한다. 남자들도 친한 친구에게는 부인이 아닌 여자와 나눈 정사에 대해 까발릴까. 그런 면에 관한 한, 가장 입 무거운 남자의 입보다 가장 입 가벼운 여자의 입이 더 무겁다고 한다. 공개되면 망신살이 뻗치는 일이라면, 정당하거나 도덕적이지 않다. 여자들에게 은폐의 강박이 치열한 일이라면 결코 아름답지는 않다. 정당하지도, 도덕적이지도, 아름답지도 않은 일을 사실대로야 옮기지 않았겠지만 그가 동료 프로들에게 나와의 관계를 은연중에 노출시켰다는 분위기가 짙어갈 즈음이었다.

"제비가 따로 있는 줄 알아? 국어사전에도 나와. 성관계를 미끼로 부녀자에게 금품을 갈취하는 남자가 제비야. 제비가 되고 싶어서 되는 사람도 있지만, 여자가 제비를 만들기도 하잖아. 아니 키운다고 하지."

내 변화를 감지한 친구가 넌지시 내게 해준 말이었다.

그런 의미에서 보면 헌수는 유능한 제비이다. 나는 딸 현희를 헌수에게 인질처럼 맡겨놓은 상태일 뿐만 아니라, 그와 '부적절한 관계'에 있지 않은가. 전부터 선영이 엄마가 헌수에게 티셔츠며 지갑이며 백화점 상품권 등의 선물을 상납하는 줄을 나는 알고 있었다. 아이들이란 선생님의 칭찬 한마디를 듣기 위해 사력을 다한다. 현희를 잘 봐달라는 뜻으로라도 나는 그에게 물질적 아첨을 해야 했다.

그가 한창 유행하는 브랜드의 셔츠를 입고 나타났을 때 내가 패션에 대한 안목이 있다고 추어주었더니 그는 선영 엄마의 선물임을 밝혔다. 그리고 덧붙였다.

"백화점 전단지에 굉장히 멋진 스웨터가 나와 있더군요. 가슴에 남자의 옆모습이 그려져 있고……"

그의 설명을 들으면서 나는 그가 무엇을 원하는지 알 수 있었다. 나는 그에게 스웨터를 사주었다. 그것은 시작에 불과했다. 그는 현희의 레슨비를 좀 일찍 줄 수 없겠느냐는 청으로 제비 근성의 막을 열었다. 거절하지 못할 만큼의 작은 액수의 돈을 빌려달라고 했고, 다음번에는 고향의 어머니가 위독하시다는 등의 거짓말도 했다.

남편은 더 일찍 알고 있었는지도 모른다. 생활비가 새고 있고, 외출이 잦고, 밖에서 보내는 시간도 길어지는 아내를. 아내의 그런 변화를 감지하지 못할 남편이 있을까.

헌수와 점심 약속을 한 날이었다. 점심 약속은 밀회를 뜻했다. 점심을 먹고 해변 쪽으로 차를 몰았다. 언제나 그랬듯이 모텔의 주차장에 차를 넣었다.

그날의 섹스는 좀 더 격했다. 아니 그가 헌신했다. 그는 아주 천천히 불을 지폈고 오래오래 태웠다. 그의 특기라고 할 수 있는 잠수 애무와 수중 삽입으로 시작해서 전신이 비치는 거울 앞에서 끝을 냈다. 그는 여왕을 모시는 노예처럼 충실하게 봉사했다. 봉사, 그건 아니다 그는 대가를 바라고 열심히 작업했다. 절대로 같이 즐기는 오락도 아니고, 봉사는 더더욱 아니고, 그렇게 표현하고 싶지 않아서 에돌아왔지만 그것은 다름 아닌 남자의 매춘이라고밖에 달리 형용할 단어가 없다. 그는 내키지 않는 섹스를 했는지도 모른다. 그는 어머니의 수술비를 핑계로 내게 제법 큰돈을 빌려달라고 비명을 지르던 참이었다.

지폐의 지불 대가로 육체의 향락을 얻는 것에 대해 내가 미처 생각지 못한 함정들이 많았다. 남자들이 금전을 지불하고 섹스를 할 때, 남자는 여자를 사랑하지 않는다. 여자 역시 남자를 사랑하지 않는다. 감히 사랑까지 바랄 수 있으랴마는, 성심의 배려까지 바랄 수 있으랴마는. 사랑하지도 친밀하지도 않은 남녀의 섹스가 치닫는 방향이 어디인지는 겪어본 사람만이 안다. 상대에 대한 경멸보다 더 심하게 작용하는 것은 자신에 대한 모멸이다. 나는 침대에서 내려와 바닥에 널려진 옷을 주워 입으면서 결심한다. 다시는 전화하지 않겠어. 만약에 나도 모르게 내 손가락이 네 전화번호를 찍는다면 내 손가락을 잘라버리겠어. 죽어도 널 다시는 만나지 않겠어. 대낮인데도 어둑어둑한 모텔의 방에서 나오면서 무언가 증거가 될 만한 물건을 떨어뜨리지 않았는지 살피려고 흐트러진 침대를 돌아보면서 중얼거린다. 네가 날 사랑한다고 내 앞에서 무릎을 꿇고 울어도 난 널 차버릴 거야. 이게 마지막이야. 그러나 나는 올가미에 걸린 듯 열흘을 못 참고 그를 찾고는 했다. 당연하게도, 헌수와의 관계는 점점 삭막하고 황폐해질 수밖에 없었다.

어느 날 남편이 내게 녹음테이프 두 개와 두툼한 노트 한 권을 내밀었다. 직감적으로 나는 알았다. 테이프는 나와 헌수의 전화 내용을 녹음한 것이고, 노트는 그 내용을 녹취한 것이었다. 노트에는 봉투도 한 장 들어있었는데, 그 속에서 나온 물건은 사진이었다. 내가 헌수와 모텔에 들어가는 장면과 나오는 장면의 사진이었다. 사진의 오른쪽 아래에는 몇 년 몇 월 며칠 몇 시인가까지 선명하게 박혀있었다. 새파랗게 질려서 부들부들 떨면서 사진을 들고 있는 나를 남편은 증오가 가득 찬 눈으로 바라보고 있었다.

남편은 나와 헌수를 간통으로 기소했다.

나는 남편에게 눈물로 용서를 빌었는데 그는 끝내 나를 용서하지 않았다. 한 달 후에, 구치소에 들어앉아 있는 내게, 내가 재산분할권을 행사하지 않고 현희에 대한 양육권을 포기한다면 소를 취하하겠다는 전갈을 보내왔다. 아내의 부정행위로 인하여 받은 정신적 피해에 대한 보상금과, 이혼을 하게 되면 재산 형성에 기여를 한 배우자에게 나누어 주어야 할 몫을 상계하자는 것이었다. 나는 구치소에서 한시라도 빨리 나오고 싶어서 남편의 변호사가 내미는 서류에 서명을 했고, 그래서 구치소에서는 나왔지만 완전 빈털터리가 되었다. 남편은 헌수에게도 정신적 피해보상 위자료를 청구했다.

그렇게 해서 남편과 십삼 년 결혼생활에 종지부를 찍었다.

헌수는 직장에서 해고되었다. 헌수는 부인과 이혼할 의사는 없다고 했다. 헌수와 나는 사랑하지 않았으므로 설령 그가 이혼한다 하더라도 나는 그와 결혼할 생각이 없었고, 그도 마찬가지였다.

나는 이혼합의서에 도장을 찍으면서 남편에게 사랑한다는 말을 하고 싶었다. 그러나 남편이 절대로 믿을 것 같지 않기에 못했다.

내가 만약 내 남편의 처지였다면 이 일을 어떻게 처리했을까, 하는 가당찮은 생각도 해보았다. 후일까지 열심히 고민해보았지만 정답은 찾을 수 없었다.

과연 어떻게 했을까…… 나라면……

나는 구치소에서 나오자마자 낯을 들고 나다닐 수가 없었기에,

학부형들 중에 나와 헌수의 불미한 소문을 듣지 못한 사람은 한 명도 없었기에 부모님이 계신 고향으로 내려왔다. 집에도 못 들어가고 딸아이도 못보고, 남편이 심부름센터를 통해 보내준 옷과 신발 등 간단한 소지품만 들고 고향으로 내려왔다.

눈앞에서 보이지 않으면 마음에서도 멀어진다는 말은 정말 맞다. 지금 나는 남편도 헌수도 거의 잊었다. 떠올리면 고통스럽기에 잊으려고 노력한 결과인지도 모르겠다. 여전히 남편에게는 죄스럽고 미안하다. 헌수에게는, 그에게도 역시 미안하다.

남자보다 하이힐

1. 멋지고 날랜 등산화

드디어 오늘, 오지게 맘먹고 룸메이트를 따라 산행을 나섰다. 빨강 등산화도 신고. 룰루랄라 노래도 부르며.

어제 내린 비로 젖은 땅을 1km나 걸었을까. 더위 먹은 개 혓바닥처럼 축 늘어진 무언가가 신발 바닥에 쩌억쩌억 붙었다가 떨어졌다가 한다. 아 짜증나.

10년도 더 전에 난생 처음으로 산 등산화다. 등산을 해보지 않은 나는 등산화에 대해 정보와 지식이 없어서, 백화점에서 그 당시 제일 유명한 상표로 샀다. 정가가 적힌 꼬리표를 잘라내고 아마 세 번쯤 신었을 것이다. 10여 년 동안, 내 등산화는 신발장 맨 위 칸에서 주인이 안 찾아줘서 곰팡이만 키우고 있는 신발들과 함께 살았다. 비슷한 처지의 잡동사니들과 먼지만 뒤집어쓰고 지내더니 팍 삭았나보다.

지지난 여름날 새벽 미명에, 이슬 가득한 골프 코스를 걷다가 골프화의 밑창이 떨어졌었다. 그때 내 가방 안에는 적어도 비상용 팬티 고무줄 따위는 있었다. 깜장 고무줄로 감발을 치고 발걸음도 가볍게 18홀을 돌았다.

어떤 골퍼든지 공이 잘 안 맞는 핑곗거리를 200가지쯤 준비하고 다닌다. 그런 핑계 중에 신발 바닥이 떨어져나간 상황은 두세 번째 이유에 넣어줘도 손색이 없을 것이다. 그러나 나는 의연하게 대처했고, 구급물품을 잘 챙기는 나의 비상대책능력을 자화자찬했더니 공도 신기하게 잘 맞았다.

오늘은 룸메이트가 다 삭은 빨강 등산화의 고무 밑창을 홀떡 뜯어냈다. 가랑비도 추적추적 내리고, 진흙물이 스며드는 등산화로 더는 걸을 수 없어서 곧바로 산을 내려왔다. 산등성이에 있는 주점에서 막걸리 한 사발에 빈대떡을 몇 점 집어먹고 차 타고 집으로 돌아왔다.

룸메이트의 취미는 산행이다. 사진기 하나 걸머지고 이 산 저 산을 누비며 야생화, 그중에서도 버섯을 주로 찍는다. 가끔은 나를 데리고 가고 싶어 하고 나도 가끔은 따라가고 싶다.

멋지고 날래게 생긴 등산화 한 켤레 사주면 따라다닐 텐데, 나의 룸메이트는 돈이 없든지 돈이 아깝든지 한 모양이다. 어느 쪽이든지 맘에는 안 든다.

2. 플라밍고

아들아이가 유치원에 다닐 적이었다. 유치원생의 부모는 유치원에 종종 가야 했으므로, 나는 어느 날인가 유치원에 갔다. 아니 나는 자모회장이었으므로 좀 더 자주 유치원 원장인 가톨릭 신부와 수녀들과 눈도장을 찍었다.

"훈이 어머님, 빨강구두 신으세요?"

나는 분명 빨강 아닌 보라색 구두를 신고 있었는데 보모 수녀가 내 발을 내려다보며 묻는다. 난데없는 질문에 나는 수줍은 척 웃었다.

"여자 구두 도안에 색칠을 하라고 했는데, 다른 아이들은 다 검은색이나 밤색으로 메웠는데 훈이만 빨강색을 칠했어요. 이 그림 보세요."

아들아이가 그린 빨강구두는 양귀비 꽃잎을 붙인 입술만큼 매혹적이었다.

그랬던가. 어린 날부터의 내 구두 목록을 짚어 보았다. 내 신발장에는 늘 빨강구두가 있었다. 어렸을 적에는 빨강구두에 저절로 손이 가서, 소녀가 되면서는 청바지에는 빨강구두가 잘 어울린다고 여겨서 장만을 했었다.

내 젊은 날, 빨강구두는 노는 여자의 아이콘이었다. 그래서 모셔 놓았을 뿐 애용하지는 않았다. 그래도 아들아이에게 엄마의 빨강구두는 강렬한 인상을 주었나보다.

유럽 여행을 갔을 때였다. 명품 구두와 가방들을 파는 아울렛에 들렀다. 어디선가 빨강의 향기로운 냄새가 났다. 빨강도 빨강 나름이라 요염한 빨강도 있고, 천박한 빨강도 있다. 깔끔하고 시원한 빨강도 있고, 칙칙하며 후텁지근한 빨강도 있다. 향기의 근원지인 내 눈높이쯤의 유리 진열대 위에 커다란 리본을 단 빨강구두 한 켤레가 큐 신호만 떨어지면 무대로 뛰어나갈 준비 자세를 취하고 있었다. '마지막 한 켤레'라는 팻말이 그 아이 앞에 놓여있었다. 마지막 남은 한 켤레이기에 정상 가격의 1할이었다.

눈대중으로도 내게 좀 작았고, 실제로 발을 꿰어보았을 때도 역시 작았다. 나는 신데렐라의 행복을 뺏으려고 자기 발보다 작은 유리구두를 억지로 꿰어보려는 신데렐라의 계모의 딸이었다.

'이토록 예쁘고 앙증맞고 귀여운 빨강구두를, 더더욱 이 가격에, 내 생애에 어찌 다시 만날 수 있으리오. 이런 운명적인 사랑이 내게 오다니.'

"가죽 제품은 많이 늘어나요. 질 좋은 부드러운 가죽은 더 많이 늘어나요."

이윤의 극대화를 위해 용왕매진하는 샵 마스터가 나를 유혹했다.

한국으로 데려와 나는 그 아이에게 플라밍고라는 이름을 지어주었다. 나의 수집품인 편지봉투를 개봉하는 칼과 향수 등을 넣어두는 유리 장식장 안에 모셨다. 영롱하게 빛나는 크리스털 그릇 옆에서 플라밍고는 조신하게 날개를 접었다.

그리고 딱 한번 나와 함께 외출했다. 성장을 해야 했던 은창한 연말 파티였는데 연회장 입구에서 집에서부터 신고 온 검은 펌프스와 플라밍고를 바꿔 신었다. 플라밍고는 리본을 나부끼며 카펫 위를 사뿐사뿐, 뭇시선을 받으며 입장했다.

한 시간이나 견뎠을까, 나는 퉁퉁 부은 발을 절룩이며 퇴장하여 카펫이 끝나는 지점에서 플라밍고를 벗어들고, 가톨릭교의 수녀들이나 신을 법한 굽이 낮고 코가 뭉툭한 검은 펌프스로 다시 갈아 신었다.

나는 예쁜 아이하고는 인연이 안 닿는 것 같아 매우 슬펐다.

3. 백조의 날개

그 사고가 일어나기 직전까지 그날은 내 생애에서 몇 안 되는 기분 째지는 날이었다. 누구라도 이름을 알만한 모델들이 나오는 패션쇼에 특별한 초청을 받은 터였다. 아침부터 내가 런웨이를 걷는 모델인양 의상과 핸드백과 구두를 고르고 미용실에서 화장을 하고 머리를 꾸몄다. 패션쇼는 성대한 만찬으로 이어진다고 했다. VIP에게 제공하는 만찬이니까 기본으로 와인은 딸려 나오겠지 싶어서 자동차는 집에 두고 택시로 이동했다.

패션쇼장인 호텔의 볼룸에는 이미 패션을 컬렉션의 대상으로 인식한 잠재 구매자들이 웅성거리고 있었다. 물론 텔레비전이나 패션잡지에서는 보았으나 실제로는 일면식도 없는 사람들이었지만 나는 한 번은 안면을 튼 사이인 듯이 미소와 악수로 인사를 나누었고, 지정된 좌석에 앉았다.

넓지만 폐쇄적인 공간에서 관능적인 우아한 기류가 흐르는 유희적인 향연이 펼쳐졌다. 자신의 상상력을 과거에서 빌려와 독창성을 만들어 간다고 주장하는 패션아티스트들의 런웨이에서 펼쳐지는 빛나는 장인정신과 새로운 매력을 발산하는 예술적 요소들에 나는 흠뻑 포섭되었다. 나는 무한한 동경과 더불어 디자이너의 취향에 영합되었다. 패션쇼는 의상과 음악과 음식과 분위기까지 다 예술이었다. 갤러리들을 환상의 세계로 불러들이는 음악과 휘황했다가 갑자기 고즈넉해지는 조명, 신비한 분위기를 자아내는 물안개까지, 모델을 비롯한 쇼 진행자들의 프로패셔널한 면모에 가슴이 설렜다. 런웨이를 걷는 모델들에게서는 손동작 고개 각도 눈빛까지 자신감이 넘쳤다.

내 좌석은 자칫 모델들의 구둣발에 차일 만큼 런웨이와 가까웠다. 안이 비쳐 보이는 반투명 블라우스 속에서 엷게 출렁이는 살이 느껴졌고, 옷자락이 나부낄 때마다 향수 냄새가 코를 자극했다. 잠시 음악이 멈춘 틈에는 여기저기서 경탄이나 침이 목울대를 넘어가는 소리가 들렸다. 이윽고 피날레를 알리는 장중한 음악이 잦아들고, 촛불 그림자가 은은하게 일렁이는 테이블에 만찬이 진설되었다. 눈과 귀와 혀까지 횡재를 만난 날이었다. 나는 천국에 있었다.

여기까지는 더할 나위가 없이 좋았다.

그런데, 주최 측은 왜 초청한 손님에게 술을 내놓지 않았을까. 진정한 예술은 신앙에 버금가는 외경심을 품고 대하라고 했던가. 알코올은 미각을 둔하게 마비시키기 때문인가.

그래서 그런지 더 목이 탔고 어질증마저 일었다. 머릿속에는 이미 끝난 쇼의 여운이 회오리치며 알코올을 불렀다.

"한잔 할래?"

내가 친구에게 말했고 당연히 친구의 눈빛은 짬짜미를 외쳤다.

패션쇼 행사장을 빠져나와 우선 찾아들어간 곳은 현요한 불빛에 대중음악이 귀청을 울리는 술집이었다. 차분한 고전적인 와인바를 찾아볼 요량으로 되짚어 나왔다. 아니 막 나오던 참이었다. 가파른 계단이 2층에서 아래층까지 사다리처럼 놓여있었다. 첫 계단을 내려서려는데 그날 가장 고심하고 골라 신은 눈부시게 흰 샌들이 내 시선을 갈고리처럼 걸어 낚았다. 뒷굽에서 연장된 끈이 발목을 동여맸고, 왜나막신의 하나오 같은 끈이 엄지발가락과 검지발가락을 나누며 발등과 신발을 결속하는 모양의 구두였다. 뒤꿈치에는 펜슬힐이라는 송곳처럼 길고 가느다란 굽이 달려있었다. 나는 이 아이를 백조의 날개라고 불렀다. 백조의 날개에 뿌려진 금가루가 오늘따라 유난히 반짝반짝 빛이 났다.

다음 층계로 발을 내디디려는 순간, 백조의 날개를 펴고 사뿐 한 계단 아래로 내려서려는 순간, 계단의 각진 모서리가 구두창과 발바닥 사이를 갈랐다. 계단의 모서리에 구두의 밑창이 끼었다. 몸은 전진하는데 신발은 붙잡힌 것이다. 나는 앞으로 고꾸라졌다.

그때의 공포는 아직도 생생하다. 하늘을 박차고 올라가는 그네에서 두 손을 놓아버린 기분이랄까. 나는 귓불을 타고 흐르는 바람을 가르며 가속도가 붙어 날아가는 중이었다. 그네가 가장 높이 올라섰을 때, 즉 에너지가 소멸하는 최고점, 우주가 멈춘 듯했던 그 찰나에 나는 급강하했다.

멀리뛰기 선수가 도움닫기로 달려서 높이 날아올라 모래 위로 떨어진다. 킬힐을 신은 여자의 굽이 계단에 걸리면서 멀리뛰기 선수처럼 아니면 포탄처럼 날아서 시멘트 벽에 충돌 작렬한다. 정지의 환희와 죽음의 절체절명을 맛보았다. 무릎이, 손이, 얼굴이 차례로 부서졌다. 정신을 잃고 병원 응급실에서 깨어났다.

킬힐이 문제였다기보다는 구두가 발을 감싸주지 못하고 왜나막신처럼 가랑이에 끼인 팬티 같은 디자인이 문제였다. 문제점을 찾아 실수를 반성하고 개선하려는 마음의 아픔보다, 부서진 광대뼈가 훨씬 아팠다. 두고두고 아팠다.

4. 노랑 보트

　백조의 날개를 채 펼치지도 못하고 계단에서 급강하로 추락해서 시멘트 벽에 부딪친 부상의 후유증은 깊었다. 얼굴의 광대뼈에 금이 갔고 무릎뼈와 손바닥도 온전치 않았다. 오른쪽 이마에서 목에 이르기까지 검붉은 멍울이 생겼다. 통증도 만만치 않았다. 3년이 지날 때까지도 깨진 광대뼈와 깨질 뻔한 무릎은 습하고 축축한 날이면 욱신욱신 쑤시면서 그날의 사고를 상기시켰다. 하이힐, 킬힐과는 영영 이별하라고 충언을 보냈다.
　내가 여자대학에 다니던 시절, 여자대학에 다니던 여대생들은 남녀공학에 다니는 여대생보다 훨씬 더 여성스런 차림을 했다.
　겨울방학이었다. 나는 짧은 주름치마를 입고, 신는다기보다는 탑승을 해야 하는 한 뼘 높이의 통굽 구두, 나의 노랑 보트를 타고 명동 나들이를 나갔다. 짧은 치마 밑으로 드러난 무릎이 퍼렇게 얼어서 감각이 무뎌지고 있었지만, 발랄하고 경쾌하게 발을 떼었다. 익숙하게 다니던 골목의 모서리를 돌았다. 예쁜 체 하느라고 도도하게 눈을 치뜨고 걷고 있었다. 위험보다는 남에게 얼마나 예쁘게 보이느냐가 관건이었다. 발아래의 위험은 염두에 둘 겨를이 없었다.
　방심은 사고를 부른다. 빙판이 복병처럼 숨어 있을 줄이야. 나풀나풀 걷던 나는 얼음 위를 지쳐나가다가 여지없이 엉덩방아를 찧으며 넉장거리를 했다. 엉덩이가 가장 낮은 위치, 그다음은 머리,

내가 귀애하는 한 뼘 높이 통굽의 구두로 감싼 발이 하늘 쪽으로 올라가 있었다. 구두굽은 구두 몸체와 분리되어 어디로 갔는지 보이지 않았다. 불꼬챙이로 쑤시는 듯한 발목의 아픔은 둘째였고 첫째는 어찌나 창피하던지. 비명은 참았지만 신음은 참을 수 없었다. 끙끙거리며 정신을 가다듬고 부풀어 오르는 다리를 붙들고 주위를 둘러보니, 앞 건물 이층의 창으로 밖을 내다보던 젊은 남자가 내가 넘어지는 꼴을 보았는지 오지게 재미있고 좋아서 못살겠다는 듯이 창틀을 두드리며 웃어 제치고 있었다.

잠시 뒤 나는 명동의 길거리에 왜 빙판이 존재하며 나의 발바닥에서 떨어져 나간 노랑 구두굽이 어디에서 무슨 짓을 하고 있는지 알게 되었다.

예나 지금이나 명동은 난전의 천국이다. 별의별 장사치들이 수레를 끌고 와서 장사를 하고 땅바닥에 물건을 늘어놓고 팔기도 한다.

그 행상도 거리 한가운데서 물이 담긴 자배기 안에 태엽을 감으면 헤엄치는 플라스틱으로 만든 새끼 고래랑 개구리를 띄워놓고 호객을 하고 있었다. 나는 날아간 내 구두굽은 찾을 생각도 못하고 굽이 날아간 한쪽 발은 까치발로, 멀쩡하게 구두굽이 달린 발은 무릎을 구부린 엉거주춤한 자세로 서 있었다. 그때 자배기 안에서 개구리와 고래와 유유자적 수영을 즐기는 노랑 물체가 눈에 들어왔다.

추측컨대 그 행상은 아마도 전날 밤에 오늘처럼 자배기에 들었던 물을 길거리에 함부로 버렸고, 다음날 천연덕스럽게 다시 난전을 벌였는데, 나는 그 행상이 버린 물이 얼어서 이룬 빙판에서 넉장거리를 했고, 재질이 코르크였던 내 노랑 구두굽은 멀리 날아와 그 자배기 안에 사뿐 내려앉아 녹색 개구리와 새끼 고래 친구를 사귀게 되었던 것이다.

"어디서 날아왔나 했더니 아가씨 것이구만."

행상은 물에 떠 있던 노랑 보트를 건져서 내게 주었다. 나는 아픔은 숨고 창피함밖에 안 남아서 명동에 있을 턱이 없는 쥐구멍만 찾다가, 절뚝절뚝 걸어서, 사람들의 손가락질과 박장대소들을 뚫고 간신히 집으로 왔다.

그날 이후 한동안은 내 손으로 재어서 한 뼘보다 더 높은 하이힐은 안 신었지만, 하이힐로 인해 그쯤의 부상과 고난을 안 겪어본 사람이 어디 있으랴 싶어서, 낮은 굽의 펌프스가 유행을 하더라도 줄기차게 한 뼘만큼 높은 하이힐을 신었다.

어쩌다 구둣가게에서 잘록한 허리에 농염한 엉덩이 그리고 가늘고 날씬하고 긴 다리를 가진 하이힐을 만나면 찡 감전이 온다. 마음의 평정을 잃는다. 거의 도벽이 발발한다. 물론 그런 순간에는 용하게도 도벽이 아니라 지름신이 강림하신다. 차비가 없어 한 달 동안 걸어 다녀야 하는 궁색의 불편함은 뒷전이다. 천신만고 끝에 업어온 예쁜 아이는 한동안 내 머리맡에서 잠들던지 아니면 이불 속 나의 품에서 잠든다.

신발이란 신는 물건이지, 결코 올라타서 운전하는 탈것이 아니라는 사실을 새삼 깨달았다.

5. 로데오 군화

"얼마나 편한지 몰라."

내 표정에서 자신의 구두에 보내는 무언의 질책을 읽은 친구가 테이블 밑으로 발을 감추며 말했다.

"동네 할머니인지 할아버지인지가 신은 거 봤어. 이지워킹이라든가? 여포신발, 여자이기를 포기한 신발. 너 그거 신고 화장실 물 으면 남자화장실로 안내해줄 거야."

친구가 내 말에 심한 모욕감을 느끼고 앙분하기를 바라며 나는 도도하게 그녀에게 조소를 날린다.

나는 하이힐을 안 신거나 못 신는 여자는 이미 여자가 아니라고 단언해왔다. 단지 편하다는 이유만으로 펑퍼짐하게 퍼진 못생긴 옷을 입고 못생긴 단화를 신는 여자를 경멸해왔다.

그래왔었다.

그런 내가 지금은 군화를 신고 있다. 난분분하게 날리는 꽃무늬가 프린트되어 있어서 조금은 여성미를 풍기기는 하지만.

제임스는 나의 영어 선생, 젊은 미국 남자이다.

누구라도 젊음을 유지하는 비결로 배움과 운동을 꼽는다. 배움은 두뇌의 건강, 운동은 신체의 건강을 가져다주기 때문이란다. 그래서 특히 배움의 열정을 죽는 날까지 놓지 말아야 한다는데, 내가 무언가를 배우러 나서면 주위에서는 꼭 '왜'냐고 묻는다. 왜, 왜냐고 묻는지 모르겠다.

내가 팔팔하게 젊다면 외국어에 정진하는 이유를 그렇게 캐묻지 않을 것이다. 외국어란 젊은 사회인에게 죽어도 필요한 덕목이므로.

나에게 '왜'라는 질문은 '어디다 써먹으려고'와 같은 의미이다. 나 같은 여자는 영어 따위는 도대체가 써먹을 일이 없을 거라는 뜻이다. 내가 외국어를 공부하는 것에 대해 왜 그렇게 오지랖이 넓게 알아야 하는지 나야말로 참으로 궁금하다. 그들은 묻는다.

"왜 영어를 잘하려고 하세요?"

이런 질문은 대체로 나에게 모멸감을 준다.

덧붙여오는 '학위 받으실 거예요?'라는 물음은 '그 나이에 학위를 받아서 어디다 쓰시려고요?'라는 뜻을 함축한다. 나는 '평생 배움은 있어야죠.'라고 꾸짖는 듯 고아하게 되돌려준다. 아무리 나이가 들었다 하더라도, 라는 말은 생략한다.

나는 귀찮고 모욕적인 말놀음을 피해 갈 요량으로 나름 모범답안을 하나 만들었다.

"훗날 손주 앞에서 돋보기 쓰고 잡지 타임이나 워싱턴포스트를 읽는 멋진 할머니가 되고 싶어서요."

이런 극히 고결함이 돋보이는 대답을 했더니 다들 무슨 말인지조차 이해를 못하는 눈치이다. 무슨 그따위 말도 안 되고 나에게 어울리지도 않는 이유로 영어 공부를 그토록 열심히 하느냐고도 되묻는다. 내가 아무리 젊어 보인다고는 하나 할머니가 되지 말라는 법은 없지 않은가.

몇 번의 똑같은 질문에 시달린 뒤로 내가 듣기에도 근사하고 주위의 모든 사람들에게 존경을 받을 만한 답을 만들었다.

'폼나게 양키하고 연애 한번 하려고요.'이다.

아마 제임스는 누구에게인가 이런 말을 전해들은 것 같다.

그는 본국으로 돌아갈 날을 받아 놓은 상태였다. 송별회 겸, 영어듣기 현장학습을 겸해서 같이 영화를 보러갔다. 영화관은 쇼핑몰의 꼭대기에 있으므로 우리는 양쪽으로 가게가 늘어선 상가를 통과해야 했다.

"와우, 제가 제일 좋아하는 브랜드에요."

제임스가 어느 쇼윈도 앞에서 걸음을 멈추었다. 그의 감탄사를 받고 있던 놈은 좀 희한하게 생긴 군화였다. 병영이 아닌 다운타운 로데오 거리에서 노는 놈이라고나 할까. 제법 출중하게 생긴 놈이 동그란 빛의 깔때기를 쓰고 나를 가져가라는 듯이, 어서 나와 함께 다운타운의 로데오 거리로 놀러가자는 듯이 소비자의 잠재의식에 불씨를 당기고 있었다.

나중에 알아본 바에 의하면, 로데오 군화는 1900년대 초 영국에서 만들기 시작한 가죽장화였다. 장인은 2차 세계대전 당시에 독일의 군인이었는데, 알프스에서 스키를 타다가 다친 이후로 자신의 군화가 다친 발에 좋지 않다는 것을 깨닫고 직접 신발을 만들게 되었다고 한다. 다양한 색상으로 염색한 부드러운 가죽에 무늬도 그려 넣고, 걸을 때마다 충격을 완충시키는 에어패딩도 들어간 신발을 군화 모양으로 만들어냈다.

나는 제임스가 한국에 있는 동안 나에게 베푼 배려에 대해 어떤 식으로든 사례를 하고 싶었다. 무슨 선물을 할까, 달러를 좀 챙겨줄까 고심을 하던 중이었다. 넋을 잃고 쇼윈도 안의 로데오 군화와 교감을 시도하는 그를 보니 더는 망설일 까닭이 없었다.

문득 한국에서는 선물용으로는 금기시 하는 물건이 꽤 많다는 사실이 떠올랐다.

나는 그에게 설명했다.

"내가 그대에게 그동안의 노고에 답례의 선물을 하려는데요. 저 구두를 사주고 싶어요. 하지만 한국에서는 남녀 사이에 주고받지 않는 금기의 물건이 있어요. 가위는 무엇이든 싹뚝싹뚝 자르는 물건이라, 인연도 자른다고 해서 주고받지 않죠. 칼을 선물하면 칼을 겨누는 원수 사이가 된다고 해서 안 하고, 손수건은 둘 사이에 눈물을 흘릴 슬픈 일이 생긴다고 해서 안 하고, 조각이불은 남녀의 사이가 조각난다고 시집갈 때 안 가지고 가죠. 그리고 구두는 구둣발로 막 차고 떠나간다고 선물하지 않는대요."

그가 알아들었는지 못 알아먹었는지는 모르지만 나는 열심히 영어로 설명했다. 그는 절대로 내게 사달라고 한 소리가 아니었노라고 얼굴을 붉히면서 변명했지만 결국은 나는 그 구두를 선물했다.

그는 영어작문을 숙제로 내주고 본국으로 떠났다. 나는 영어작문 숙제를 편지로 대신했다.

제임스에게

옛날에 친한 친구 두 명이 산길을 가다가 무서운 곰과 마주쳤답니다. 배가 고픈 곰이 그들을 향해 다가오는데, 벌벌 떨던 한 친구가 갑자기 배낭에서 모 브랜드의 운동화를 꺼내서 신었습니다.

다른 친구가 물었습니다.

"신발을 갈아 신는다고 저 곰이 자네만 살려둘 것 같은가."

그러자 들메끈을 다 조인 남자가

"이 브랜드의 신발을 신으면 적어도 내가 자네보다는 더 빨리 달릴 수 있거든."

이라고 말했다는군요.

그러니까요, 제임스 씨,

내가 보고 싶으면, 내가 부르면, 가능한 한 빨리(ASAP), 더 오래 더 빨리 달릴 수 있는 그 신발을 신고 뛰어오세요.

나는 그가 가르쳐준 대로 'As soon as possible'의 약어인 'ASAP'를 넣어서 '돌아오라'고 이메일을 보냈다.

양키는 내가 사준 신발을 신고 가버렸고 다시 오지 않았다.

요즈음 내가 군화 모양의 부츠를 애용하는 이유는 제임스의 신발로 인해서 내 관심권에 들어왔고, 좌우간 군화란 젊은이들의 전유물이기 때문에 나도 젊은 기운에 편승해 보려고 얄팍한 수를 쓰는 것이다.

나는 흰 바탕에 보라색 꽃이 어지러이 그려진 군화부츠, 가죽에 붉은 캔버스 천을 씌우고 잔잔한 꽃을 수놓듯이 그린 목이 짧은 군화부츠, 목이 긴 흰 장화부츠까지 구입했다.

꽃무늬가 화려한 군화를 신고 나섰더니 친구들의 반응이 각양각색이다.

"일본에 갔더니 할머니들은 죄다 너하고 똑같은 걸 신었더라."

"일본 할머니들은 군화를 좋아하는구나. 난 젊은 애들이 밝히는 브랜드라는 이유로 샀는데."

"젊은 애들? 15년 전에나 젊은 애들, 미국 유학생들이 한 켤레씩 사 신고 들어오기는 했지."

내가 유행에 뒤진 구닥다리라는 식으로 비난을 하는 친구도 있었고, 내가 저에게 했듯이

"군화 신은 사람이 화장실 찾으면 남자화장실로 데려다주지 않겠니?"

내게 복수의 일격을 가하는 친구도 있었다.

뭐, 어쨌거나 나는 여자이기를 포기한 신발이 아닌, 청바지 밑에도, 반바지 밑에도, 심지어는 미니스커트에도 딱 어울리는 남녀구별이 없는 군화를 신는다.

점점 하이힐을 겁내게 되면서, '저 포도는 시니까' 하는 여우처럼, 나 자신을 속이고 기만하는 것 같다.

6. 남자보다 하이힐

옛 중국 미인의 절대조건은 전족, 연꽃발이었다. 전족은 천으로 여성의 발을 묶어 작고 뾰족하게 만드는 것으로, 10세기 초부터 약 천 년간 지속된 풍습 중 하나다.

아이가 3살 전후가 되면 닭을 잡아 뜨거운 뱃속으로 아이의 발을 집어넣어 부드럽게 만든다. 그다음 엄지발가락 외의 다른 네 발가락을 발바닥 쪽으로 구부리고 뼈와 근육의 성장을 철저하게 억제하기 위해 빳빳하게 풀을 먹인 긴 천으로 꽉 조여 묶는다. 묶은 천을 실로 튼튼히 꿰매고, 미리 만든 작은 신발에 발을 집어넣는다. 이렇게 하면 마치 쫑즈(綜子:찹쌀을 삼각형으로 대마 잎에 싸서 찐 떡)처럼 조그만 삼각추 모양의 발이 탄생한다.

시간이 지남에 따라 발을 감은 헝겊은 피로 얼룩져 아이는 불에 덴 듯이 극심한 아픔을 견뎌야 한다. 헝겊을 새로 바꿔 감을 때마다 살과 피부가 벗겨진다. 아무리 아이가 울부짖어도 부모들은 헝겊을 풀지 않으며 더욱 억세게 조여 묶는다. 예쁜 발 모양을 만들기 위해 서 있는 것만도 힘들어 죽겠는 아이에게 부모는 강제로 보행 훈련을 시킨다. 세 치 크기의 두 발로 몸을 지탱하려면 중심을 잡기위해 엉덩이에 힘이 몰린다.

이런 식으로 십수 년을 단련하면 엉덩이 근육이 수축되고 긴장되어서 성행위 시에 상대에게 강한 쾌감을 선사한다고 한다. 전족을 한 여자는 어린아이 같이 뒈뚱뒈뚱 걸을수밖에 없다. 이렇게 걷는 모습에 남성들은 관능적인 매력을 느끼며, 단지 보는 것만으로도 황홀한 상상 속에 빠진다고 한다.

여성들은 발이 작지 않으면 시집갈 곳이 없었고, 남성들은 높은 지위와 신분의 상징으로 발이 작은 여성을 소유했다.

부러지는 발가락 뼈, 곪아 허물어지는 피부조직, 그럴수록 발은 작아지고 신부의 값은 솟았다. 크기는 작게, 폭은 좁게, 발끝은 뾰족하게, 전체 모양은 매의 발톱처럼 휘어지게. 게다가 향기롭고 부드럽고 단정하기까지 해야 했다.

세 치 크기로 작게 오므라든 발이 꼭 연꽃을 연상시킨다고 해서 '세 치 금련(三寸金蓮)'이라는 퍽 미려한 이름을 붙여주기도 했다. '달 아래 소리 없이 거니는 자태' '봄을 즈려밟는 소리' '노니는 용처럼 부드러운 걸음' 등등……

중국의 시인들은 전족의 심미안을 예찬하며 시를 지어 환상을 부추겼고, 풍류남아들은 기방에서 기녀의 전족 신발에 술을 담아 돌려가며 마셨다. 원나라의 대표적 시인인 양유정도 전족을 한 기녀의 작은 헝겊신을 벗겨 손바닥에 올려놓고 그것에 술을 따라 마시는 것이 취미였다고 한다.

이 모든 조건을 만족시키는 연꽃발을 만들기 위해 여성들이 겪은 절골지통은 어떠했을까. 왜 이들은 발에게 고행을 명했을까. 무엇

때문에 이런 쓰라린 고초를 수용했던가.

지난봄 독일 체코슬로바키아 등을 여행했다. 그곳 박물관에 누구라도 사진이나 티브이에서라면 본 적이 있을 정조대라는 철로 만든 물건이 있었다. 자물통을 따주지 않는 한 벗을 수 없는 차꼬였다. 저런 걸 맨살에 입는다면 앉거나 서 있기조차 고통스럽겠다는 연민이 일었다. 여성들의 슬픈 역사를 읽는 동안, 가이드가 키들키들 웃으며 부연설명을 했다.

"저 시절 가장 돈을 많이 버는 사람이 열쇠를 만드는 사람이었대요."

그 말을 들으며 정조대를 채운 남편의 뜻에 반하는 짓을 하려는 게 아니라, 참을 수 없는 고통을 주며 살을 파고드는 형틀을 남편이 없는 동안만이라도 벗어놓지 않고는 못 견뎠으리라는 생각은 나 혼자만의 생각일까.

"귀족발이네요."

어렸을 적부터 나는 발이 예쁘다거나 귀족발이라거나 하는 소리를 많이 들었다. 그런 소리를 들을 때마다 나는 전족을 한 중국 여인의 연꽃발이 떠오른다.

내 발의 모양새는 길고 희고 발끝이 칼처럼 뾰족하다. 만일 세 치 길이의 연꽃발이 동양의 귀족이라면, 칼처럼 긴 내 발은 동양의 귀족발은 아니다. 혹 하이힐을 신는 서양이라면 모를까.

빨리 여인이 되고 싶었던 소녀 시절, 엄마의 뾰족구두를 신고 뙤뙹뙤똥 걸었으며 엄마의 진주목걸이를 걸고 잤었다. 하이힐이 허용되는 나이로 자랐을 때, 나는 맘껏 원 없이 하이힐을 신었다. 그리고 하이힐로 인한 갖가지 수난도 겪었다.

〈여성이 하이힐을 신게 되면 자연히 하체가 긴장되어 둔부의 움직임이 강조되고, 등이 아치 형태가 되어 가슴이 앞쪽으로 밀려나온다. 또한 다리의 윤곽선이 뚜렷하게 바뀌며 종아리의 곡선은 더욱 증가된다. 그래서 발목과 발을 앞쪽으로 경사지게 하여 길고 유혹적인 다리의 모양이 형성된다. 또한 하이힐이 골반저근의 근력을 키우고 근육수축력을 신장시키기 때문에 여성의 건강과 성생활에 이로울 수 있다.〉

여성의 하이힐을 흠모하는 남성이 쓴 글이다. 읽을수록 전족을 찬양하는 글과 흡사하다.

전족의 신발이나 하이힐의 모양은 매우 비슷하다. 차이가 있다면 전족 신발은 작고, 하이힐은 높다. 발에 대한 집착이 하나는 작게, 다른 하나는 높이 올리는 욕망으로 나타났다. 예나 지금이나 인간이 지닌 내면의 욕망과 집착이 경이로울 따름이다.

〈오랜 기간 하이힐을 신으면 체중이 엄지발가락에 집중돼 뒤꿈치 아킬레스건이 긴장하고 인대를 불안정하게 만들어 무지외반증을 유발한다. 무지외반증은 엄지발가락이 두 번째 발가락 쪽으로 휘어지면서 엄지발가락 관절이 혹처럼 돌출돼 그 부위에 부종통증 등의 증상을 동반하는 질환이다. 또, 발뒤꿈치 쪽이 높아져 자연스레 구부정한 자세가 돼 엉거주춤하는 걸음걸이가 된다. 이는 결국 척추 아랫부분이 안으로 들어가는 척추전만증 같은 질병의 원인이 되고, 허리나 무릎에 무리를 준다.〉

이것은 정형외과 전문의의, 하이힐이 일시적인 고난을 겪게 할 뿐만 아니라 심각한 질병까지 일으킨다는 연구결과이다.

남성들에게도 여자의 하이힐은 예찬과 비난이 엇갈린다.

미국의 가수 마돈나는 남자보다 하이힐이 오래간다고 하이힐을 예찬했다. 여자의 곁에 평생 머무르면서 아름다움을 지켜주는 것은 남자가 아니라 하이힐이라고 했다.

예로부터 흔히, 남성들의 해웃값은, 구두 한 켤레 값이라 했다. 중국의 기녀가 전족의 신발을 신었다면 서양의 거리의 여자들은 하이힐을 신었다. 여자의 하룻밤 몸값은 동서고금을 막론하고 대체로 구두 한 켤레 값이었다 한다. 신발은 언제나 성(性)으로 대체되어 왔다.

스스로 택한 전족은 아닐지라도, 적어도 그 시대의 어린아이였다가 여인이 된 여성들은, 전족을 하면 장래 좋은 결혼 조건을 갖추게 되고, 작은 발이 남성들을 성적으로 흥분을 시킨다는 남성 중심의 발상을 기꺼이 받아들였다.

나는 하이힐을 신고 계단에서 구르고, 발목을 접질리는 등의 사고를 당하고, 하이힐로 인해 수많은 질환에 시달리면서도, 하이힐의 치명적 단점을 충분히 알고 있으면서도 끝끝내 하이힐을 고집한다.

룸메이트가 멋지고 날래게 생긴 등산화 한 켤레 사주면 기꺼이 산행에 동행해주려 했는데, 나 말고 같이 갈 동행이 생겼는지, 룸메이트는 나에게 절대로 산에는 신고 갈 수 없는 잘록한 허리에 엉덩이가 농염한 굽을 가진 하이힐을 사줬다. 게다가 평소에는 인색했던 칭찬까지 한다.

"당신 말이야, 등산복에 등산화 신었을 때는 꽝이었는데, 미니스커트에 하이힐을 신으니까 빛난다, 빛나."

나의 오랜 룸메이트, 정말 맘에 들었다가 안 들었다가 한다.

이토록 하이힐에 열광하는 나를 비롯한 이 시대의 여성들에게, 한 세기가 지난 뒤, 먼 미래의 인간들이 내가 전족의 여인들에게 보낸 똑같은 동정과 연민을 보낼지도 모르겠다.

　누가 뭐래도, 나는 이 시대의 여성들이 스스로 택한 전족, 하이힐이야말로 내밀한 자아의 표출이고 참된 정체성의 산물, 아름다움을 위한 필요악이라 주장한다.

　평생, 여자의 곁에 머물면서 아름다움을 지켜주는 하이힐, 천년의 영화를 누릴지어다.

조폭탄생 설화

"한국의 폭력조직 이름은 왜 이렇게 웃기지? 왕십리파, 호남파, 서방파…… 조폭들은 이름을 지을 줄도 모른대?"

신문을 들여다보던 딸아이가 혼잣말처럼 중얼거렸다. 나는 설거지를 마치고 습기가 찬 고무장갑을 뜯어내는 중이었다.

"그건……그들이 지은 이름이 아냐. 왕십리에서 왔다 갔다 하니까 왕십리파, 호남지방 출신들이 모였대서 호남파…… 아마도 경찰이나 신문기자들이 분류하기 편하게 붙여놓은 별명일거야."

나는 조금 피곤하던 참이라 그냥 입을 닫은 채로 넘어갈까 하다가, 별로 관심도 없다는 투로 대답을 하며 딸아이가 내려놓았던 신문을 펼쳤다.

신문에는 서방파 왕십리파 호남파 외에도 양은이파 영남파 등등 폭력계의 계보가 도형까지 곁들여서 게재되어 있었다. 피식 웃음이 나왔다. 아주 먼 옛날이랄 수밖에 없는 여고 시절의 일이 떠올랐기 때문이다.

나는 지금 평범한 가정주부이다. 내가 왕년에 그 소도시에서 악명 높은 '드라큐라파'의 두목이었다는 것을 아는 사람은 현재 내 주위에는 없다.

그때 나는 여고 2학년이었다. 그 나이 즈음이면 누구라도 그러하듯이, 나도 마음이 맞아서 친해지고 어울려 다니는 친구들이 있었다.

성혜와 친구가 된 데는 특별한 사연이 있다. 영어 선생님을 싫어한다는 점이 일맥상통했기 때문이다. 나는 딸아이를 치과에 데려가서 덧니가 나기 전에 젖니를 미리 뽑아서 간니가 나올 자리를 미리 터주었지만, 치과 치료가 흔치 않던 시절에 태어난 나는 이빨뽑는 것이 무서워서 이가 흔들려도 참고 있다가 덧니가 나버린 후에 들통이 나고는 했다. 그런 일들이 비일비재해서일까, 그즈음에는 덧니가 나면 부모 말 안 듣는 애로 취급되었다. 어지간히 부모님의 말을 안 들었을 듯싶은 성혜는 양쪽 송곳니가 모두 덧니였다. 파안대소를 하면 드라큐라처럼 송곳니가 빛을 발하며 튀어나왔다.

영어 수업 시간에 뒷자리에 앉은 급우가 등을 연필로 꾹꾹 찌르기에 뒤돌아보았더니 노트에서 찢어낸 종이 쪼가리를 넘겨주었다. 종이에는 그림이 그려져 있었다. 영어 선생님의 이목구비를 흡사하게 묘사한 캐리커처였다.

— 이 아저씨, 애들이 모당땅 창밖으로 고개를 내미는 점심시간이면 운동장에 나와서 농구하잖아. 영어 실력으로는 안되니까 그렇게 해서라도 인기를 얻어 보려는 노력이 가상하지 않니? —

캐리커처를 그린 급우가 달아놓았을 성싶은 낙서였다.

— 영어 선생＝조기대가리 —

튼실한 가슴과 넓은 어깨 때문에 상대적으로 더 작아 보이는 머리통이 그런 별명을 이끌어낸 것 같다.

— 아함, 졸려라. 카수되려다가 훈장질 해먹는 자칭 엘비스, Love me tender나 청해서 듣자 —

교복을 입은 여학생이 하품을 하고 있는 그림도 곁들여져 있었다.

젊고 잘생긴 그의 18번은 '러브 미 텐더'였다. 영어 수업이 지겨운 날에 급우들은, 선생님이 불러주는 '러브 미 텐더'를 들으면 영어 실력이 쑥쑥 올라갈 거예요, 하면서 발을 구르고 책상을 두드리고는 했다. 그러면 그는 못 이기는 척 노래 솜씨를 자랑하고는 했었다.

— 헛버헛버 버닝러브가 낫지 않겠어? —

— 딴짓하다 경치지 말고 공부해 —

종이에는 영어 선생님을 희화화한 만화와 낙서들로 여백이 없었다. 각기 다른 글씨체와 각기 다른 필기구로 적힌 각양각색의 소감과 인물평이 어지럽게 널려있었다.

한참 졸음이 쏟아지려는 찰나에 건너온 회람은 잠을 확 앗아갈 만큼 재미가 있었다. 회람이 교실을 반 바퀴는 돌았는지 여기저기서 킥킥대고 웃는 소리가 낭자했다.

"김미래!"

불후의 명화와 명문을 감상하느라 넋이 빠져 있던 나는 호명하는 영어 선생님의 고함도 듣지 못했다.

"김미래, 그거 뭐야, 이리 가져와."

영어 선생님의 불이 켜진 두 눈을 포함한 수십 개의 눈에서 날아오는 따가운 안광을 느끼고서야 나는 고개를 들고 주위를 둘러보았다. 직감적으로 사태가 심각함을 깨달았다.

"숨기지 말고. 이리 가져오래도!"

다그침의 목소리가 두 배로 커질 때까지 나는 안절부절못하고 있었다. 어떤 임기응변이 이 불온문서에 서명한 친구들과 나를 사지에서 구해줄 것인가. 나는 머리를 굴렸다. 없애야 한다. 없애려면 먹는 수밖에 없다. 판단을 내린 이상, 손때가 타서 구겨지고 더러워진 그러나 정갈하게 보관했더라면 역사에 길이 남을지도 모를 귀중한 비밀문서를 입안에 쑤셔 넣었다.

"뭐였지?"

어느새 내 곁으로 다가온 선생님이 물었다. 나는 볼이 미어질 듯이 입안에 가득 찬 종이를 씹어 넘기느라 눈물까지 흘리고 있었다. 욕지기를 일으키며 다시 목구멍을 타고 역행하는, 절대 비밀이 보장되어야 하는 문서 때문에 입을 열 수조차 없었다. 식은땀이 삐질 흘러나왔다.

"시험지에요. 25점 받은…… 실력고사 답안지에요. 제가 봤어요."

어디선가 불쑥 구원의 서광의 비쳤다 .나를 위기에서 탈출시켜준 구세주는 성혜였다.

"저도 봤어요. 점수가 드럽더라구요."

영은이도 의리가 있게 같이 총대를 멨다. 뒤질세라, 저도 봤어요, 저도 봤어요, 하는 합창과 돌림노래가 울려 퍼졌다.

영어 선생은 끝내 미심쩍은 표정을 풀지는 않았지만 수업을 계속하는 수밖에 없었다.

"김미래, 98페이지 읽고 해석해봐."

조기대가리, 아니 우리가 존경하는 영어 선생님은 증거를 인멸한 학생을 벌주는 방법을 알고 있었다. 98페이지는 다음 주일에 배울 단원이었다. 나는 난이도가 높은 영어 문장들을 모든 학생들 앞에서 읽고 해석해야 하는 것이다.

조기대가리는 내가 해석은 물론 제대로 읽지도 못하리라는 것을 알고 있었다. 내 영어 실력으로 영어 교과서 한 쪽을 음정 박자 가사 정확하게 읊고 해석하려면, 20개 이상의 단어의 뜻과 발음기호를 사전에서 찾아야만 했다. 배운 문장도 옳게 해석을 못하는 내가 생판 처음으로 만나는 문장을 어떻게 소화한단 말인가. 더구나 긴장으로 몸이 오그라진 나는 글자가 한 자도 보이지 않았다. 98쪽을 펼치니 흰 종이에 검은 지렁이가 꿈틀꿈틀 기어가고 있었다. 악운을 옮겨주는 부적 같기도 했다. 약자를 벌줄 꼬투리를 잡기 위해 올가미를 거는 강자 앞에서 약자는 무력할 수밖에 없다.

"너, 이 단어 다시 읽어봐."

두 번째 문장까지는 옆에서 도와주는 친구 덕분에 간신히 해석을 했고, 세 번째 줄을 간신히 떠듬떠듬 읽는 중이었다. 그때까지 내 곁에서 떠나지 않고 있던 조기대가리가 분필가루가 묻은 손으로 98쪽을 짚었다.

"패밀리……"

별로 어렵지도 않은 단어였다.

"다시 해봐."

착 가라앉은 목소리로 조기대가리가 명령했다.

"미래야, 5분만 버텨."

짝꿍이 입을 크게 벌려 입 모양으로 뜻을 전하고 손목시계를 가리키더니 손가락 다섯 개를 펴보였다.

"패밀리⋯⋯"

무엇이 틀렸는지 모르는 채로 나는 기어 들어가는 목소리로 다시 읽었다.

"잘한다. 잘해. 아직도 F(에후)와 P(피이)의 발음을 구별 못한단 말이지? 앞으로 나가서 칠판에 'family'라고 100번 쓰고 '후애밀리'⋯⋯ 100번 외치고 들어와."

벌이 너무 약해서일까. 내가 교탁 앞에 서서 '후애밀리'를 100번 외치는 동안 급우들은 한 명도 나를 도와주지 않았다. 나만 빼고는 모두 F와 P의 발음을 정확하게 구별한다는 듯이 웃어대고 있었다.

아니다. 나는 알았다. 모욕감으로 부들부들 떨면서 '후애밀리'를 외치면서도 급우들이 웃는 까닭을 알았다. 그 불온문서가 영어 선생님의 손에 들어갔더라면 필경 단체기합을 받거나 캐리커처를 그린 범인을 발본색원하는 작업 때문에 교실이 한바탕 뒤집어졌을 것이다. 그러나 내가 용감하게 희생양이 되어 제단에 오름으로써 사건은 종결되었다. 급우들은 자기네들의 무탈과 선생님을 멋지게 골려먹은 통쾌함을 웃음으로 뿜어내고 있었던 것이다.

나는 영어 선생님에게 F와 P를 구별해서 발음하지 못한다고 급우들 앞에서 모욕을 당한 이후로 적어도 F와 P만은 구별해서 정확하게 발음할 줄 알게 되었다. 만약에 그런 모욕을 당하지 않았더라면 나는 영원히 F와 P를 동일하게 발음했을지도 모른다. 그런 의미에서 나는 조기대가리 영어 선생님께 오래 감사해야 할 것 같다.

"고마워, 너 아녔으면⋯⋯"

영어 선생님의 슬리퍼가 교실을 채 빠져나가지도 않았는데, 내 자리로 달려온 성혜가 말했다.

"니 작품이었니? 너 만화 잘 그리더라. 미대에 갈거니?"

"내 성적으로는 어림도 없어. 이제 겨우 아그리빠를 그리고 있어."

성혜와 나는 그날 처음으로 대화를 텄다. 그날 이후 우리는 주는 것 없이 미운 영어 선생님을 합심하여 성토하면서 우정을 키웠다.

"오늘 성순이 생일이래. 거기로 와."

청소 시간에 성혜가 내게 귓속말을 했다. '거기'는 우리의 아지 트였다. 진달래라는 빵집의 다락방이다. 손바닥 만한 창이 있어서 햇살이 사선으로 비껴들기는 하지만 어둡기 짝이 없는 곳이다. 덮 개 천이 해져서 함부로 앉았다가는 튀어나온 스프링에 엉덩이를 찔리는 소파가 놓여 있고, 이음 못들이 삭아서 쓰러지기 직전인 탁 자가 있다. 한쪽 구석에는 빈 밀가루 부대가 먼지를 뒤집어쓰고 널 브러져 있다. 몸을 곧추세우고 설 수 없을 만큼 천장도 낮다. 살금 살금 까치발로 걷지 않으면 바닥이 무너져 내릴 것처럼 마루는 낡 고 헐어있었다. 그래서 우리는 그곳에서 엉금엉금 기어 다니곤 했 다.

다락방에는 성순이가 가져온 작은 화분 두 개가 창틀에 올라앉아 가년스런 햇빛을 받고 있었다. 하나는 창틀을 따라 아래쪽으로 줄 기를 뻗어 내리는 음지식물인 아이비였고, 또 하나는 이가 빠진 유 리컵에서 순을 내고 있는 고구마였다. 아이비도 고구마도 성순이 가 골목길 쓰레기통에서 주워온 생명들이었다.

성순이는 다 죽어가는 식물들을 살려내는 재주가 있었다. 뜨개질 이나 바느질도 잘했다. 팔꿈치가 해지거나 작아서 못 입게 된 스웨터가 성순이에게로 건너가면, 금방 조끼나 머플러 장갑 등으로 둔 갑을 해서 돌아오곤 했다. 동갑이지만 언니 같고 이모 같이 자상했다.

다른 친구의 생일이라면 안 갔을 것이다. 더구나 성순이는 부모가 안 계셨다. 고모네 집에 빌붙어 살고 있었다. 고모네 집에서 허드렛일을 하면서 학교에 다녔다. 나는 겨울철에 성순이의 손에 동상이 걸리고 손등이 갈라져서 피가 흐르는 것을 보았다. 성순이는 교복도 기워 입었다. 기워 입은 교복도 너무 작았다. 팔뚝의 중간에서 교복 소매는 끝이 났고, 팔을 위로 올릴라치면 윗도리가 따라 올라가서 허리의 살이 드러났다. 그런 험한 환경에 처해 있었지만 성순이의 성격은 누구보다 밝았다. 무엇이 그리도 즐거운지 늘 콧노래를 부르고 있었다. 그래서 성순이의 별명은 로렐라이였다.

집에 들러서 책가방을 던져놓고 과외 수업을 받으러 가는 척 나와서 진달래로 갔다. 탁자 위에는 앙꼬빵이라 불리는 앙금빵, 곰보빵이라 불리는 소보로, 그리고 양은주전자가 놓여있었다.

"축배를 들자."

영은이가 플라스틱 잔에 주전자의 내용을 따랐다.

"이게 뭐야? 향기가 좋은데…… 탱가루니?"

그 시절의 탱가루를 기억하는가. 냉장고가 흔치 않았던 시절이었으니 신선한 우유를 마시려면 소의 젖꼭지를 빨아먹어야 했고, 주스를 먹고 싶으면 과일을 강판에 갈아야 했다. 가끔씩 미제 탱가루나 환타가루가 PX를 통해서 흘러나오곤 했는데, 잘사는 성혜가 미제 탱가루를 집에서 훔쳐오면 우리는 걸신들린 듯이 시디 신 탱가루를 눈을 찡긋거리고 진저리를 치면서 손가락으로 찍어먹었던 것이다.

"성순아. 생일 축하해."

영은이가 선창을 했고 나머지는 생일축하 노래를 불렀다. 마지막으로 우리는 성순이가 교육대학을 가서 초등학교 선생님이 되기를 기원했다.

집이 가난한 애들의 소박한 장래희망은 주로 초등학교 선생님이었다. 교육대학은 학비가 전액 무료였기 때문에 부모에게서 대학 등록금을 얻을 형편이 아닌 애들이 꿈꾸는 비상구였다.

탱가루인줄 알고 향기가 좋은 액체를 단숨에 꿀꺽 마셨다.

"어머, 이거 술이다."

"넌 축배를 술로 들지, 주스로 드니? 그래도 이건 술이 아냐. 우리 아버지가 기침하실 때마다 한잔씩 드시는 해소병 약이야. 아무도 못 먹게 하는 건데 내가 좀 실례를 했지."

성혜가 나를 흘겨보며 말했다. 성혜는 집에서 담근 포도주를 주전자에 담아왔던 것이다. 술은 전혀 첨가하지 않았다는, 포도와 설탕만으로 담근 포도주는 맛이 좋았다. 달작지근하면서 포도의 향이 솔솔 풍기는 그 액체가, 술이란 단지 쓴 줄로만 알았던 내게 새로운 유혹으로 다가왔다. 그러나 술이란 '취하게 하는 액체'라고는 미처 생각을 못했다. 빛깔이 곱고 달고 맛있었기에 마셨다.

"성당에서 미사드릴 때도 알코올이 안 들어간 포도주를 마시잖아. 이건 절대로 술이 아냐. 포도발효액이야. 마셔도 되는 거야."

그래도 하지 말아야 하는 짓을 하는 것 같아 속이 켕기고 있었는데, 성혜가 금단의 벽을 낮춰주었다. 우리는 양은주전자 안에 가득 담긴 포도발효액을 신나게 목구멍에 부어넣었다.

성혜는 얼굴이 발그레해졌고, 영은이는 하얘졌고, 나는 완벽한 포커페이스였다. 계정이는 끼들끼들 웃었고, 성순이는 찔끔찔끔 눈물을 흘리면서 술주정을 했다.

독특한 술주정이 연출되는 순간이었다. 아래층에서 빵집 주인의 목소리가 들려왔다.

"다락에 계정이 있니? 너네 집에서 전화왔다."

빵집은 계정이 이모네 집이었다. 울음도 멈추고 웃음도 멈추고 우리는 일순 긴장했다. 계정이가 깜짝 놀라서 아래층으로 내려갔다. 술에 취해서 헛발질을 했는지 사다리의 맨 아래 계단에서 굴러 떨어지는 소리가 들렸다. 엄마, 알았어, 곧 갈게……어쩌고 하던 목소리를 흘려보내던 계정이가 다시 올라왔다.

"니네 엄마 뭐래시니?"

"별거 아냐. 지금 텔레비전에서 미인대회를 중계한대. 빨리 와서 보라고……"

"미인대회하고 너하고 무슨 상관있는데?"

"울 엄마는 세상에서 내가 제일 이쁜 줄 알아. 고등학교 졸업하고 미쓰코리아 나가래. 그래서 미리 봐두라는거야."

어이가 없었다. 솔직히 계정이는 미인은 아니었다. 우리 학교에서 미인대회에 나갈만한 애를 20명쯤 추린다 해도 계정이는 그 축에도 못들 것이다. 키는 그런대로 컸지만 각선미도 뛰어나지 않았고, 무엇보다도 이목구비나 이마나 턱이나 볼 중에서 잘생긴 곳이 없었다. 계정이의 별명은 '뼉거위'였다. 목이 길고 어깨가 좁고 처졌고 입술이 튀어나왔다. 계정이 엄마와 이모와 계정이가 한데 모이면 완전히 '뼉거위 집단농장'이 되는데, 고슴도치도 자기 새끼를 보고 함함한다고 한다니까 계정이 엄마는 한 치도 틀리지 않은 고슴도치 어미였다.

"지금 가면 술냄새 날거야. 조금 있다가 가."

성혜가 붙들었다. 나도 심란해지고 있었다. 과외 수업이 끝나고도 2시간은 지났을 시각이었다. 나는 몇 시간 동안의 실종으로 받을 벌이 클까, 술을 마셨기 때문에 받을 벌이 클까를 계산했다. 현명한 결론을 내린 우리들은 2시간쯤 더 다락방 먼지 구덩이 속으로 뒹굴다가 해산했다.

집으로 들어가자마자 엄마가 나를 호출했다. 화가 난 듯한 목소리였다. 나는 아직 술기운이 남아있었다. 늦은 귀가로 추궁받을 각오는 하고 있었다. 시나리오는 다 짜놓았지만 걱정은 증발되지 않았다. 과외 선생님 댁에 남아서 미비한 과목의 나머지 공부를 했다고 둘러댈 작정이었다. 그렇지만 술냄새, 아니 포도발효액의 냄새가 문제였다. 고민에 고민을 거듭하니까 기발한 생각이 떠올라주었다. 나는 수건에 물을 적셔서 코와 입을 틀어막고 엄마 앞에 앉았다.

"코피가 나요."

고개를 위로 한껏 젖히고 코맹맹이 소리를 냈다. 공부를 너무 열심히 해서 피로에 지쳤기 때문에 코피가 쏟아지고 있다는 암시를 담았다.

"왜 코피가 난다니?"

코피까지 쏟으며 공부를 하는 딸을 야단칠 부모가 어디 있겠는가. 끝이 치켜 올라가 있던 엄마의 눈썹이 서서히 내려오고 있었다.

"피곤해요."

나는 다 죽어가는 목소리로 엄살을 떨었다.

"그래, 니 방에 가서 누워서 쉬어라. 얘기는 나중에 하자."

"엄마, 나 꿀물이나 한 사발 타줘."

내친김에 더 내숭을 떨었다.

아아, 달착지근한 포도발효액도 마시고 엄마도 속여먹고 꿀물도 얻어먹고…… 그렇게만 재미있고 평화롭게 일이 마무리되었더라면 얼마나 좋았을까. 나는 코앞까지 다가와 있는 재앙의 발자국 소리를 듣지 못하고 있었다.

성순이의 생일이 지나고 3일이 흘렀다.

청소 시간에 등나무 벤치에 나와 앉아있는데 성순이가 얼굴이 사색이 되어서 달려왔다.

"미래야, 큰일 났어."

나는 샐비어 꽃술을 따서 빨아먹고 있었다. 늦봄부터 초가을까지 오래도록 꽃을 달고 있다고 해서 꽃말이 '여행'이라는 샐비어가 이제는 꽃을 떨어뜨릴 계절이 되었던 것이다. 계절이 바뀌고 꽃이 지기 전에 사진이라도 한 장 찍고 싶었다. 영은이는 진사어른을 모시러 갔고, 나는 꽃을 배경으로 앉기도 하고 서기도 하고 꽃을 꺾어 뺨에 대보기도 하면서 온갖 포즈를 잡아보고 있던 중이었다. 학교 수위실에는 수위 아저씨와 함께 상주하는 나이가 든 사진사 아저씨가 있었는데 우리는 '사'자를 빼고 진사아저씨, 혹은 진사어른이라 불렀다.

"큰일 날 일이 없어 심심했는데 무슨 일?"

"들켰나봐."

"성혜가 또 라면 뜯어먹었니?"

성혜는 수업 시간에 부스럭거리면서 군것질을 하는 특기를 가지고 있었다. 지난번 중간고사 시험 시간에 생라면을 뜯어먹다가 걸렸다. 시험감독 선생님은, 시험 시간 중에 책상의 밑과 위로 손이 오르락내리락하는 학생이 무슨 짓을 하는 것이라고 짐작했을까. 성혜는 손을 머리에 올린 채로 교탁 앞으로 불려나갔다. 그녀의 손과 입술과 교복치마는 라면 부스러기와 라면수프로 도배되어 있었다. 선생님이 성혜의 책상 속에서 찾아낸 것은 컨닝 페이퍼가 아니라 먹다 남은 라면이었다. 성혜는 훈육실에 끌려가서 라면봉지를 머리 위에 얹고 꿇어앉아 있어야만 했다.

"아침을 못 먹고 왔잖아. 답안지는 다 썼고……감독 선생님이 교실 밖으로는 못 나가게 하고……배는 고프고…… 라면만 먹으면 싱거우니까 수프를 찍어 먹었어."

저린 무릎을 주무르면서 훈육실을 나오면서 성혜가 혀를 낼름 내밀었다.

"계정이가 점심시간에 김밥한테 불려갔어. 그리고 방금 사환 애가 나를 부르러 왔단 말이야. 화장실 간다고 하고 니네들한테 왔어. 아무래도 예감이 이상해."

김밥은 훈육주임의 별명이다. 우리가 입학하기 전부터 그런 별명을 가지고 있었다는데, 그가 교장 선생님이나 학부형 앞에 서 있는 모습을 보면 별명이 시사하는 바를 깨달을 수 있다. 그는 연신 고개를 조아리며 두 손으로는 김밥을 마는 흉내를 내는 것이다.

"니 생일날 빵집에서 모인 것 때문에 그러나? 계정이 이모네 집이잖아. 친구 이모네 집에 가는 것도 잘못된 거니?"

"아무래도 계정이가 내 이름을 밝힌 것 같아. 김밥이 학생 취조하는 데는 게슈타포잖아."

"가서, 떳떳하게 니 생일이어서 계정이 이모가 빵 공짜로 준다고 해서 갔다고 해. 친구들이랑 생일 축하 파티했다고 해."

"알았어. 근데…… 니들 먼저 집에 가지마. 나…… 김밥 무서워."

우리는 김밥을 무서워했다. 두려워하기도 했지만 싫어했다.

김밥이 제자들의 일상생활을 감시하고 들춰내려고 벌이는 노력은 눈물겹도록 지극했다. 김밥은 소위 왕따를 당하고 있는 애들을 조용히 불러 상담이라는 명분을 세워 꼬드겼다.

나는 학교나 사회에서 왕따를 당하는 사람은 왕따를 당할만한 충분한 이유가 있다고 믿는다. 잘난 체를 하는 아이, 매점에서 쉬는 시간마다 군것질을 하면서도 친구에게는 구두쇠 짓을 하는 아이, 목욕은 명절날만 하는 것인 줄 아는 고약한 냄새를 풍기는 아이, 요사스런 몸짓으로 닭살이 돋게 하는 아이, 금방 탄로가 날 거짓말을 밥먹듯이 하는 아이, 그리고 선생님에게 고자질을 잘하는 아이는 당장 왕따가 된다.

순희는 고자질의 대가였으므로 우리는 순희를 왕따시켰다. 순희는 학교에서 지능지수 검사를 했을 때 최하위의 수치를 기록했다. 그러니까 머리가 나쁘다고 할 수가 있다. 그러나 하느님은 인간을 세상에 내보낼 때 공평한 조건을 부여한다지 않는가. 머리가 나쁜 대신에 얼굴이 예뻤고, 예쁜 얼굴을 가꿀 줄도 알았고, 예쁜 얼굴을 이용할 줄도 알았다.

순희는 수업 시간에 책상 위에 세워놓은 책을 들여다보면서 온갖 표정을 다 짓고는 한다. 그녀는 책을 읽는 것이 아니다. 책갈피에 끼워놓은 손거울에 웃는 표정 우는 표정 화난 표정을 지어서 비쳐 보며 연기 연습을 하고 있는 것이다. 그녀는 여고를 졸업하면 영화 배우가 되겠다고 공언했다. 당연하게도 학교 성적은 꼴찌였다. 아니 꼴찌에서 두 번째였다. 폐결핵을 앓는 장기결석생이 있었기 때문에 안타깝게도 그녀는 영광스런 꼴찌의 자리는 차지하지 못하고 있었다.

순희의 별명은 '오리궁뎅이'였다. 그녀처럼 엉덩이에 살집이 많은 아이들은 많았지만 그녀만이 오리궁뎅이라는 별명을 차지할 수 있었다. 좋게 표현하자면, 마릴린 먼로처럼 엉덩이를 좌우로 흔들면서 섹시하게 걸었기 때문이었고, 나쁘게 표현하자면 오리처럼 뒤뚱뒤뚱 걷는 걸음새가 그런 별명을 갖게 된 동기였다.

우리도 김밥처럼 왕따를 이용할 줄 알았다. 청소가 끝났다는 검사를 마쳐야만 하교할 수 있을 때, 우리는 오리궁뎅이를 전령으로 선생님께 보냈다.

그녀는 나른한 표정으로 엉덩이를 흔들며 교무실로 간다. 그리고 눕히면 눈을 감고 세우면 눈을 반짝 뜨는 서양 인형처럼 눈을 깜빡이며, 몸은 좌우로 비틀어 꼬면서, 목소리에는 애교를 잔뜩 묻혀서 선생님 앞에서 요망을 떤다.

"새임, 청소 다아 끝냈걸랑요. 집에 가도 되죠옹?"

남자 선생님이라면, 그녀가 눈웃음을 살살치며 노란 목소리로 야살을 떨면 다 깜박 죽는다. 우리는 순진하게도 그녀가 거기에서 그쳐줄 줄 알았다.

"청소 안 하고 도망간 애들은 없겠지?"

오리궁뎅이하고 한마디라도 더 이야기를 하고 싶어서인지, 선생

님으로서 의당 해야 할 질문인지는 모르겠지만, 선생님들은 쓸데
없는 대화를 그녀와 더 나누고 싶어했다.

"경진이하고, 미자하고 보름달 사먹으러 나갔는데요…… 청소
다 끝나고서야 나타났어요."

오리궁뎅이는 이렇게 고자질을 시작하는 것이다.

"보름달? 벌건 대낮에도 달이 뜨니?"

"아이, 새임두…… 중국집 호떡처럼 생긴 빵이에요. 삼립식품에
서 나오는 보름달도 모르세요? 보름달이 얼마나 잘 팔리는지 보름
달 만드는데 들어간 밀가루 포대만 팔아서도 삼립식품 사장님은
배 두드리며 산대요."

이렇게 오리궁뎅이는 할 말과 안 할 말을 구별을 못했다. 그 뒤로
우리는 전령으로서 해야 할 짓과 안 해야 할 짓을 훈련시키고 예행
연습도 시켜서 선생님께 보내고는 했다.

그러나 고자질하는 습관이 몸에 배면 고질병이 된다는 것을 나중
에야 알았다. 고질병이 아니라 고자질의 습성이란 천부적으로 타
고나는 것인지도 모르겠다.

계정이와 성순이가 훈육실에서 풀려나왔을 때는 학교 교정에 막
막한 어둠만 깔려있었다. 훈육주임을 제외한 다른 선생님들은 다
퇴근을 했는지 교무실의 불이 꺼진 지도 오래되었다. 우리는 계정
이와 성순이를 걱정하며 훈육실 창문 밑에 옹기종기 앉아있었다.

계정이와 성순이가 눈이 퉁퉁 부은 채로 나왔다.

"김밥이 뭐래디?"

"날더러 빵집에 왜 갔냐고 묻더라고. 성순이 생일이라 이모네 집
에 빵 먹으러 갔다고 했어."

"근데 거기 간 것은 김밥이 어찌 알았지?"

"내가 울 엄마 전화받는다고 다락에서 내려 왔었잖아. 그때 오리궁뎅이가 빵집에서 나가는 걸 봤어. 난 걔가 날 못 본 줄 알았어. 분명 그런 고자질할 화상은 오리궁뎅이밖에 없어."

"빵집에 간 것이 교칙 위반이라면 오리궁뎅이도 똑같이 처벌을 받아야 하잖아."

"엄마 심부름으로 빵집에 빵 사러 갔다가 우리를 봤다고 했을 거야. 걔가 약은 머리는 잘 쓰잖아."

"오리궁뎅이가 일층에 있을 때, 니네 이모가 널 불렀잖아. 계정아, 이렇게 니 이름을…… 그러니까 니가 다락에 있는 줄 알았겠지."

"그래서 넌 김밥에게 뭐라고 했어?"

"성순이하고 둘만 있었다고 했어. 그리고 다시는 이모네 집을 포함한 어떤 빵집도 안 가겠다고 반성문 썼어."

"나두 그렇게 썼어. 생일날도 아무리 친구들이 불러도 집에서 열심히 공부만 하겠다고 빌었지."

별일 아닌, 반성문을 쓰는 정도로 사건이 마무리 지어질 것 같았다. 하루 종일 가슴 졸이며 공포에 떨고 있었음이 억울해지려는 찰나였다.

"근데, 안되겠다. 오리궁뎅이, 걔, 손 좀 봐줘야 하지 않겠니?"

시종일관 우리가 떠드는 말을 경청만 하고 있던 영은이가 드디어 입을 열었다. 솔직히 우리는 빵집에서 포도발효액을 마시고 빵을 먹으면서 성순이의 생일 파티를 한 사실에 대해서는 어떤 죄책감도 없었다. 가엾은 성순이에게 우정 어린 생일 파티를 해주었다는 사실이 가슴 한쪽을 뿌듯하고 따뜻하게 데워주고 있었다. 단지 오리궁뎅이의 고자질 때문에 우리는 벌을 받고 반성문을 쓰고 다른 학우 앞에서 창피를 당한 것이다. 오리궁뎅이야 말로 '못된 기집애'인 것이다.

"그래. 오리궁뎅이 버릇을 고쳐줘야 해."

성혜가 드라큐라 같은 쌍덧니를 드러내며 말했다.

"맞아. 세상에서 고자질보다 더 나쁜 짓은 없어."

우리는 의기투합했다. 한 사람의 반대도 없이 다섯 명 모두 동의했다. 내일 방과후로 거사 일정을 잡았다.

다음날, 우리는 학교와 오리궁뎅이네 집의 중간에 있는 골목에서 진을 치고 기다렸다.

"오리궁뎅이가 고자질을 안 했는지도 모르잖아."

내가 말했다. 가슴이 벌렁대고 심장은 통통배가 지나가듯 마구 뛰었다.

"그럼, 걔가 아니면, 김밥이 우리가 거기 간 걸 어떻게 아니?"

"김밥이 교외지도 나갔다가 거기서 나오는 우릴 봤을 수도 있잖아. 아마 성순이하고 계정이만 봤겠지만."

영은이도 성혜도 긴장하고 있었다.

"우리가 좀 심한 거 아냐? 우리는 다섯이고 오리궁뎅이는 하나인데……"

"그러니까. 정말 고자질을 했는지 안 했는지 물어본 다음에……"

"너라면, 니가 만약에 고자질을 했다면, 바른말하겠니?"

역시 영은이가 세게 나왔다. 나 역시도 뒤로 빠지고 싶었지만 영은이의 기에 눌려 결정을 못 내리고 있었다.

드디어 사거리 쪽에서 오리궁뎅이가 예의 그 나른한 몸짓으로 엉덩이를 흔들며 걸어오고 있었다.

우리는 다섯이고 오리궁뎅이는 하나이다. 우리는 머릿수로 제압하고 있다는 암시를 서로에게 눈짓으로 건넸다.

집 쪽으로 방향을 트는 오리궁뎅이를 불렀다.

"니들 무슨 일이니?"

우리들의 얼굴이 험악하게 일그러져 있음에도 불구하고 오리궁뎅이는 웃으며 골목으로 들어왔다. 우리 다섯은 오리궁뎅이를 에워쌌다.

"너, 솔직히 말해."

영은이가 한 발 앞으로 나서며 위협했다. 심상치 않은 분위기를 느낀 오리궁뎅이는 책가방을 움켜쥐며 금방 겁을 먹었다.

"다 알고 있어. 니가 김밥한테 찔렀지."

"무슨 말이야? 찌르다니……"

그녀는 정말로 영문을 모르겠다는 듯이 우리를 둘러봤다.

"니가 꼬아 바치지 않았으면 김밥이 우리가 진달래에 있었던 걸 어찌 알았지? 너 맛 좀 볼래?"

영은이가 정말로 오리궁뎅이를 내려칠 듯이 손을 번쩍 치켜들었다. 소슬한 가을바람 한 자락이 골목 안으로 들어오려다가 쫓겨나갔다. 우리는 모두 영은이가 오리궁뎅이를 때리면 어떡하나, 그러나 후련하게 귀싸대기라도 한 대 갈겨주기를 바라고 있었다. 그러나 참 모를 일이었다. 전세가 역전되어 버린 것이다.

"쌍년들, 까진 애들이라 역시 노는 게 다른데?"

나는 그때까지 그런 상스런 욕을 내 귀로 들어 본 적도, 입에 담아본 적도 없었다. 우리 다섯 명은 모두 기함을 할 지경으로 놀래서 입을 다물지 못했다. 머릿수로 우세해서 큰소리를 치긴 했지만 누구보다 심성이 여린 성순이는 더 겁을 먹고 주춤주춤 뒤로 물러났다.

"씨팔년들…… 나 안 했어. 아침에 젖싸개 끈이 끊어져서 오늘 일진이 나쁘겠다 했더니만…… 에이, 재수 없어. 비켜."

다섯 명이 너무 놀라서 하나같이 입을 못 닫는 사이 오리궁뎅이는 할 말을 다하고, 잇새로 침을 찍 내뱉고, 영은이의 가슴팍을 밀쳐서 탈출구를 뚫었다. 우리가 정신을 수습하고 주위를 둘러봤을 때는 이미 오리궁뎅이의 날씬한 몸은 바람을 일으키며 골목을 빠져나간 뒤였다.

참 알다가도 모를 일이었다. 우리는 오리궁뎅이가 연기 연습을 하는 것을 몇 번 보았다. 그녀가 극중의 표독스런 장희빈이 되어 눈에는 독기를 담고 목소리는 앙칼지게 꾸며서 중전을 저주하는 대사를 읊는 것도 들었다. 그러나 평상시의 그녀는 이 세상에서 고상한 여자는 오직 자기뿐인 듯이 굴었다.

우리는 오리궁뎅이가 순순히 자기의 잘못을 인정하고 눈물로서 용서를 빌 줄 알았다. 그러면 앞으로 조심하라는 공갈이나 좀 치고 그녀를 용서할 작정이었다.

"우와, 질렸다. 쟤, 저런 애인줄 몰랐어."

놀람의 충격으로 힘이 빠져버렸는지 성혜가 책가방을 깔고 앉으며 말했다. 겉은 그렇게 우아하게 포장된 아이가 어떻게 저다지도 저급하고 비속한 욕을 입에 담을 수 있는지…… 둔중한 물체로 뒤통수를 가격당한 듯한 충격이었다.

우리 다섯은 비실비실 걷다가 각자의 집으로 흩어졌다. 학교에서 요염하게 웃으며 허리를 꼬고 다니긴 하지만 어느 한구석은 백치처럼 순진해 보이기도 하던 오리궁뎅이와, 상스런 욕을 남발하던 오리궁뎅이가 도저히 짝짓기가 되지 않아 잠도 오지 않았다. 겨우 잠이 들자, 깡패처럼 침을 찍 옆으로 내뱉으며 영은이를 밀치던 오리궁뎅이가 꿈에 출현했다. 꿈속에서 그녀는 내게 침을 뱉고 욕을 하고 밀치고 때렸다. 나는 비명을 지르면서 깨어났다. 온몸은 식은 땀이 흘러 물주머니처럼 젖어있었다. 으스스 등에 한기가 돋았다. 아직 날이 밝지 않아서 어슴푸레한 허공을 바라보며 무언가 심상치 않은 일이 내게 닥치고 있음을 예감했다. 그렇다. 여기서 만이라도 '생일 파티' 사건이 막을 내렸더라면 내 인생은 순탄하게 흘러갔을지도 모른다.

다음날 불길한 예감을 안고 등교했다. 기대는 빗나가고 우려는 적중하는 것이 인생이 아니던가. 우리 다섯은 점심시간에 훈육실로 불려갔다.

"니들 여기에 왜 왔는지 알겠지?"

김밥은 박달나무로 만들어진 당구 큐대를 까닥까닥 흔들면서 말했다. 우리들은 서로의 얼굴만 곁눈질로 살피며 아무 말 못하고 있었다.

"니들 말은 들어 볼 것도 없다. 교실로 돌아가 내일 아침 10시까지 부모님 모시고 와."

그렇게 말하고 김밥은 훈육실을 나가 버렸다. 김밥의 슬리퍼 끝이 문틈에서 사라지자 성순이가 울음을 터뜨렸다.

"난 우리 고모한테 맞아 죽어."

"울지마. 운다고 해결이 날 일이 아니잖아."

"울 꺼면 김밥 앞에서 구슬프게 울어서 동정심을 자극했어야지."

"오리궁뎅이가 뭘 꼬아 바친 거지? 우리가 머리카락 하나라도 뽑았니? 걔가 영은이 널 밀쳤잖아."

"아무튼 오리궁뎅이 사악한 애야. 걔 욕하는 것 들었지?"

"일단 교실로 돌아가자. 뭐가 뭔지 모르지만 우리는 부모님을 모셔와야 해. 우리는 함정에 빠졌어."

우리는 정말 함정에 빠진 것이었다. 그날 교직원회의는 유난히 길었고 우리 다섯은 교직원회의가 끝날 때까지 대기하라는 명령을 받았다. 결국 김밥이 나누어준 '부모님 소환장'을 들고 다시 한 번 화단 뒤쪽에서 만났다.

"우리 집단으로 가출할까?"

"가출하면 퇴학이야."

"이래저래 퇴학당할 것 같은데…… 우리 엄마는 내 머리를 몽땅 깎아서 골방에 가둘 거야. 골방에 갇혀 오욕의 세월을 보내는 것보다는 가출이 낫잖아."

"가출하면 뭐 먹고 살건데? 잘못하다간 술집이나 나가게 돼. 너 신문도 안 봤어?"

"야, 우리 아버지는 남부끄럽다고 공직에서 사퇴하실지도 몰라."

드디어 나도 울음을 터뜨렸다. 내가 울자 모두 따라 울었다.

오리궁뎅이가 골목에서 우리를 만난 날 저녁, 그녀는 집에 가서 언니와 싸우다가 얼굴을 손톱으로 긁혔고 책상 모서리에 부딪혀서 허벅지에 커다란 멍이 들었다. 상처가 생긴 까닭을 묻는 어머니에게 사실대로 밝혔다가는 언니에게 다시 당할 것이라고 짐작한 오리궁뎅이는 우리를 희생양으로 삼았다.

학교 교무실을 풀방구리에 쥐 드나들 듯이 드나들며 치맛바람을 일으키던 오리궁뎅이의 어머니는 날이 밝자마자 교무실로 들이닥쳤던 것이다. 이쁜 내 새끼를 할퀴고 멍들게 한 깡패 학생들을 벌하지 않는다면 교육청에 진정서를 넣겠다고 입에 거품을 물면서 교장 선생님의 책상을 쳤다.

다섯 모두 무기정학이었다. 정학의 사유는 유흥업소 출입과 폭력 행사였다. 우리에게는 해명의 기회도 주어지지 않았다. 증거는 오리궁뎅이의 얼굴에 난 상처였고 허벅지의 멍으로 충분했다.

문제아, 깡패, 되바라진 애, 노는 애라는 별명이 내 인생에 화인처럼 찍히게 된 첫 사건이었다. 영어 선생님이 조기대가리라고 불리고 훈육주임이 김밥으로 불렸듯이, 우리 역시 달갑지 않은 '드라큐라파'라는 악명을 얻게 되었다. 그때까지 '미래하고 친한 애들'이라고 불리는 것이 고작이었는데 우리도 모르는 사이에 그런 이름이 붙어버렸다. 아마도 성혜와 계정이의 송곳니가 작명에 한몫 거든 것이다.

그러나 화려한 출범과는 달리 그 뒤 드라큐라파는 아무런 업적도 남기지 못하고 소멸했다. 당연히 '드라큐라'라는 이름은 세인의 기억에서 서서히 지워졌고, 나 역시도 망각의 강에 그 이름을 띄어 보냈던 것이다.

난 소설가가 아닌 무엇이 될 수 있을까

춘천 김유정문학촌

2018년 10월 어느 청명한 가을날, 서울 압구정동 현대백화점 주차장에서 버스 두 대가 춘천을 향해 출발했다. 언제나 그랬듯이 선발 1호차는 소설가협회 이사장님을 위시한 어른들이 탔고, 스스로 젊다고 자처하는 사람은 후발 2호차로 왔다. 나도 2호차 뒤쪽 좌석에 앉았다. 앞을 훑어보니 처음 보는 얼굴도 많다. 목에 걸린 이름표를 읽어봐도 역시 모르는 이름이 많다. 모르는 이름은 다 나보다 젊다. 차창에 얼비치는 얼굴이나 차림새는 누가 봐도 글밥 먹는 글쟁이들, 그 이상도 이하도 아닌 것 같다.

나의 소설가협회 회원으로서의 연륜이 올해로 딱 30년이다. 협회에서는 매년 봄과 가을로 국내에서 세미나를 열었고, 나는 출석률이 꽤 좋은 편이었으니 대한민국의 소설, 문학, 예술에 관한 나우 알려진 명소는 얼추 다 밟았다.

김유정문학촌도 세 번째인가 네 번째인가.

어릴 적 놀던 고향에 어른이 되어 돌아가면 추억 어린 모든 사물이 왜 그리 작아져 버렸는지 내가 걸리버여행기에 나오는 거인이 된 기분이었다. 헌데 김유정문학촌은 매번 찾을 때마다 점점 규모가 커지고 번잡해져서 내가 대인국에 온 소인이 된 기분이다. 방문객이 많아져서 편의시설을 늘리나보다.

실레마을에 조성한 산책길에 바람결에 나부끼는 코스모스 곁으로 딱 코스모스 키만큼 자란 소풍 나온 유치원 아이들이 재잘거리며 걸어간다. 노란 유니폼을 입은 아이들은 병아리 떼 같다.

"영 안 늙을 것 같던 김 선생도, 세월 앞에는 어쩔 수 없네요."

웬 카메라가 코앞으로 바짝 다가오기에, 반사적으로 생긋 웃었다. 카메라가 비키면서 '박으면 빼준다'는 강 선생님 얼굴이 나타난다. 돈 안 드는 말, '세월이 무색하게 여전히 젊다'고 고운 말본새를 갖추면 안 되나 원. '여성에게 고따위 물색없는 소리나 하고 다니니 인기가 없지.'라고 쏘아주려고 돌아보니, 벌써 다른 여성을 카메라에 박는 중이다. 하긴, 세월 앞에서 어쩔 수 없다는 푸념이 나올 만큼, 강 선생님과의 연륜도 깊다. 소설가협회를 통해서 이뤄진 인연이다.

"……내가 40년 동안 살아온 40년 된 22평 아파트가 20억이야. 이 나이에 벌이는 없는데, 낡을 대로 낡고 비좁아 터진 쬐끄만 집, 값 올려서 세금만 내라니 날더러 어쩌라고……"

격양된 강 선생님의 목소리가 다시금 들린다.

세월타령인가. 돈타령인가. 집타령인가.

한국소설가협회가 사단법인이 되기 전에, 회장이시던 홍성유 선생님이 막역지우라던 김종필 총재에게 "우리 소설가협회가 사무실도 없어서……"라고, 구원을 요청했더니, "아니 대(大)소설가협회가 사무실도 없다니……"라며 재계에 그 사실을 고했고, 쌍용그룹에서 문화사업기금 2억을 전액 소설가협회에 전하는 조건으로, 문화관광부에 쾌척했다.

1억으로 마포에 25평 오피스텔을 구입했고, 1억은 금융기관에 신탁하여 그 이자로 살림을 살기로 했다. 둥지는 마련했으나 살림살이가 전혀 없는바, 십시일반으로 회원 누구는 커피포트를 누구는 책상과 의자를 기부했고, 나는 친정에 집이 생긴다는데, 기쁜 마음으로 팩스 한 대를 기부했었다.

"강 선생님, 그때의 부동산 경기로 1억이면 지금 20억이 되어버린 아파트도 살 수 있었다는 말씀하시려는 거죠?"

김유정문학촌은 소설을 쓰는 작가라면 필히 들러봐야 할 명소이다. 65세 이상의 어르신들은, 나라에서 차비를 다 부담해 주는 경춘선 기차를 타고 서울에서 한 시간 남짓 달려 김유정역에 내려 5분만 걸으면 김유정의 소설이 안내하는 옛추억과 만날 수 있다. 그래서인지 아침에 서울에서 볼일보고 점심때쯤 기차로 춘천으로 달려와 세미나에 합류한 소설가도 몇 분 계신다.

나는 김유정 작가의 소설 「봄, 봄」을 입체낭송극으로 각색하여 김유정문학촌 마당에서 공연도 했었다. 이은집 선생님이 연출을 맡고, 내가 점순이 역을 연기했다. 입가에 미소가 고이는 추억이다.

동시에 떠오르는 아픈 추억도 있다. 그날 공연 시각 몇 분을 앞두고 화장실에 가야만 했다. 종종종 달려갔다. 시원하게 일을 마친

후, 화장실을 뒤에 두고 내닫는 걸음은 화장실을 앞에 두었을 때보다 더 급했다. 문학촌 솟을대문간에 대문짝이 앞뒤 180도로 활짝 열리는 것을 방지하려고 한가운데 심어놓은 돌이 있는데 나는 기와지붕 그늘에 가려진 돌을 보지 못했다. 급한 마음에 속도를 상승시켜 달리다가 그만 돌부리를 힘차게 차고 하늘로 날아서 5미터쯤 앞으로 낙하했다. 패대기쳐진 개구리처럼 사지를 벌리고 뻗었다. 아픔보다 창피함보다 조급함이 먼저였다. 얼른 일어나 옷 털고 공연을 시작했다. 공연이 끝나고도 옆구리의 고통이 멈추지 않아서 서울로 돌아와 병원에 갔더니 갈비뼈에 금이 갔대나. 한 달여를 고생했던 아픈 추억이다.

〈2018 김유정문학제〉 팸플릿에 '점순이 찾기 대회'가 눈에 뜨인다.

"점순이는 뭐, 그리 썩 예쁜 계집애는 못된다. 그렇다고 개떡이냐 하면 그런 것도 아니고, 꼭 내 아내가 돼야 할 만치 툽툽하게 생긴 얼굴이다. 나보다 십 년이 아래니까 올해 열여섯인데 몸은 남보다 두 살이나 덜 자랐다. 남은 잘도 훤칠히들 크건만 이건 위아래가 뭉툭한 것이 내 눈에는 헐없이 감참외 같다. 참외 중에는 감참외가 제일 맛이 좋고 예쁘니까 말이다. 둥글고 커단 눈은 서글서글하니 좋고, 좀 지쳐 찢어졌지만 입은 밥술이나 톡톡히 먹음직하니 좋다."

내가 소설 「봄, 봄」의 주인공인 점순이 용모를 묘사한 문장을 낭독을 했다. 한두 번 읽어본 문장이 아니건만 읽을 때마다 새록새록 맛이 난다. 잘근잘근 오래 씹으면 단물이 쏘옥 배어나올 것 같다.

"점순이로 뽑히면 상금 50만 원과 상장, 캐리커처 그림을 준다는군."

"바로 나야."

손을 들고 나서는 여인은 서 선생이다. 누가 보아도 안성맞춤 점
순이이다. 단지 16세 점순이가 아닌 두 배의 세월이 강물처럼 흘
러간 점순이일 뿐이다.

"선착순 10명으로 마감한대. 서 선생이 점순이로 떼어놓은 당상
이다. 서둘러요."

내가 그녀의 등을 밀었다. 참가 대상이 16세 이상 25세 이하의
미혼여성이라는 정보는 전하지 않았다. 소설 속의 점순이야 16살
이지만, 소설 밖의 점순이가 어떻게 이팔청춘에 머문단 말이냐. 서
선생, 요즈음 연애의 불꽃을 피우는 이팔청춘이라면서? 부디 밀고
나가길. 내가 밀어줌세. 나는 서 선생을 '이팔청춘의 점순이'가 아
닌 '점순아줌마'로 만들어서 상금을 노려볼 야심을 품으며 혼자서
깨소금 짜는 미소를 짓는데,

"점순이만 뽑나? 배참봉댁 마름인 봉필영감, 점순이 애비는 안
뽑아? 원래 악역이 강렬한 인상을 주는 법이라. 나 어때?"

누군가 「봄, 봄」 속의 봉필영감으로 출마의 기치를 올린다.

"마름이란 욕 잘하고 사람 잘치고 그리고 생김생기길 호박개 같
애야 쓰는 거지만 장인님은 외양이 똑 됐다. 작인이 닭마리라도 좀
보내지 않는다든가 애벌논 때 품을 좀 안 준다든가 하면 그해 가을
에는 영낙없이 땅이 뚝뚝 떨어진다. 그러면 미리부터 돈도 먹이고
술도 먹이고 안달재신으로 돌아치든 놈이 그 땅을 슬쩍 돌아 안는
다. 이 바람에 장인님 집 외양간에는 눈깔 커다란 황소 한 놈이 절
로 엉금엉금 기어들고 동리 사람은 그 욕을 다 먹어가면서도 그래

도 굽신굽신하는 게 아닌가."

"호오박개가 먼 줄 아시남? '뼈대가 굵고 털이 북슬북슬한 개'래요. 일단 온몸에 털부터 심어서 외양을 갖추고 응시를 해보심이 어떨지요."

우스개 만담으로 오랜만에 만난 인사를 대신하고 시시덕거리는데,

"세미나 시작입니다. 어여들 들어오세요."

저 경상도 억양의 사나이는 기획실장이시던가.

놀이마당에서 곰실대는 가을볕이 따사롭다. 바람이 머리카락을 희롱하며 유혹한다. 양지쪽에 앉아 마냥 볕바라기를 하고 싶은데, 실내로 들어오란다.

봄볕은 며느리를 쬐이고 가을볕은 딸을 쬐인다,는 속담이 있다. 며느리보다 딸을 더 아끼는 시어머니는 살갗이 타고 거칠어지는 봄볕에는 며느리를 내놓고 가을볕에는 딸을 내놓는다. '봄볕에 그을리면 보던 님도 못 알아본다.'는 속담도 있다. 나는 며느리가 아닌 딸이고 싶다. 그러니 나는 봄볕에 그을려 정든 님도 못 알아 볼까봐 봄나들이는 못 했던 딸처럼 앙갚음이라도 할 양으로 가을볕에 좀 놀기로 한다. 잠깐 햇볕 쪼이기를 하려고 나무의자에 앉았다.

오늘 세미나의 주제는 〈한국소설문학의 세계화를 위한 모색〉이다. 세미나의 발제자 인 김명조 선생도 '죽어도 번역'을 강조하고 있다

시청각을 통한 감정적 교류가 이루어지는 음악이나 미술, 후각과 미각을 자극하는 음식이나 종합예술이라는 연극이나 영화는 세계

를 향해 뻗어가고, 또한 해일처럼 쳐들어와 우리 문화에 스미고 변화 오염시키고 있다. 가수 싸이의 정규앨범 타이틀곡인 '강남스타일'이 유튜브 조회수 20억 회를 돌파했고, 방탄소년단은 빌보드 차트에서 1위를 차지하는 쾌거를 이룩했다. 싸이의 말을 타는 듯한 선정적인 춤사위를 보면 뛰어나가 어울리고 싶도록 마력이 있다. 방탄소년단의 쾌거는 대단하다는 생각에 앞서 믿기지가 않는다. 하지만 유튜브 조회수 20억이나 빌보드 차트의 랭킹이 가수나 작곡가의 예술적 능력만으로 되는 일이던가.

우리의 역사를 돌아보면, 우리는 문화 문물 기술 예술을 받아들이기는커녕 쇄국정책으로 일관했고, 삼면이 바다이면서도 바다로 침입할 무장공비나 중국 어선들의 불법조업을 막고 안으로 스스로를 가두면서 문단속하는 데만 힘을 썼었지, 바다로 하늘로 땅으로 뻗어나갈 염은 없었다.

실제 소설가라고는 나 하나 만나 보았고, 저자의 친필 서명이 있는 책이라고는 내게서 받은 내 저서가 유일할 뿐인 사람들이 내게 친숙한 척 다가와 던지는 질문이란, 언제 한국 작가 중에서 노벨상 수상자가 나올 것인가, 이다. 대한민국 작가들의 작품이 세계적인 문학상을 수상하기에는 아직 수준미달이 아니냐고 딱 대놓고 비아냥거린다.

진즉에 대한민국이 외국문학과 문화 문물을 받아들이는 것보다 우리의 문학, 문화 예술을 세계만방에 퍼뜨리는데 주력했더라면 우리는 이미 노벨문학상을 비롯한 저명한 문학상을 몇 개 정도는 거머쥐었을지도 모른다.

한국문학은 한국어로 쓰인 글로 읽는 것이 이상적이라고 해서 전

세계인들에게 한국어를 가르칠 수는 없지 않은가. 헤브라이어로 쓰인 '성경'이 각국의 언어로 번역되지 않았다면 불후의 베스트셀러가 될 수 있었겠는가. 언제나 노벨문학상과 번역이라는 이슈가 대두될 때마다 언급되는 인도의 시인 타고르의 「기탄잘리」는 뱅골어로 쓰인 시를 번역했다기보다는 영어로 쓰인 시이다. 28권의 저서가 있고 2500편 이상의 곡을 작곡한 타고르의 업적이나 사상에 대해서 각 나라마다 평가가 다른 이유는 뱅골본과 번역본 사이의 간극을 좁히지 못했기 때문이다. 주로 뱅골어로 쓰였던 타고르의 작품세계는 다른 나라 언어로 번역이 난해하기 때문에 쉽게 음미하기 어렵고 접근이 용이하지 않은 작품으로 느껴졌으리라. 한국 작가의 문학작품이 세계로 뻗어 나가기 위해서는 국가적 차원에서의 지원이 필수불가결이다. 이탈리아 옛 속담에서 '번역자는 반역자'라 일컬었다. 번역은 원작의 완전한 등가물(等價物)이 될 수는 없을지라도, 한국소설문학의 세계화를 위한 건너야 할 강이고 넘어야 할 산이다.

춘천관광호텔

나는 세미나의 일정표를 받으면, 먼저 살피는 것이 공식 일정 종료시각이다. 호텔체크인이 7시 30분인걸 보면 새삼 묻지 않아도 그 이후는 자유시간임을 알 수 있겠다. 아름다운 친교의 시간이다. 인류의 역사와 진정한 세미나는 늘 밤에 이루어지지 않던가. 숙소 또한 유서 깊은 춘천관광호텔이다. 도청소재지인 도시의 이름을 선점한 호텔은 과거 어느 한 시기에 강원도를 대표했던 호텔이다. 고개를 올려 쳐다보니 호텔은 생긴 모양새부터가 늙었다. 많이 늙었다. 건축물이란 네모진 바닥에 네모진 네 벽면과 네모진 옥상으로 이루어져야만 한다는 듯 용서할 수 없는 직육면체이다. 그래도 수십 년 동안 소설가협회 세미나에 참석하면서, 무궁화가 붙은 호텔에서 2인1실 숙박은 자주 누리는 사치가 아니었다.

짐을 두고 나오라 한다. 춘천의 밤거리를 구경하잔다. 1박2일의 일탈이라 해도 외박이란 살이 떨리는 스릴이 있다. 어떻게 빠져나온 집인데, 해떨어지자마자 잠자리에 든다는 것은 어불성설의 잠꼬대가 아니겠는가.

삼삼오오 짝을 지어 한패는 노래방으로 한패는 선술집으로 몰려간다. 나도 무리에 휩쓸려 술집 의자에 앉았다.

말과 말이 꼬리를 물고 끊이지 않고 이어진다. 소음을 돌파하고 영혼의 대화에 집중토록 하는 힘은 공감대를 확인한 의기투합의 열정이다.

나는 불혹에 이르기 전에 등단을 했었다. 그 시기만 해도 불혹에 등단은 늦깎이였다. 할 일도 많고, 갈 길도 먼데 인생의 해가 지는구나, 이런 한탄도 했었다.

이번 세미나는 유독 신인들이 많은 것 같다. 내가 등단했던 나이보다 더 늦은 나이에 등단한 신인들이다.

젊은이들에게 피가 되고 살이 되는 덕담을 들려주고 싶은데, 술이 취하면 나오는 소리란 아재개그이거나 성(性)스러운 화제뿐이다.

"헤밍웨이가 임포텐츠여서 비관하여 권총자살을 했다나, 요즘 시대를 살았더라면 발기부전 치료제가……"

치료제와 처방에 대해 혼자만이 명의라도 된 듯 열을 올리고 침을 튀긴다.

"이 그윽한 가을밤에 술맛 떨어지는 대화 말고, 광란의 세미나가 열려야 하지 않겠어요?"

연애에 빠지면 시인이 되고, 실연을 당해야 비로소 소설이 써진 다고 했다. 젊은 날에는 날카롭고 섬세한 감성으로는 시를 쓰고, 소설은 60살부터 시작하라는 말도 있다. 독서와 사색과 경험과 깊은 자기 성찰을 거쳐야 진정한 소설이 나오지 않겠는가.

첫잔의 건배사는 언제나 '광란의 밤을 위하여'였으나 마지막 잔의 건배사는 '고요하고 거룩한 밤을 위하여'이다.

박수근박물관

춘천관광호텔의 조식 메뉴 중에는 북엇국이 있었다. 언제나 북엇국을 준비하는 것인지 아니면 엊저녁 술 퍼마시는 투숙객의 숫자를 헤아려 메뉴를 짠 것인지는 모르겠으나, 북엇국은 쓰린 속을 어루만지며 숙취를 말끔히 쓸어가는 것 같다.

버스에 타고 한숨 졸고 났더니, 산 좋고 물 좋고 공기 좋은 곳에 내가 있다. 피부에 닿고 콧속에 스미는 바람이 비단결 같다.

양구(楊口)는 '버드나무 우거진 벌판으로 들어가는 입구'라는 뜻을 가진 지명이다. 나는 양구에 박수근박물관이 있는 줄도 몰랐다. 알았더라면 불원천리 찾아 갔었을까. 그 근방에 볼일이 불렸더라면 지나는 길에는 들렀지 싶다.

〈2002년 10월 25일 박수근 선생의 생가에 건립된 박수근미술관은 작가의 작품세계와 예술혼을 기리는 동시에 지역의 대표 문화공간이 되고자 노력하고 있습니다. 박수근 선생의 소박한 삶과 작품세계를 연구하고 이를 전시, 교육, 출판사업 등을 통해 재조명하고 있으며, 역량 있는 작가들이 창작활동에 몰두할 수 있도록 창작스튜디오 프로그램을 운영하고 있습니다.

박수근미술관은 박수근 선생의 손길이 담겨 있는 유품과 유화, 수채화, 드로잉, 판화, 삽화 등 여러 작품을 소장하고 있으며 이를 선별하여 상설 전시하고 있습니다. 또한 박수근 선생과 같은 시대에 활동했던 근현대 한국 화단의 주요 작가들의 다양한 작품들을 소장하고 있으며 이를 기획 전시하고 있습니다.〉 — 박수근미술관 홈페이지에서 발췌

아무리 읽어봐도 박수근 화가의 진품이 전시되어 있다는 설명은 없다.

박수근 화가의 생가 근처에 그가 수없이 스케치했던 빨래터나 우물가나 자작나무숲을 부랴부랴 만들어놓고 관광객을 부르는 것이 무슨 의미가 있단 말인가.

이렇게 내가 불평을 토하는 까닭은 박수근박물관에는 박수근 화가의 진품이 없었다는 뜻이다. 물론 나는 진품을 보지 못했기 때문에, 가품을 진품이라 한들 속을 수밖에 없었겠다.

가난한 시절의 박수근 화백이 생계를 위해 헐값에 내다 판 그림들이 지금은 그 가치를 인정받아, 박물관에서는 사들일 재력이 없다고 한다. 서민 개인이 사들이기에는 3대가 벌어 모아야 할 만한 가격이다. 한편으로는 얼마나 가슴 뿌듯하고 자랑스러운 일인가. 그의 그림값이 그만큼 높다는 것은 그의 작품이 훌륭하기 때문이니까 말이다.

나는 프랑스 파리의 루브르 박물관에서 레오나르도 다빈치의
〈모나리자〉를 겹겹이 둘러싸인 인파를 뚫고 들어가서 채 1분도 안
되는 시간 동안 감상했었다. 문외한의 눈에도 뭐가 달라도 달랐다.
그 감동은 잊히지 않는다.

　화가 박수근의 삶과 예술은 '서민의 화가'라고 한마디로 요약한
다. 그는 곤궁한 시절에 힘겹게 살아갔던 서민화가였다. 그의 작품
에서는 중세 유럽의 기독교적인 분위기가 포착되고 화강암 바위에
새겨진 마애불처럼 토속적인 따뜻한 정이 동시에 솟아난다. 그래
서인가, 박수근은 가장 한국 서민적이면서도 가장 현대적인 화가
로 평가된다.
　박수근박물관 내의 기념품 가게 앞에서 발길이 멎었다. 가게에는
박수근 화백의 작품 속에 나오는 절구질하는 여인, 광주리를 이고
가는 여인, 길가의 행상들, 아기를 업은 소녀, 할아버지와 손자 그
리고 김장철 마른 가지의 고목들의 그림을 프린트한 기념이 될 만
한 소품들을 전시 판매하고 있었다.
　그의 그림 속의 모델들은 정면을 향한 얼굴이 없음에도 대화를
나누는 듯이 보인다. 뒷모습은 더욱 슬프고 어질어 보인다. 그의
아내 김복순 여사는 아내의 일기에서, "나는 가난한 사람들의 어진
마음을 그려야 한다는 극히 평범한 예술관을 지니고 있다"고 박수
근화백의 주위를 바라보는 따뜻한 시선을 전했다.
　나는 '아기 업은 소녀' 그림을 프린트한 작은 천 가방을 몇 개 샀
다. 어젯밤을 같이 한 룸메이트랑 아끼는 후배랑 존경하는 선배에
게 하나씩 선물했다. 나는 그 '아기 업은 소녀'가 그려진 작은 손거

울도 가지고 있다. 거울로는 내 얼굴을 비쳐보고, 뒷면으로는 아기 업은 소녀의 어진 마음을 들여다보고는 한다.

거의 25년 전, 나는 인구 5만이 채 안되는 작은 읍, 부여에 살았었다. 5만 명의 읍민이 소비하는 전기의 양이 광화문 교보빌딩 한 채의 전기사용량보다 적다고 했다. 몇 안되는 의사나 학교 선생님 외에는 대학을 졸업한 사람이 없는, 참으로 낙후된 동네였다.

부여로 이사를 해서 처음으로 참석한 천주교 구역모임에서 수녀님이 나를 서울에서 대학도 나오고 소설을 쓰시는 분이라고 구역회원들에게 소개를 했다. 한 여자가 나를 찬찬히 훑어보더니 벌떡 일어나서 목에 핏대를 올려가며 삿대질을 했다.

"소설가요? 소설가가 얼마나 높고 귀한 분인데, 소설가되기가 판검사 되는 것보다 몇 배나 힘들거등요. 여기가 촌이라고, 함부로 소설가라고 사칭해도 속을 줄 아는 모양인데, 수녀님, 이 여자 거짓말에 속지마세요."

나의 용모나 풍기는 인격이 그녀의 머릿속에 자리잡은 소설가의 이미지하고는 턱없이 모자랐나보다. 나는 기다 아니다 변명도 못하고 고개를 숙인 채 손톱만 물어뜯었다. 그 여자는 화장실도 안 가는 학교 선생님, 그의 그림자도 밟으면 안 되는 사부님 신부님보다도 더 존경과 흠모를 바쳐야 할 높은 곳에 '소설가'를 올려두고 있었다. 나는 겨우 저서 한 권을 막 낸 참이었고, 누군가 소설가 선생이라고 불러주면 황송하고 감사해서 얼굴을 잘 들지도 못하던 시기였었다.

나는 그녀의 환상을 깨는 소설가여서 정말로 미안했다. 그 순간 '나'라는 존재는 펑 하고 없어지고, 소설가만 남게 하고 싶었다.

화가 박수근이 생계를 위해 미군 PX에서 미군들의 초상화를 그려주며 생계를 잇던 시절 그는 아직 소설가가 되기 전이던 박완서 선생을 만난 적이 있다. 그는 박완서 선생의 문단 등단 작품인 소설 「나목」에 등장하게 되는데, 그가 심각하게 자책하는 대목이 있다.

"난 오랫동안 그림을 못 그렸어. 너무 오랫동안…… 아직도 내가 화가인지 궁금할 만큼 오랫동안. 나는 내가 사람이 아니란 것보다 화가가 아닌 것이 더 두려워. 화가가 아닌 난 무엇이 될 수 있을까. 도무지 짐작도 할 수 없어."

세미나에 얼굴을 들이 밀 때마다 나는 당근보다 채찍을 얻어온다. 그리고 또 자책한다.

"나는 내가 사람이 아니란 것보다 소설가가 아닌 것이 더 두려워. 소설가가 아닌 난 무엇이 될 수 있을까……"

해설 _ 정연희 소설가 · 예술원 회원

인간의 본능적 문제를 표현한
발칙한 소설읽기

인간의 본능적 문제를 표현한 색다른 소설읽기

　호모 휙투스(Homo Fictus)-〈인간은 이야기 하는 동물〉이라고 했다. 태 중에서 막 태어난, 탯줄 자리도 마르지 않은 갓난아기도 눈이 마주치면 눈으로 이야기 하는 것이 인간이다. '조너선 갓셜'은 그의 저서에서 인간을 '스토리텔링 애니멀…… 삶도 정치도 결국 이야기'라 했고, '스토리텔링은 생존의 기술'이라고 주장했다. 얼마 전부터 종이 책이 죽었다, 소설이 죽었다고 아우성을 치고 있는데도, 해마다 신춘문예로 등단하는 소설가와, 각 문학지로 등단하는 소설가가 줄을 잇는 이유는 '생존의 기술'을 비켜 갈 수 없기 때문이던가. "돈도 안되고, 유명세로 명예를 얻는 것도 아닌데……무엇하겠다고 소설을 쓰기 시작했어요?" 그렇게 물으면 그저 웃는 것이 대답이고 보면, 이야기에 중독된 인간이 그 중독에서 헤어날수 없기 때문이었을 것이다.

1991년 스마트폰 출시 이후, 우리나라 각 가정에서 3~4개의 스마트폰을 보유한 가정이 70%에 가깝다는 통계가 나왔고, 심지어 두 살짜리 아이가 스마트폰이 거치대에 얹혀 있는 유모차에서 그것을 오락물로 여기는 아기들이 38%가 된다는 기막힌 숫자가 판을 치고 있다. 전철에서는 승객 중 80~90%가 스마트폰에 얼굴을 처박고 있는 것이 현실이다. 이렇듯, 전 세계의 정보화(情報化)이후 문학세계의 추락은 거의 비극에 가깝지만, 아직 영화나 소설이 대중을 사로잡는 것은, 돈 들이지 않고, 대리만족을 충족시킬 수 있는 감정이입(感情移入)이 가능한 기능 때문일 것이다. 그래서 출판사와 서점이 도산되는 경우가 허다함에도 아직 서점에 소설책이 나돌고 있을 것이다.

김영두의 소설 여덟 편을 읽었다. 누구의 작품이건 읽을 때 재미있으면 그것으로 족한데, '해설?' 같은 것을 쓰라는 주문에는 적잖은 부담이 따른다. 나이 탓만은 아니고, 작가로 선배 노릇 할 일도 없고, 나에게는 소설에 대한 이론 같은 것이 당초부터 없었기 때문에, 소설에 대해 이론을 앞세울만한 논리가 전무하기 때문이다. 여러해 전, 김영두의 소설집 『미투』에 실린 「호텔 리치몬드 인 에베소」를 받았을 때…… 단편 몇 편에 진하디 진한 정사(情事)장면에다, 감히 어느 누구도 묘사할 수 없는, 마지막 절(節)에서 정사를 끝낸 뒤에 길거리에 홀로 선 주인공의…… 허벅지에 흘러내리던 뜨거운 분비물 장면에서 적잖은 충격을 받은 일이 있었다. 그런데, 소설가 교주(유만상)가 늘 자신 있게 김영두를 칭찬하던 기억이 잊혀 지지 않았다. "김영두 글 잘 써요! 김영두가 소설 잘 쓴다고요!"

교주의 칭찬 때문이 아니라, 내가 감탄한 것은 김영두의 걸친 것 없는, '내숭 없음!' 이었다. 우리나라 여성 작가들 중에, 지금까지, 김영두만큼 남녀관계, 인간관계를 적나라(赤裸裸)하게 그려내는 소설가가 드물었지 싶다.

우선 가볍지 않은 마음으로 김영두의 소설을 열었다. 그러나 읽기 시작하자 술술 읽힐 만큼 김영두의 소설 속 세상으로 빠져들었다. 「상당(上黨)산성에 뜨는 달」외에 일곱 편은 일인칭 소설로, 읽는 동안 김영두의 이야기를 직접 듣는 듯 친근했다. 내숭 없이 솔직한 술회를 직접 듣는 것처럼 솔깃했다. 걸칠 것 없는 솔직함, 개칠한 흔적 없는 정직성,…… '글은 곧 그 사람이라'는 말이 있지만 김영두의 내면을 샅샅이 드려다보는 느낌이었다.

우리나라 여성문사들에게는, 조선시대의 유교 흔적이, 관습의 문신(文身)처럼 남아 있는 까닭인지, 대체로 그 글들, 어느 대목쯤에서는 무엇인가를 감추거나 슬쩍 넘어가거나 숨긴 듯한 내숭끼를 만날 때가 적지 않았다. 그런데 적잖은 일본 여성문사들의 글이 속옷까지 활활 벗어 붙인 듯 아슬아슬할 만큼 자유스러운 글을 만날 때마다, 왜 우리나라 여성들은 자기 자신에게조차 정직, 자유롭지 못한지 답답할 때가 있었는데, 김영두의 소설은 그런 뜻에서 특별했다.
김영두는 그 자신의 삶, 순간, 순간이 남다른 스토리다.

「푸른 달」에서는 결혼한 적이 없는, 아버지 없이 태어난 미혼모의 딸에게 주는 회고 형식의 이야기에서, 50이 된 엄마는 말한다. "……나는 젊은 날 끝내주게 미쳤었어……이제 안정에 대해 조금 눈뜰만해졌지만, 난 앞으로도 말썽거리를 찾아다니며 전진하는 삶을 살고 싶은데, 왜 지나간 세월을 회상하게 되는지……"

말썽거리를 찾아다니며 전진하는 삶을 살고 싶어 하는 50대의 엄마는 "첫사랑의 추억을 들추는 일만큼 가슴 아픈 일은 없어, 사랑은 시한부야. 한 번의 연습도 없었던 첫사랑은, 인연의 엇갈림만 반복하다가 결국 사랑을 과거로 흘려보내 버리거든. 치기 어린 자존심 싸움이나, 수줍었던 망설임이 평생 가슴을 치는 통한으로 남는다는 사실을, 첫사랑이 연습사랑으로 지나가 버린 다음에 깨닫게 되지."(25쪽)

끝내주게 미쳤었던 엄마의 젊은 날은 민주화를 위한 학교시위대에서 폭발하고, 시위대 진압 경찰관과의 조우(遭遇)! "……후드득 놀란 가슴이었지만 지금도 그 장면이 스냅사진처럼 선명하게 살아 있어……가죽장화를 신었고, 운두가 높은 제모 차양 아래의 눈은 사색하듯 깊었고, 눈썹은 곧고 뭉툭했으며 콧날은 곧고 단정했어……왜 신(神)이 운명의 남자와 이런 몰골로 만나게 했는지 그때는 몰랐지……" "작별도 못하고 보내 버린 청춘은 돌이킬 수 없어졌고, 또한 횃불처럼 지펴졌던 정열은 재처럼 사그러졌구나. 우리의 실체는 불멸하는 영혼이 아닐까……고상하고 우아하게 늙어가기보다는 더 많은 실수를 하며, 또 그 실수를 극복하며 거칠게 살고 싶어. ……난 아직 심장이 뜨겁거든." 미혼모에게서 태어난 딸에게, 나이 오십의 엄마가 건네는 마지막 말이었다.

고상하고 우아하게 늙어가기보다는 더 많은 실수를 하며……거칠게 살고 싶어……난 아직 심장이 뜨겁거든……주인공의 고백이 김영두의 고백으로 들리는 것은, 김영두 자신의 현실이 한순간도 비켜 가는 일 없이 뜨겁게 느껴지기 때문이었을까.

「나쁜 남자, 나쁜 여자」와 「나쁜 여자, 나쁜 남자」 그리고 「아무것도 아닌 이야기」 세 편은 한편의 소설로 이어져도 될 만큼 소재, 인물, 스토리가 불륜에 얽힌 사설이었다. 꾸미거나 덧칠하는 일 없이 요즘 남녀의 성 풍조(風潮)를 기탄없이 서술한 소설이다.

주인공 수지는 타인을 의식하는 일 없이, "나는 가끔 알통 밴 팔뚝에 푸른 용을 문신으로 새겨 넣고 험상궂은 구레나룻이 뺨을 덮은, 질이 나쁜 남자의 오토바이 뒷자리에 타고 어딘가로 도망치는 꿈을 꿔. 꿈속에서 내일이 오지 않기를, 꿈속에서 그대로 죽어버리기를 기도해……" 약혼자가 있는 약혼녀 수지가, 보졸레누보 와인 파티에서 처음 만난 S와, 그길로 시선이 얽히고 얽혀, "……감전사할 만큼 높은 전압의 눈빛에 찔려서 옴짝달싹 못하고,…… 일주일 동안 휴대전화 전원을 꺼놓고, 잠수를 탔던……" 그런 관계의 S를 10년 만에 만난 자리에서 터놓은 대화의 한토막이다. "S와 일주일 동안의 일탈을 끝내고 일상으로 회귀했을 때, 내 약혼자 N은 우리 부모님에게 나와의 파혼을 선언한 뒤였어……" 주인공은 사회가 금지한 열정을 분출한 대가가 해일이었고, 해일이 모든 것을 쓸어버렸다는 결말 위에서 주홍글씨를 가슴에 달고 오욕의 나날을 보냈다……고 했다. 그리고 이 소설은 제3의 여인이 겪는 결혼과 성생활, 그리고 '도깨비도 19살'이라는 옛말 따라 자신이 그 나이에 겪었던 M에 관한 사건을 그려 넣었다.

「나쁜 여자, 남자」의 첫줄은 "나 진미는 간통전과가 있다. 아니 있을 뻔했다……"로 시작된다. 첫 구절을 두운법(頭韻)으로 운을 밟는 기법은 독자를 단박에 끌어들일 수 있는 기법이다. 주로 골프장 풍경이 주조를 이루면서, 딸의 골프티칭 현수와 얼크러진 이야기를 엮어갔다. 단편 여덟 편 중에 그중 분량감 있는 소설로, 독자가 소설을 읽어가면서 작가 김영두를 떠올리기 좋게 그려져 있어, 작가의 소재가 허구(虛構)나 상상에서만 끌어온 것이 아니겠다……는 실감으로 읽히는 소설이었다. 장식적인 기교 없이 상황 묘사가 동선(動線)으로 이어져, 50대의 소설가의 작품이 아니라 최근에 등단한 젊은 여성작가의 발칙한 단편을 읽는 느낌이기 들 정도였다. 작가 자신이 골프에 바친 시간이 얼마나 많았는지를, 그리고 골프를 치면서 상대와 주고받는 대화가, 골프라는 운동이 18홀, 구멍에 공을 집어넣는 운동으로, 기묘하게 섹스를 연상시킬만한 화두로 남녀가 얽히는 과정을 묘하게 이끌고 간 소설이었다.

"……나는 늘 외로움에 허덕이면서도, 제발 내 앞에 남자가 나타나지 않기를 바랐다. 특히나 내가 호감을 가질만한 남자는, 연애란,…… 하고 싶지만 해서는 안되는 것. 내게는 슬픔과 고통만은 남겨주었다는 기억에서 자유롭지 못하다, 연애의 끝은 늘 아픔이었고 절망이었고, 공포였다" 간통으로 이혼당하고 친정에서 기식하며 낮에도 자고 밤에도 잠을 자는……그러나 옆방에서 흘러나오는 부모님의 한숨소리 때문에 낮에도 밤에도 잠을 잘 수 없는 상황에서, "……나는 마스터베이션의 대용으로 남자를 사고 싶었다, 그럴 수만 있다면 푸줏간에서 정육을 사듯 섹스를 사고 싶었다. 하지만 남자를 사는 매음이란 그리 쉬운 일이 아니었다……" "……
그는 무식하고 천박해 보이지만 물개처럼 섹시했다. 그는 딸 아이,
현희의 골프 선생이었다. 남편과도 함께 라운드를 한 적이 있다.
……헌수는 다른 학부모에게도 인기가 높았다. 나는 헌수가 현희
와 맞적수인 선영이의 엄마와 애인관계가 아닐까 하는 의심을 한
적도 있다." 작가는 이쯤 대목에서 복선(伏線) 설치(設置)……그리
고 헌수에게 빠져들 수밖에 없었던 상황을 예치했다. 작가의 의식
된 의도였는지, 자연스러운 관계 설정이었는지 알 수 없지만, 김영
두의 소설 속 불륜에는 늘 제2, 제3의 인물이 주인공의 불륜에 장
식이 되어 주고 있다. 그리고 그 소설에 필요한 정보를 적재적소에
삽입하는 기술도 빼어났다.

"……진한 사내의 냄새가 폭포처럼 쏟아졌다. 그의 코가 바로 내 코
앞에 맞닿을 듯이 있었다. 순간 그의 시선과 내 시선이 고리처럼 물렸
다. 그의 눈은 충혈되어 있었고, 기름을 두른 번철처럼 번들번들 빛나
고 있었다. 나는 그의 눈빛에서 그가 바라는 것이 무엇인지 읽었다.
……(175쪽)…… 나는 내용물이 빠져나간 문방풀 튜브 같은 남편의 성
기를 쥐고서 헌수를 떠올렸던 적이 한두 번이 아니었다. 헌수는 남편을
빼고는 내게 가장 가까이 있는 남자였다. ……(177쪽)…… 화톳불처럼
그의 눈에서 불길이 일고 있었다. 한참을 참았다가 내쉬는 그의 긴 숨
결이 달군 인두로 화인을 찍듯이 어깨를 지지고 있었다. 나를 통째로
빨아들이겠다는 듯이 그가 숨을 들이쉬었다. …… 꽁꽁 얼어서 죽은 척
하고 있던 몸의 세포들이 반짝 눈을 뜨며 긴 동면에서 깨어나고 있었
다.(178쪽)"

그리고 욕조 안에서의 정사장면이 적잖은 분량을 차지했다. 이 소설에서 굳이 문학성의 문제를 따질 일은 아니다. 문학성의 문제를 잠깐 제쳐두고, 독자에게 남는 것이 무엇이었는가는, 독자 스스로 챙겨야 할 문제가 아닌가 싶다. 김영두의 소설에서는 몸과 넋을 몽땅 바쳐, 목숨 졸아붙게 만든 갈애(渴愛)를 기대할 수는 없다.

성(性)은 생체 에너지다. 개체의 염색체, 유전, 출생과정과 성장환경에 따라 확연하게 달라질 수 있는 것이 개개인 성에 관한 실체다. 부부간에 수요공급이 맞지 않을 경우 발생하는 여러 형태의 갈등이 소설 소재가 되는 것은, 흔하면서도 독자를 혹하게 만들 수도 있는 것이, 결혼제도와 부부문제에 근간이 될 수 있는 소재이기 때문일 것이다.

그러나 김영두의 소설 결말마다 미진함이 남는 것은, 불륜의 결과가 초래한 상황악화뿐, 인간의 근원적이고 본질적인 갈등에서 빚어지는 고뇌와, 근원적인 비극에 대한 성찰을 슬쩍 비켜 갔기 때문은 아니었을까.

하지만 김영두의 소설이 소설로 남겨진다면, 한 여성의 생체(生體)에서 빚어지는 삶의 형태든, 세상풍조가 변해가면서 드러나는 세태를 그린 것이든, 김영두의 소설에 드러나는 세태는, 어떤 여성 작가에게서도 만나기 쉽지 않은 생생한 증언일 수 있기 때문일 것이다.

설화나 신화가 소설자료의 보고(寶庫)라고 일컬어지는 경우에서, 김영두가 천착한 「상당(上黨)산성에 뜨는 달」에 대한 부연(敷衍) 한마디 ─ 느티나무 정기로 태어난 여아(女兒) 규목(槻木)과, 소년 정연

(靜淵)의 설화는, 비교적 탄탄 정제된 문장력으로 끌어간 소설이었다. 자칫 옛 육전(六錢)소설화 되기 쉬운, 신라 아찬 원태(648~720)의 옛 이야기를 설득력이 있게 전개— 근원적으로 남자와 여자가 그리움으로 익어가는 관계를, 인간의 집합적인 문제에 시각을 두고, 자료 또한 끈기 있게 찾아낸 소설이었다.

김영두의, 소설 속에서, 뜨거운 여체를 타고난 주인공이, '아직도 끊임없이 말썽거리를 찾아다니는' 불륜냄새 나지 않는, 색다른 소설로 읽을 만했다.

전신을 던져 소설을 쓰는 김영두의 소설은 늙는 일이 없을 것이다. 김영두의 시선(視線), 미소, 음성, 그리고 전신으로 터져 나오는 갈망이 스러지지 않는 한, 김영두의 소설은 늙지 않을 것이다.

다시 처음처럼

처녀 작품집을 낼 적에 스승이 제자의 나이를 물었다.
나는 불혹 전이었지만, 늦깎이 등단이란 생각에 의기소
침했었다.
비장한 결심과 각오로 새롭게 출발했다. 늦은 만큼 전력
질주하여, 이루리라.
내 소설 속에 육신과 영혼을 다 갈아 넣어버리리라.

그리고 긴 세월이 흐른 지금, 오래된 인연으로 소중한
선배가 내게 묻는다.

무엇을 붙들고, 무엇을 섬기며 살았는지.

반성컨대, 심오하지도 농후하지도 못한 독자가 감동하지 않는 나의 소설……

대오와 성찰을 백 번 되풀이 하면 무어하나 싶다.

노력이 빈약하여 발전과 개선이 없었다.

어정버정 세월만 보낸 것 같다.

그 옛날에, 내가 예측할 수 있는 나의 최장 기대수명은 80살이었고, 그 나이는 인간이라면 충분히 죽고도 남는 나이였다. 부모의 80살 사망은 호상이라고 했다.

지금, 전력질주하여 발달한 의학 덕분에 인간의 80살 사망은 요절이 되어버렸다.

나는 어쩌면 100살도 넘길 것 같다.

영원한 순간에 닿을 수 있는, 끝을 예견할 수 없는 긴 길을 갈 것 같다.

신이 내린 자연을 훼손시키지 않으려면 인간은 세상에 존재하지도 말아야 한다.

자의 탄생이 아님을 깨달으면 적어도 빨리 소멸해야 한다.

모든 생명체는 타생명체를 섭취하거나 타생명체와 싸워 승리해야만 자기의 생명을 지킨다.

쓰레기 더미 위의 잡초는 생명이 아니더냐, 육신을 할퀴고 지나가는 신열과 한기의 정체 감기바이러스 또한 생명이 아니더냐.

인간이 자연이 아니더냐.
온세상의 기쁨과 슬픔과 고통의 질곡도 살아 있는 몸뚱이에서만 가능할 뿐이다.

내게 생명을 내어준, 내가 먹은 음식, 입은 옷, 사는 집 모두에게 미안하다.
내 소설을 찍어낸 종이에게도 잉크에게도, 한없이 미안하다.
내게 따뜻한 위로와 각별한 격려를 아끼지 않았던 독자에게는 진실로 미안하다.
그러면서도, 내게 은혜를 베푼 모든 생명들에 대한 최소한의 보답이란, 스스로의 소멸이 아니라, 신이 생명을 창조하듯 좋은 소설을 창작하는 것이라 자위한다.

내 안에 다시 사랑이 피어나고, 타인의 시선을 갈구하지도 의식하지도 않고, 자연 그대로의 순수한 나의 모습을 온전히 에너지로 뿜어낼 수 있을까.
아아, 좋은 소설 세 점만 쓸 수 있다면……

있을지 모를, 새로이 생길지 모를 독자에게, 내 손에서 붓을 놓는 날까지 다시 처음처럼 정진을 약속한다.

2019년 6월 너섬에서
김영두

푸른 달

1쇄 발행일 | 2019년 06월 20일

지은이 | 김영두
펴낸이 | 정화숙
펴낸곳 | 개미

출판등록 | 제313-2001-61호 1992. 2. 18
주소 | (04175) 서울시 마포구 마포대로 12, B-108호(마포동, 한신빌딩)
전화 | (02)704-2546
팩스 | (02)714-2365
E-mail | lily12140@hanmail.net

ISBN 979-11-965679-9-6 03810

값 15,000원